你微笑时很美

4

青浼 ／ 著

图书在版编目（CIP）数据

你微笑时很美.4 / 青浼著. -- 北京：西苑出版社，2021.6
ISBN 978-7-5151-0801-8

Ⅰ.①你… Ⅱ.①青… Ⅲ.①长篇小说－中国－当代 Ⅳ.①I247.5

中国版本图书馆CIP数据核字(2021)第079690号

你微笑时很美4
NI WEIXIAO SHI HENMEI 4

责任编辑	汪昊宇　刘　崴
装帧设计	沈　鸿　富　贵　张　强
责任印制	荆永华
出版发行	西苑出版社
地　　址	北京市朝阳区和平街11区37号楼　邮政编码：100013
电　　话	010-88636419
印　　刷	北京盛通印刷股份有限公司
开　　本	787mm×1092mm　1/32
字　　数	226千字
印　　张	11
版　　次	2021年6月第1版
印　　次	2021年6月第1次印刷
书　　号	ISBN 978-7-5151-0801-8
定　　价	45.00元

（图书如有缺漏页、错页、残破等质量问题，由印刷厂负责调换）

主要人物介绍

童　谣	ZGDX 战队现任中单
陆思诚	ZGDX 战队现任 AD 兼队长
老　猫	ZGDX 战队现任上单
老　K	ZGDX 战队现任打野
小　胖	ZGDX 战队现任辅助
陆　岳	ZGDX 战队替补中单，陆思诚弟弟
明	ZGDX 战队前任中单，现任数据分析师
小　瑞	ZGDX 战队经理
凉　生	YQCB 战队现任辅助兼队长
教　皇	YQCB 战队现任 AD，陆思诚好友
艾　佳	YQCB 战队现任中单，陈今阳男朋友

主要人物介绍

容　容	YQCB 战队现任上单
XBANG	YQCB 战队现任打野
陈今阳	艾佳女朋友，童谣闺密
李恒硕	HW 战队现任打野
阿　光	KING 战队现任打野
简　阳	CK 战队现任打野，童谣前男友
好运来	CK 战队现任上单
小　花	CK 战队现任中单
蝴　蝶	CK 战队现任 AD
老　王	CK 战队现任辅助
贪　狼	ZGDX 战队二队现任 AD
破　军	ZGDX 战队二队现任辅助

技术名词解释

Buff	增益状态
Counter	克制
Combo	组合搭配
RANK	排位赛
GANK	指敌人的偷袭、包抄、围杀等行动
Carry	指带领队伍获胜
惩戒	召唤师技能,对野区怪物造成大量伤害,通常是打野携带

技术名词解释

TP	即传送,召唤师技能,可以传送到地图上任何一个有视野的地方
致残	召唤师技能,使敌方移动速度和攻击减半
双C位	指中单和ADC两个核心输出Carry点
灼烧	五秒持续性的燃烧伤害,并且附带减疗
治疗	召唤师技能,可恢复血量,救人于水火,一般为ADC携带

目 录

第一章	/001/	第十一章	/083/
第二章	/009/	第十二章	/091/
第三章	/017/	第十三章	/099/
第四章	/025/	第十四章	/107/
第五章	/033/	第十五章	/113/
第六章	/039/	第十六章	/121/
第七章	/049/	第十七章	/127/
第八章	/055/	第十八章	/133/
第九章	/061/	第十九章	/139/
第十章	/071/	第二十章	/147/

第二十一章	/155/	第三十二章	/247/
第二十二章	/167/	第三十三章	/257/
第二十三章	/175/	第三十四章	/267/
第二十四章	/185/	第三十五章	/275/
第二十五章	/195/	第三十六章	/285/
第二十六章	/203/	第三十七章	/291/
第二十七章	/211/	第三十八章	/297/
第二十八章	/219/	第三十九章	/305/
第二十九章	/225/	第 四 十 章	/315/
第 三 十 章	/233/	第四十一章	/323/
第三十一章	/239/	第四十二章	/333/

第一章

当时的场面大概除了热烈也是混乱的。

老猫和老K一脸"我就知道"的微笑跟着大家一起优雅地鼓掌,小胖一脸"我就是被绿了怎么样"的样子坐在那儿。

小瑞一脸"我是谁,我在哪儿,这里发生了什么,所以刚才你俩关在房间里那么久,陆思诚除了洗了个澡,你们还干了什么"的茫然。

远处的陆岳直接从位置上站了起来,摘下耳机,抓起手机打了个电话,因为距离很远,听不见他说了什么。

简阳被他们上单和中单架着摁回椅子上,他摔了自己的鼠标,队友急忙叫来工作人员帮忙调换……

现场就像是一场结婚典礼似的混乱。

比赛因为各方反应,被迫延迟了二十分钟才开赛,但是破天荒地,这次没有人抱怨,每个人都兴高采烈的,看上去不仅不准备管主办方讨要赔偿,还恨不得给主办方多捐五毛钱,以表达对临时加戏的满意。

而对童谣来说，她整个人并不比他们战队经理清醒多少，脑子里嗡嗡的。对她来说，只是唇上触碰到了熟悉的触感，手腕被温暖的大手拉住……最后比赛怎么打的，都拿了什么英雄，打了多久，甚至谁输谁赢，童谣都不怎么记得了。她只知道她带来记数据的那个本子被她拿出来捏在手上，而她全场放空，等打完比赛，那本子上也一个字没写。

她只知道从最开始，不管比赛持续了多久，陆思诚的手再也没有放开过她的。

看完比赛被队友架上车，打开手机，微信都"炸锅"了。

午夜垂钓者-疯狂渔夫："厉害了我的谣！我要是你，今天那一下能吹到孙子辈——想当年你爷爷……"

饲主（爹）："给我电话。"

饲主二号（娘）："小伙子长得挺帅，哈哈，怎么看上你了？"

小兔崽子："smiling是我姐，Chessman是我姐夫，哈哈哈哈！我咋觉得自己社会地位都上升了三个档次？把他带回家过年啊，我跟同学吹到毕业。我说你们看，Chessman亲的那个傻子是我姐，我也姓童，真是我姐，他们还不信，哈哈哈哈！快给我证明下啊，我要打他们脸！"

阿光："看见了！祝福！"

亲友A："陈今阳群发了一波动态图，可以，男朋友很帅，发来贺电。"

第一章

李恒硕小崽子:"姐姐不等我,为什么?真的喜欢姐姐,怎么能和Chessman哥就这样在一起了!啊,真的要疯了!要疯了!今晚没法睡,下午的比赛也不想打了,就这样吧!对这个游戏太失望了!"

亲友B:"你抢走了我男神,我不管,必须要一个签名才肯从地上爬起来!"

阳神:"这就是你说的对职业选手失望?"

亲友C:"打游戏能找到比胡歌还帅的男朋友,这件事你为什么不早告诉我?我们的友谊出现了裂痕。"

饲主(爹):"立刻给我电话!"

将微信里来自亲朋好友发来的贺电一条条看完,童谣原本想乖乖地给她那看上去在暴走边缘的爹打个电话,但是想了想她爹会在电话那边说什么,或者她爹压根儿已经买好了来上海的机票,现在已经在准备登机——她给她妈发了个"摁住我爸"的微信,然后放下手机,默默关机,选择鸵鸟式逃避暴风雨。

这时候,她跟陆思诚肩并肩坐在车子的最后一排。

车内灯光很暗,放下手机的时候她听见贪狼在小声抱怨"他把我当诚哥""疯狂抓下""十分钟补刀二十个""真的快疯了"……

小胖和破军哈哈大笑,破军的笑容之中还有被"死亡"笼罩的阴影。

童谣:"唉……"

童谣不安地动了动,奈何这时坐在她身边的人的大脑袋正压在她的肩膀上——比赛场地那一吻之后,他像个终于从地底下爬出来呼吸到新鲜空气的人，反正是怎么都不可能回去了，索性肆无忌惮起来。他像个小姑娘似的歪斜着高大的身子靠在她身上，腻腻歪歪的，手挽着她的手，就像怕她跑了，而此时此刻，他另外一只手正拿着手机打电话。

"刚才在比赛场地，吵，听不见啊……你打电话给我干吗，能不能专心看我弟比赛？"

"我都说了我不喜欢男生，你自己瞎猜，猜错了还怪我啊？"

"那小姑娘……"陆思诚抬起头，看了眼童谣，童谣正好低头看他，男人就着脑袋放在她肩膀上的姿势，直接伸长脖子又亲了她一下，然后扔下脸红的她继续一脸淡定地打电话，"那小姑娘是我队友——是是是，看着是挺小的，但是成年了，不犯法……什么刚才什么声音？我亲她了啊。"

童谣一听炸毛了，手忙脚乱地伸手去抢他的手机。

陆思诚坐起来，一只手摁着她的脑袋不让她乱动，顺手捏了把她龇牙咧嘴的脸："你别来上海，吓着人家……你管人家家里是干吗的？什么登记，还不行——我没说我不负责，什么叫当着几百万人的面毁人清白，直播平台观众人数弄虚作假的好吧？哎，你别尖叫，我爸呢？哦，加班……说了现在还不行，没到结婚年龄，到民政局也不行，给钱更不行，别说话像个除了钱什么都没有的七大姑八大姨似的，你再这样无理取闹我挂电话了。"

陆岳走到后排："咱爸也看直播了，比赛前我闹着要他看的，没想到看到了比我首发打比赛更精彩的东西。"陆岳想了想补充道，"他说打你电话一直占线。"

陆思诚掀起眼皮扫了眼陆岳，抬起脚踹了他一脚，用口型说"滚"，陆岳死皮赖脸地冲他露出森白的牙笑了笑，直接在最后一排坐了下来，然后转而笑吟吟地看着童谣："你号新改的密码是什么啊？"

童谣："干吗告诉你？"

陆岳："讨好下小叔子啊，以后进门才不会为难——嗷！"

话还没说完，就被陆思诚长手伸过来，在脑袋上狠狠揍了一巴掌。

小瑞坐在陆岳旁边，正在搜上海的上门安装房门服务，准备回去把童谣房间的小破门卸了，安个防盗门，以防陆思诚。陆岳伸脑袋看了眼，奚落道："你装一百层门也没用啊，这小姑娘会给他开门的。"

小瑞翻看网页的动作一顿，回头问童谣："你会吗？"

童谣答不上来。

小瑞一声恨铁不成钢的叹息。

这时候陆思诚打完电话，挂断电话的第一句话就是宣布了惊天动地的消息："我妈非要闹着来上海。陆岳你跟她说下，联赛后半段了，闹什么闹？"

陆岳没反应，倒是童谣整个人都紧绷了，她坐直身体，紧张地盯着陆思诚："阿姨来做什么？别是看我吧？或者找我单聊？陆思诚，这件事我是拒绝的，你不能让我这么惨，可怜的平民女主和男主的贵妇妈妈坐在咖啡厅里,男主妈妈开口就是'给你多少钱肯离开我儿子',女主要是不开价,那就一杯滚烫的咖啡迎面泼来……烫毁容了怎么办?"

陆思诚低下头看了眼捉着自己的手、满脸慌张的少女,看她完美还原各种韩剧桥段,叹了口气道:"那你就开价啊。"

他感觉到抓着自己的小爪子一僵,又补充道:"记得多要点,要她个一千万,回来咱们分赃,给你买玛莎拉蒂。"

童谣想了想,伸出双手抱住他的腰,脑袋埋进他怀中:"我不要玛莎拉蒂,我只要你。"

一车的人但凡听见的都发出了"拒绝这馊狗粮"的干呕,小瑞最大声,并附带警告:"你俩注意影响,回去天天这么秀恩爱,就一起滚去住杂物间。"

而这些人的不适并没有人理会。

陆思诚听了童谣的话,一不小心想到那日自己"我不要粉丝,我只要你"的宣言,一样的话如今被返还,顿时被轻易感动,正欲伸手回抱她,就听见她闷在自己怀中慢吞吞道:"我要那么多车干吗,你那辆不是已经给我了吗?"

陆思诚慈爱地摸了摸怀中人的脑袋,咬着后槽牙说:"放心吧,你这种人不会被泼咖啡的,可能我妈还没开口呢,你就已经开口了——二百五十万,不要支票,只要现金,拒绝连号,给我我就走得远远的。"

童谣抬起头看着男人弧线完美的下巴:"为什么是二百五?"

陆思诚:"因为你就配这数字。"

第一章

童谣:"在我心中你至少值个五百万。"

陆思诚:"我不说谢谢应该没关系吧?"

公开难,难于上青天。

首先得过了队友这关,然后是征得父母的同意及亲朋好友的祝福。

嗯,一般男女到这儿也就差不多该喜结连理了,但是对童谣来说,这大概只是一个开始。回到酒店,她手机重新开机,除了来自她老爸的十几个未接来电,她登上微博看了眼,转发和评论被挤爆是正常的,未关注人私信也已塞爆。

童谣点开看了一眼第一条——

Chessman的S6一定非常闪耀:"绿茶。"

童谣退出微博,卸载微博、卸载贴吧、卸载掌上《英雄王座》。

喷子再见。

第二章

童谣卸载了微博、贴吧等,以看似鸵鸟的方式回避了外面的腥风血雨,所以作为失踪人口的她并不知道,在贴吧,她的粉丝和陆思诚的粉丝已经吵成了一团。

陆思诚的疯狂粉A:"三年老粉,今天忍不住了!某人真的是不要脸,打职业还是找男朋友啊?Chessman打职业到现在无绯闻,一心游戏,如果因为一个女人分心耽误了比赛成绩,等着成千古罪人吧!"

童谣的护犊子粉A:"不知道楼上男的女的?嫉妒心真可怕!smiling是比赛Carry不动了还是躺赢了?Chessman是厉害,长得也不错,然而也没觉得童谣哪里配不上他——再说了,有人说Chessman和教皇时怎么没见你们说耽误成绩?"

陆思诚的疯狂粉B:"骂谁呢!CP党不打扰真人招谁惹谁了,嘴真脏!"

童谣的护犊子粉B:"谁先骂人'不要脸'的?男女谈恋爱有

罪了？玩得一手好双标。"

陆思诚的疯狂粉C："我是男的，我也觉得诚哥这波让人失望，指望他捧回S6奖杯，不知道他在干什么。"

童谣的护犊子粉C："楼上差点笑死我！smiling是姓苏还是名妲己？跟陆思诚谈个恋爱，联赛才打了二分之一就被钦定今年冠军都拿不到了，你打游戏那么神？破了功就不行了？"

陆思诚的疯狂粉A："楼上不要偷换概念，既然冠军是梦想，禁欲怎么不行了？百利无一害。"

童谣的护犊子粉D："禁个头啊，笑死了，你高考也是为梦想、为人生而奋斗，然而并不妨碍你快乐得飞起，还美其名曰放松。"

陆思诚的疯狂粉A："嘴脏。"

童谣的护犊子粉E："你心脏。"

以上，贴吧、微博骂战一片，可谓是"尸横遍野"。

剩下的ZGDX战队粉丝及部分理智粉被夹在中间瑟瑟发抖。

理智粉："那什么，你们在这儿骂得那么开心，不妨碍人家smiling和Chessman相亲相爱啊，不觉得自己很可笑吗？看样子两个人在一起很久了，也没影响成绩，大家不都是希望这支队伍好吗？别吵了。"

这一层理智粉的回复在贴吧引起了"世纪大战"，底下回复两千多，彻底成为双方粉丝大战的主战场——最开始留言的层主被吓得一脸茫然，从刚开始拼命劝"你们别吵啦"，到最后屁都不敢放一个，直接装死任由他们去了。

两天，仅仅两天。

第二章

当童谣他们结束冰封王座杯的初期赛程,确认队伍进入四强并返回上海继续准备联赛时,那个关于童谣和陆思诚"眼神骗不了人"的帖子,因为并非一面倒的谩骂而是三方混战,最终力压"许泰伦出轨"帖,两天之内成为一栋回复五六万的"超级摩天大厦",成为某电竞贴吧建吧以来的第一热帖。

直到ZGDX俱乐部管理层发现事情苗头比想象中更加不对劲,怕事情闹大,真有偏激粉做出伤害队员的事,开始出手联系贴吧管理人员进行干涉,势头这才稍微有所收敛,但是这并不妨碍童谣和陆思诚的事犹如春风吹拂大地,洗版一切媒体平台。

官博下更是一团糟,要么骂童谣不要脸勾引陆思诚,要么骂陆思诚先暗恋童谣臭流氓,剩下的那群人在骂管理层:"垃圾管理层!看着自己的队员被骂也不知道出来挺,果然不把队员当人,只知道榨干他们赚钱,滚!"

听说无辜的官博妹子被人直接骂哭了,带着哭腔杀到外宣部,揪着部长的衣领一定要让他说点什么。

于是,在童谣他们飞机落地、一脚重新踏上上海土地的同时,ZGDX电子竞技俱乐部终于正式官宣——

ZGDX电子竞技俱乐部的各位粉丝:

你们好!

感谢各位对我俱乐部《英雄王座》分部成员童谣(游戏ID:smiling)及陆思诚(游戏ID:Chessman)两位队员长久以来的喜爱与支持。

对于战队成员之间的私人关系,本俱乐部秉持着自由、开放

的管理理念，在不影响训练、比赛成绩的情况下，不会对队员之间的私人关系进行过分管制。'两情相悦，共谱佳话'为我俱乐部管理层对于两位队员最美好的祝福与期望。

而对于近日来网络上对本俱乐部队员的言语攻击，本俱乐部将会追究到底，涉及队员人身安全的言论，本俱乐部不放弃举起法律武器的权利，势必将队员的个人权益捍卫到底。

最后，官博君曾经在微博上看过这么一段话：如果你留意目前世界所处的状态，善的对立面似乎并不是邪恶，而是无知。邪恶只是它的附属品。

别让无知蒙蔽了你善良的双眼。

以上，祝大家生活愉快。

在回ZGDX战队基地的大巴上，小瑞用车上的麦克风将俱乐部官方微博发的公告一个个字宣读，放下话筒后，对大巴最后一排排坐的两位道："官博妹子这两天被粉丝骂哭三次，但是没什么好怕的，又不是什么见不得人的事——但是你们得明白一件事，很多人在看着你们，有的人真诚祝福，有的人等待着你们跌倒然后嘲笑，所以S6世界总决赛冠军，只许成功，不许失败。"

童谣和陆思诚当时什么也没说。

车上的气氛莫名变得沉重起来，大家都是一脸严肃，每个人都在心中细细琢磨这句话的分量。

回到基地后，各自散了洗澡睡觉，童谣什么都没想，什么也没干，掏出手机充电，倒回自己的床上睡了个昏天暗地，一夜无梦。

第二章

第二天早上太阳照腚，少女扯掉眼罩爬起来，抓起手机，首先看见陈今阳同学发来的微信——

被高中生骗得底儿掉的人："你们官博也是疯了，和喷子正面刚，就差祝你们百年好合、早生贵子了。"

童谣抽了抽嘴角，然后退出微信，打开应用程序商店，下载微博、下载贴吧、下载掌上《英雄王座》等各种软件，从头至尾，心如止水。

等所有软件都下载好，她将这些软件通通打开看了一眼，在微博私信里挑了几个谩骂的信息回"已阅"，挑了几个支持的信息回"谢谢"，然后扔了手机，洗澡换衣服。一身清爽地打开房门时已经是早上八点了，一开房门差点被门口蹲着的大型生物吓得跳起来——

"干什么你！大清早的！"

童谣伸手揪了把男人的头发——他抬起头，眼下有明显睡眠不足的瘀青，头发被童谣抓乱，胡子也没刮。

童谣一愣，手下意识地松开："咋了？一宿没睡？"

陆思诚的眼珠在眼眶里转了一圈，开口时，嗓音略微沙哑："睡了一个小时，睡不着……担心你，然后来你房间门口想听你有没有偷偷捂着被子哭，结果听见你呼噜声震天响。"

童谣脸红了下，绕到陆思诚正前方，然后学着他的样子蹲下来："怎么了？"

陆思诚瞥了她一眼："心烦。"

"烦什么？"

"我做错了事，"陆思诚扭开脸淡淡道，"太冲动，却没考虑好后果。"

"什么后果？"

"关于，你要面对的。"

童谣伸出手，将他的下巴扭回来，像是摸大狗似的摸摸他的脑袋，用息事宁人的语气淡淡道："你要是担心我会被网上的那些言论打倒，那大可不必，我没事。"

陆思诚站了起来，顺手将童谣也拎起来。

童谣顺势伸手抱住男人结实的腰："刚开始我确实很害怕，总觉得如果公开就会有很多反对和质疑的声音，也有很多的顾虑，更害怕的是你会不会受到影响，就像简阳当初一样，开始后悔在一起，然后是欺骗、谎言、冷漠，最后渐行渐远……这是我最害怕的事，但是后来——"

"后来怎样？"陆思诚任由比自己矮一大截的小姑娘抱着自己，感觉到柔软的身躯挤满他的怀抱，低下头就可以闻到她身上传来的淡淡的沐浴液香，温暖又令人安心。男人停顿了一下，忍不住强调道："先说明，至少这方面，我不后悔。"

"后来我发现你和简阳不一样的地方在于这些事你不会做，肯定不会做，你那么坚定，那么清楚地知道自己要的是什么……"童谣收紧自己的手，"我安心了，所以某一天，我决定结束你的试用期。"

童谣抬起头，对视上男人那双深不见底的深褐色瞳眸道："从那天起，我就做好了心理准备面对所有狂风暴雨的到来，你说你不后悔,那我也是。"

童谣停顿了下,那双黑色的瞳眸比任何时候都更加明亮。

"我不后悔,"她望着男人的眼睛,一字一顿道,"我不害怕。"

话音落下的那一刻,她感觉放在自己腰间的手臂瞬间收紧,男人用几乎将她揉进自己身体的力道狠狠地抱住了她。他低下头,带着感动与感恩,深深地吻住她。

被高中生骗得底儿掉的人:"小鸵鸟,听说你把微博、贴吧都下载回来了,哪来的勇气?"

ZGDX smiling:"很多人,你、其他朋友、队友、俱乐部……"

ZGDX smiling:"还有他。"

第三章

小胖挠着屁股,眼睛眯成一条缝,打开门准备下楼喝水时,刚迈出房间门半步就看见在走廊上相互拥抱着、头碰头小声说话的自家中单和AD,他愣了愣,扔下一句"辣眼睛"狠狠关上了门。

童谣放开陆思诚,打发他去睡觉。陆思诚没说什么,放开她就乖乖转身回房了。

童谣自己跑去打开电脑,单机模式练了一会儿几个中单位置的补兵,特别多练了几局炎岩这些她操作不够熟悉的英雄,待练得差不多了,她准备到排位里去试试,于是打开了排位模式开始排队。

等排队的时候童谣突然瞥到放在桌面上的小本本,拿起小本子翻看了一眼,随即发现之前忙着各种事,月前拖延症,上周又去了厦门,于是这个月的直播时间还差了不少。想了想,童谣打开了直播。

这种风口浪尖,童谣居然会开直播,这是所有人都万万没想到的!

一时间,直播间的人数成倍疯涨,在童谣伸手调试摄像头、调好摄像头坐下来的那几十秒,直播间的人气从刚开始的十几变成了二十几万,弹幕刷屏飞快,憋了两三天的众人终于得到了直面"新闻女主角"的机会,纷纷上蹿下跳!

"哇,居然开直播了!"

"我女神开直播了,来支持一波——女神你还好吗?"

"前方大批喷子出没预警!"

"居然还有脸开直播,是看自己最近话题度高来蹭一波热度吗?呵呵。"

"已经出现了……"

"你俩到底怎么在一起的?哈哈哈哈!"

"房管干活,不然smiling给我个房管,我守你到下播。"

"你好啊ZGDX战队的队嫂,我诚哥呢?"

"陆思诚在哪儿?陆思诚在哪儿?陆思诚在哪儿?陆思诚在哪儿?"

"叫你男人来直播!"

弹幕滚动速度飞快,不论是支持的还是喷人的都很快被刷掉,童谣看了几眼,随便选了几个不轻不重地回答:"我是开直播了,现在打RANK训练不开直播混时间什么时候开?我开个直播怎么就不要脸了?我以前也开直播啊……今天再不开直播,月底直播时间又不够,到时候只能给你们直播睡觉了。"

"跟陆思诚睡觉!"

第三章

"我报警了！"

这时，一局游戏已经匹配到队友，她点击进入游戏，预选秒选炎岩，然后继续聊天。"队友？队友还在睡，昨天刚回基地，都累死了——对，从厦门回来——二队？二队打得挺好的，虽然输给CK战队，但是也勉强挤进下一轮了，贪狼挺有天赋的……"

"你居然夸别的AD！"

"你男人那种才叫有天赋，谢谢。"

"录音，告状，换一个陆思诚房间的房管！"

"说说诚哥啊！"

"说他什么啊？"童谣瞥了眼弹幕，语气自然，"诚哥是很厉害的AD啊，现在世界排名怎么也有个前三吧……"

"才前三！"

"提到自家男人那么冷淡，少女心呢？我要看你脸红！我要看你害羞！"

"前三……"

"是前三啊，总不能说第一吧？毕竟隔壁院子就住着个差不多水平的AD……我心中的第一AD是微笑，也就是大王，那个补刀漏一个炮车会尖叫的人……诚哥就不会啊，他只继承了人家的面瘫，so boring。"

"所以是真的在一起了吗？回答我，回答我，回答我！"

"是在一起啦，否则怎么可能那样？"

"谁追谁啊？怎么在一起的？"

童谣弯腰抱起路过的小葱——短短半个多月，小葱已经从"小葱"变成了"大葱",原本随便一抓就拎起来的皮包骨,现在手一摸,肚子圆鼓鼓的全是肥油。童谣把猫凑近摄像头:"他说不同意和他在一起的话就把小葱扔了。我琢磨着怎么都是一条小生命啊,于是我就同意了。"

"没想到他是这样的诚哥。"

"这套路老厉害了,等我也去套路个媳妇回来!"

"那你们什么时候分手啊?"

在无数弹幕刷屏之中,童谣摸了摸小葱的脑袋,面色淡定:"不分手,凭本事找到的男朋友,为什么要分手?"

说完的同时,BAN&PICK模式结束,童谣调整好符文等待进入游戏。进入游戏后,她就不看弹幕了,认真地打排位,这反而让外面的吃瓜群众非常着急,这和他们刚开始想象的开直播好像不太一样——

他们以为童谣会直接回避所有关于陆思诚的话题,结果她并没有。

他们以为童谣会正面杠喷子,结果她也没有。

他们以为童谣会大肆得意秀恩爱啪啪打那些太太团的脸,结果她也没有。

他们以为童谣会虚伪地安抚一波陆思诚女粉的情绪,结果她还是没有,一切照常,一切照旧。

然而因为她的表现,部分刚开始心里有些酸、不爽的女粉反而冷静下来——非常奇妙,不知道为什么就这样冷静了下来。童谣的表现太过理所当然,她没有刻意去照顾别人的情绪,也没

第三章

有刻意回避相关的问题,一切就这样自然而然地发生了。

于是,当童谣开始认真打排位训练时,之前在微博上发表过对ZGD战队、对童谣质疑的部分粉丝悄悄删掉了一些不好的言论,并私信童谣道歉,还有一部分粉丝继续保持沉默,只有少数人依然在鸡蛋里挑骨头地跳脚。

就好像是童谣的平静反而安抚了大部分人,使得他们也变得平静下来:对啊,不过就是两个选手在一起了而已,多正常,关我们什么事啊?

而这边,童谣当然是不知道这些微妙变化的,她就继续打自己的RANK,努力研究新英雄的用法——炎岩这英雄移动速度快,游走灵活,神出鬼没,而且防突进刺客英雄能力一流,就是在线上对线期间并没有那么强势,所以对童谣这种打法风格比较凶的选手来说,其实用得并不是那么得心应手。

再一次被对方的中单弄死之后,她切出来看了一眼,弹幕都是刷给对方中单的,还有"你恋爱了,也变菜了,以前很少被人在线上单杀的,等一个ZGDX战队爆炸",以及"你不适合玩炎岩"之类的……

"我也觉得炎岩我用得不是很好,但是我看韩国人都用得挺好的,所以不练不行啊,不练的话世界赛就炸了——少练一个英雄,就要多浪费一个BAN位,这很不好。"

童谣语气冷静,切回游戏继续。

这时候外面响起脚步声,二队的人陆续睡醒去一楼训练,童谣伸出脑袋跟那些小鬼打了个招呼,缩回来的时候,她正对面陆思诚和小胖的房间门也从里面打开，两人一脸睡意蒙眬地走出来。

陆思诚隔空看了眼坐在电脑前面的童谣，抓了抓头发，眯着眼回房间洗澡去了。

小胖游魂似的下楼，在楼下喊了声："晚上吃啥？"

童谣切出来看弹幕，都是"死胖子就知道吃""胖子醒了""叫他来开直播啊"……童谣笑了下，又切回游戏，此时她的游戏数据是0/2/0，贡献全场仅有的两个人头。炎岩这英雄防GANK能力挺强的，有击飞、有陷阱、有减速也有自我加速，逃生能力一流，但是童谣用得比较生疏，技能衔接不上，就总被抓死，好在她补刀基本功还在，所以装备经济上也没落下太多。

游戏进行到第二十分钟时，她的数据是1/6/5——1击杀6死亡5助攻。这时，她正对面的房间门被拉开，明显刚洗完澡，头发还湿漉漉的男人走出来。

童谣切出来看弹幕，发现大家纷纷说听见了开门声，她笑了笑，道："嗯，我们队长起来了啊。"

"我们队长，我们。"

"狗粮味。"

"虐狗！退订！"

"我们队长，嘤嘤嘤，怎么感觉这么有爱，以前都没觉得的！"

她说话的时候，陆思诚已经走下楼，从冰箱里拿了瓶矿泉水又上楼，直接走到二楼的训练区，门神似的往童谣身后一站。

陆思诚："数据是1/6/5的炎岩，比赛里你敢掏出来，我就敢打爆你的头。"

第三章

"这不是在练吗？哎，"童谣皱起眉，"你走开。"

"炎岩我看阿太用过，不是这么用的，你这是什么鬼操作？你让开，我给你演示一遍……"男人说着放下矿泉水瓶，弯腰就要来抢鼠标键盘。

"别别别！哎呀，你个AD教我打中单是什么鬼？你很膨胀啊，快走开。"童谣不让他抢，伸手推他。

"我试试，你别晃我。"

陆思诚挤开童谣，此时中路兵线还不错，从一开始童谣就一直怂着不太敢上，所以对方的中单光头法师也敢光明正大地"骑"在她头上——这时候对方显然不知道这边换人了，眼睁睁看着炎岩一言不合EW二连上来并衔接QA，瞬间就被打掉大半管血。而此时光头法师也反应过来，反手就是一套技能穷追猛打，因为装备上的差距，炎岩伤害不够，最后杀人不成反被秀死。

屏幕变黑，童谣的队友AD敲出一个问号。

辅助则比较直接地说："Mid noob, untrue smiling（中单菜鸟，假的smiling）。"

童谣怒了："你走你走！"

童谣挤开陆思诚，等待复活期间迅速点开商店更新一下装备，正皱眉琢磨自己先出"深渊"还是先出"中亚"时，突然感觉到自己的脸被人从旁边一把捏住。

童谣的脸被捏向一边，她的眼睛还盯着电脑屏幕，俨然一副合格电竞少女的模样："陆思诚，你别吵，我这在——"

话音还未落，站在她身后的人就低头吻住她的唇。

男人浅尝辄止便放开她,满脸满足地懒洋洋道:"什么?"

童谣面无表情道:"我在直播。"

陆思诚脸上的表情一顿,抬头看了眼对准他们的摄像头,又停顿了下,抬手将摄像头一遮:"你又不早说。"

"你倒是给我机会,遮什么遮,你还知道要脸?"

"我要啊。"

直播间外,众人眼中一片漆黑,只能听见直播间里的两个人在小声争吵,他们什么都看不见,但是这并不妨碍他们在疯狂地刷屏——

"能不能好好打游戏?我是来学技术的正直人。"

"我报警了!"

"手拿开啊!陆思诚手拿开!"

"我只是来看个直播而已,为什么要喂我狗粮?"

"已报警。"

"已退订。"

"退订走一波。"

第四章

陆思诚放开摄像头,看了眼电脑屏幕,正好被他看见一条弹幕:"你们就秀恩爱吧,下周打阿尔法战队,是骡子是马拉出来遛遛,比赛螺旋爆炸有你们受的,呵呵。"

男人抿了抿嘴角。

童谣也看见了这条弹幕,有些尴尬地抬起手将耳边的头发放到后面。这时,刚睡醒打开电脑和老猫双排的老K正在看童谣直播,看到这条弹幕,远远骂了句:"房管这还不封?人家秀恩爱关他什么事?"

"你这么有空看我们中单直播,能不能来上路GANK下!"老猫踢了老K椅子一脚,"你最近真的很不喜欢GANK上路,比赛这样放生我弄死你啊。"

"来了来了,你低能啊,离开我生活不能自理。"老K关了童谣的直播间。

"小组赛第二轮快要结束了,只剩下YQCB战队这块硬骨头,"

陆思诚淡淡道,"争取拿下,杀穿两个组,打他们脸啊。"

说话时,嘴角微翘,面露嘲讽,童谣都来不及把麦克风关掉。

果然弹幕很快给了反应——

"现在YQCB战队很强啊。"

"陆思诚和李君赫的宿命对决!"

"YQCB战队粉瑟瑟发抖中……那一天我要翘课看比赛。"

"坐等打喷子脸,哈哈哈哈!"

"话说那么满不怕被反打脸吗?"

童谣看了下弹幕,回头看自家队长:"你很膨胀啊。"

陆思诚:"一个美好的心愿而已,为什么说我膨胀?"

《英雄王座》职业联赛的规则是,十二支队伍分为两个小组,每组六支队伍,联赛则分为三个阶段:

第一阶段是小组的组内循环赛,第二阶段是两个小组之间的跨组循环赛,第三阶段是小组分别回归组内循环赛。

三个阶段结束,以赢一场三局两胜记一分,输了不计分做积分排序,每组前四的队伍可以进入季后赛。

而如今,ZGDX战队在夏季赛的征战伴随着各种风风雨雨,终于来到第二阶段末尾。

周四,ZGDX战队与B组的倒数第二支队伍阿尔法战队展开跨组循环赛——原本,本周周日还有一场和CK战队的跨组循环赛,但因为在夏季赛刚开始时,官方为了观赏性,将他们与CK战队的跨组赛提前到了组内循环赛之前,所以周日的比赛他们将直接轮空一场,比A组的其他队伍提前完成了在夏季赛联赛三分之二的征战。

而在季后赛来临前,他们不会再与CK战队这支强队相遇。

周四当天是与阿尔法战队的比赛。

阿尔法战队是联赛中上游队伍,韧性极强,常常被人们戏称为"HPL质检大队""强队质检局",意思就是一个队伍到底是真的强还是只是跟其他菜鸟队伍相比显得强,和阿尔法战队比赛完就会有一个很直观的判定结果。

这局比赛童谣他们赢得不算顺利,在这个以上单为队伍核心的版本,老猫在游戏前期被阿尔法战队的打野抓到螺旋爆炸,比赛开始第八分钟,直接0/2/0,被对方上单压了一级半。打到第二十分钟时,他一个大树完全"肉"不起来,在又被对方上路四抓一抓死后,他扔下鼠标掰了掰手腕:"快点打完,这局算了,下一局吧。"

这语气,恐怕是被疯狂针对弄得上火了。

这感觉童谣是懂的。

但此时,因为对方把重点放在上单,童谣和陆思诚的发育都还可以,所以童谣没说话,而陆思诚则言简意赅地说:"还能打,拖一下!老猫,你吃完这波上路兵线,来下路吃下线,我去野区试试看能不能找点吃的。"

老猫"哦"了声,老K半调侃道:"把兵线让给他,然后你又吃我的野怪,好人都你做,便宜都你占。"

队伍众人笑了起来，紧张的气氛稍微缓解，童谣正想说"让他滚去吃对方的野怪"时，这局一直没怎么说话的老猫突然说："吃你两个野怪怎么了？这局你一直在刷野怪发育还没刷够啊？"

童谣要说的话瞬间"咕噜"一声被硬生生吞回肚子里，其他众人也一下子沉默下来。

老猫这是在怪老K放他一个人被对方打野各种"照顾"却不来帮他。

老K想了下，回答道："对方来四个人，我去帮你也没用。来两个人的时候，我在下路，你也看见了，过不来——人家野怪的Buff都不要了就是要搞你，我有什么办法？你的经济在别路补回来的好吧？不信比赛完看实时经济图。"

之后老猫就没什么反应了，只是"哦"了声，那语气童谣觉得他还不如不说话。

"都闭嘴，"陆思诚淡淡道，"在比赛呢，你们是不是还想挂机让对方中推啊？"

说完，老猫和老K果然双双闭上嘴，只是接下来整场比赛的气氛都很低迷，基本只有童谣和小胖在说话，最后靠着陆思诚和童谣后期发育Carry起来，勉强翻盘。

在比赛第五十分钟时，终于艰难地推掉对方的大水晶，那一刻，童谣长吁一口气，摘下耳机，放下耳机站起来时，她发现自己的手掌心全是汗，身体也在止不住地轻微颤抖。

旁边的陆思诚跟着站起来，立刻敏锐地察觉到身边的人过于沉默，低头看了她一眼："紧张啊？"

第四章

童谣身体紧绷,眼珠转了一圈,瞥了眼陆思诚,点点头,没说话。

陆思诚正想嘲笑她得失心重,转念一想,猜到她肯定是比赛之前看了微博或者贴吧,得到了部分偏激粉丝"希望你螺旋爆炸"的"祝福",生怕这局比赛有什么闪失所以才这样,当即也没说什么,抬起手摸摸她的头,道:"去握手吧,别失了礼。"

童谣这才如梦初醒一般,迈着有些僵硬的步伐往阿尔法战队那边走去。

握手、鞠躬,做完一系列的活动之后队员们往后台走,老猫和老K之间还是一句话没说。

小瑞在后台,见队员们赢了比赛还是个个拉着脸,不知道发生了什么,只好安慰他们:"哎哟,你们都咋了?赢了比赛都乐观点,好歹是第二阶段全胜战绩……"

"第二阶段还没打完,下周周日才是硬仗,隔壁战队现在是真的强,教皇来了以后,像是催化剂一样,整个队伍的风格都变了,连他们的队长辅助都变成了曾经的那个'辅助之神',凶、激进。一旦被他们抓到机会,就有把人压到喘不过气的可能。"陆思诚打断他道,"你们还是担心那一场比赛比较好,今天这种心态,输比赛不是不可能。"

ZGDX战队将在下周周日正式迎战B组的最后一支战队——YQCB战队,在这之后,他们将正式结束联赛的第二阶段征程,回归A组小组循环赛,重新迎战HW战队、红箭战队、KING战队、岚战队、黑曜战队。

换句话说,能不能在联赛第三阶段来临之前,或者说是在整个联赛小组赛中保持不败金身,周日那天的比赛至关重要。

话是这么说没错……

小瑞闭上嘴看了眼童谣,扬扬下巴示意她上。

童谣伸手推了把陆思诚的腰,后者"嘶"了声,回头挑起眉看她:"干吗?我说的实话。"

"谁要听你的大实话了?"童谣白了不知就里的男人一眼,"上车,睡你的觉去,少说话。"

陆思诚无奈,顺手拿起她的外设包,往外走了两步,想了想不对,又倒退回来,把外设包的主人也一起来在自己的腋下,大摇大摆地半拥着她往停车场走去。

小瑞像一个小太监似的跟在他们后面:"你俩公开之后很是嚣张啊?"

"是啊,"陆思诚头也不回地懒洋洋道,"不然冒险公开是为了什么?"

众人爬上车,童谣被陆思诚拎着乖乖在最后一排坐下来。

老K在来的时候坐的位置上坐下,在他旁边的位置上还放着老猫的外套。

看到老K在原位置坐下时童谣就有点紧张,几秒后,果不其然看见老猫上了车,路过自己原本的位置时,老猫也不管老K抬起头看着他,目不斜视地直接弯腰抓起外套往肩上一甩,在后排小胖的旁边一屁股坐下。

衣服的边缘还甩到了老K脸上,一时间老K那张原本就面无表情的娃娃脸变得要多难看有多难看。

童谣一把揪住身边的自家队长的衣袖，小声道："完了，上路和打野恩断义绝。"

陆思诚摘下耳机，一脸事不关己，高高挂起："什么？"

童谣无语之间，小胖回过头龇牙咧嘴地看了她一眼，没一会儿她的手机屏幕亮了——

圆滚滚的胖："救命，宝宝害怕，K神会不会晚上赐我一丈红？"

ZGDX smiling："看一眼现在坐在你旁边的'猫贵妃'，K神他必然会赐你一丈红外加三尺白绫，确保你'死'得比较透，你保重啊！"

第五章

晚上一回基地，老猫放下东西就出门了，没等小瑞提醒他门禁这回事就成了"失踪人口"。老K坐下来后一脸平静地打RANK训练，并且还开了直播。

童谣看了眼，今天老K的直播间名字从万年不变的"和猫妃双排掉分"变成了"单排一会儿，韩服RANK"。

童谣"咔嚓咔嚓"点进直播间，直播间里挤了很多吃瓜群众，然而并没有几个人在关心老K打的这局游戏，大部分人的重点都放在了老猫身上。

"老猫哪儿去了？"

"老猫抛弃你了吗？"

"新的王妃要上任了？选我，选我，选我！"

"为什么不和猫一起排啊，这家伙是不是不在基地？他一不在基地就特别安静！"

"猫出去了？这时候？俱乐部不是自许泰伦事件之后都设了

门禁吗？这时候出去等着被扣工资啊？"

"ZGDX战队上野恩断义绝，周日比赛恐不敌YQCB战队。"

童谣盯着电脑，心想你这些人真的好会带节奏啊，生怕气不死你们的K神是不是？心中正琢磨着，就看见电脑上一行字飘过："哇，我今天在现场看比赛，老猫在上路被抓得螺旋爆炸老K都不去，老猫的脸一直都很臭，中间他们说了什么我没坐在前排听不清楚，只知道说完那句话以后老猫的脸更难看了，后来两个人一直没说话……不会真的因为这个吵架了吧？"

"商女不知亡国恨，隔江犹唱后庭花！"

童谣胆战心惊地盯着那条弹幕，恨不得冲进电脑里手动把它删除。这时，她余光瞥到旁边老K的脸被电脑屏幕照亮，知道是他切出来看弹幕了，心中一阵紧张，生怕他看见那些弹幕看到最后直接发飙。

然而令人惊讶的是，这条弹幕他是看见了，但是什么都没说，只是在打完这一局RANK后，他切出游戏说了句"累了，不播了"，直接就把直播间关了，留下一大堆人面对黑屏用问号刷屏。

老K站起身，关了电脑，留下童谣和小胖两个人满脸惊恐、四目相对。

小胖："这两个人不会动真格的吧？"

童谣："我不知道。"

老K离开之后，基地更加安静得可怕。童谣挺不安的，也没心情打游戏了，干脆扔了鼠标"噔噔噔"跑去找她家队长了——站在陆思诚的房间门口敲敲门，里面没一会儿传来脚步声，门被

第五章

人从里面打开,露出一张湿漉漉的脸,还带着扑鼻而来的香皂味。

男人赤着上半身,下半身穿着一条宽松的短裤,与童谣四目相对。

童谣无声地咽了下口水,脑海里飘过一句"大家都是成年人了,你要淡定",然而脸上却是面无表情,用淡定的声音说:"你在洗澡啊,那我等下再——"

话还未说完,房间里的人已经面无表情地扣住她的手腕将她拖回房间,"砰"的一下甩上门!童谣来不及说什么便被一把抱起来,她短暂地"呀"了声,趴在男人的肩膀上,然后被扔到了他的床上。

"自己送上门。"

男人的嗓音低沉,跟着压上来的手便不怎么老实地乱碰,直到将童谣欺负得陷进自己的床里。他挨着她,在她身边挤啊挤地躺下,略微沙哑的嗓音在她耳边响起:"找我什么事?"

童谣:"我问你老猫和老K怎么办?今天从比赛场地回来,两个人的脸色都很难看……然后老K就开始单排——唔。"

边上的人稍稍撑起身,投下的阴影将她笼罩,温热细碎的吻最开始是落在她的眼睛上,然后是眼下方、脸侧、脸颊、嘴角、颈脖……

"你继续。"

继续个屁啊。

童谣被他弄得痒痒,拼命在躲。

陆思诚摁着她不让她乱动。

"老K都不和老猫双排了,而且现在都十一点了,老猫也不知道跑去哪儿了。"

"十一点了?"

"嗯。"

"那你要不要干脆在这儿睡?我抱着你睡,什么都不干。"

"陆思诚,我在跟你说正事。"

男人"嗤嗤"地笑了,他就喜欢听她半恼火似的叫他全名。湿热的鼻息尽数喷在她的耳根,耳根便被染红了一片。童谣抓着陆思诚的耳朵不让他乱动,把自己的话说完:"然而直播间的观众还在疯狂猜测老猫的事,老K直接关了直播,脸超级臭。"

"哦,"陆思诚低下头亲了她的唇一下,目光深沉,"所以呢?"

"明天还有和CK战队的训练赛,后天有和YQCB战队的训练赛,他俩这么吵架怎么打?你是队长,你不管管?"

陆思诚停顿了下,然后笑了,嘴角微微轻勾,看上去挺无所谓的:"你担心太多了吧?本来打比赛被抓心里烦躁,老K今天第二局也是刷得稍微厉害了点,不知道搞什么鬼,好像是有意练习新的刷野路子——你那时候被李恒硕那小子抓,不也是各种心态爆炸?当时来脾气很正常啊……又不是小孩了,过一会儿就好。"

相当云淡风轻的语气。

童谣捏了他耳垂一下。

"你记得你今天说的话。"

"什么?"

"明天要是因为这两个人搞事,训练赛输给CK战队,你也别啰唆就是了,反正我已经提醒过你,虽然只是一局训练赛,但是我也不想输给阳——"

童谣没说完,唇瓣便被男人一口咬住,男人的吻带着一丝侵略性,就好像方才她说的什么话惹恼了他,一番追逐逼得她呼吸都变得困难起来,鼻息之间尽数是他的气息……

她低低叹息一声,垂下眼。

"那一会儿你去警告K神和老猫,如果明天那局训练赛输了,后天比赛我考虑上替补,"陆思诚与童谣对视,盯着她红肿的唇看了一会儿,低下头用舌尖舔舔她的唇瓣,言简意赅道,"就说是我说的。"

第六章

"威胁人滚去替补什么的……你要么就不管,要管就用这种方式吗?"童谣抬起手推开男人的脸,"要去你自己去,这种招人嫌的话我才不去传。"

"不然怎么说?"

"爱的教育,要有爱心。"

"他们又不是你,"陆思诚用理所当然的语气道,"我哪来那么多空闲的爱心?这种东西给他们是浪费。"

"你也并没有给过我爱心!如果趁着我打RANK的时候站在我身后念叨这也不对那也不行、这个出装奇葩、那个走位太烂也算你的爱心的话,你到底知道'爱心'这个词的正确意思吗?我很怀疑!"童谣捏住陆思诚高挺的鼻尖,"有时候说开心了还要拉上明神来一起吐槽站队,人家明神都不想理你好吗?"

陆思诚认真地想了想,然后薄唇轻启,一本正经道:"诬蔑,我没做过。"

童谣推开他坐起来，然后又被压回床上。

"干什么？"

"给你爱心啊。"

陆思诚说着低头在童谣脖子上咬了一口，像狗似的，这人咬就咬一个地方，隔几天痕迹消失了就再咬一下。童谣受不了他赖在自己身上，掀开被子推开他，自己爬起来把被子往他脸上一捂："随便就说要上替补的话还是不要说了，两个'中二病'少年，万一越激越出问题怎么办？"

"他们老实点我就不说了。"陆思诚被她捂在被子底下，"手拿开，闷。"

童谣松开手，陆思诚掀开被子，她用袖子擦了把脸，转身走出房间。

一开门就听见下面基地的大门被人打开，童谣趴在栏杆上看了眼，发现是老猫回来了，但是他并没有回房间，而是将钥匙往桌子上一扔，直接就躺在沙发上闭上了眼，两只猫争先恐后地跳上他的肚子踩啊踩的……

"老猫，"童谣从楼上探了个头，"回房睡吧。"

童谣说完这话就觉得自己像是在劝怨气小媳妇回家睡的隔壁村口童大妈，那语气里充满了小心翼翼和多管闲事。

老猫睁开眼，翻了个身，委委屈屈地蜷在沙发上摸摸两只猫的脑袋："不用，今晚我就在这儿睡。"

老猫也不负众望地表现出了怨气小媳妇的"英姿"。

愁死个人了。

第六章

第二天下午是和CK战队的训练赛。

老K昨晚早早回房，结果今天快到训练赛开始的时间才从房间里出来。老猫又一副宁死不屈的模样死活不肯回房间，被逼得没有办法，最后只好用基地给通宵工作的人员准备的牙刷洗漱。

直到老K从房间出来，老猫才回房换衣服。两个人在楼梯上狭路相逢时，童谣感觉整个基地静谧得令人窒息。

最后，以老猫昂首挺胸、目不斜视地从老K身边经过作为结局。

看到这一幕，童谣就觉得今天训练赛的胜利估计是走远了。

果不其然——

训练赛开始，众人在二楼训练室坐稳。

老K习惯上半野区开局，这种情况下，一般是上单帮打野拿个蓝Buff作为开局，然后上单再回线上吃线，但是今天，进了游戏，当五个人的英雄在泉水出现时，老K没等其他人过来就直接叫童谣来帮自己，而老猫则阴沉着脸直接就往线上走。

当时气氛就有点尴尬。

小胖假装什么都没发生在那儿废话，企图拯救尴尬的气氛："这版本的恶之花辅助真的强啊！死克亡灵之灯，亡灵之灯出钩前有个摇钩动作，对方的恶之花眼尖得一看就直接把花扔出来，就钩不到了！诚哥，作为亡灵之灯之神，我觉得这不行啊，我们得开发下克制恶之花的下路组合才行……"

陆思诚没理他，而是转过头面无表情地看了眼老猫和老K两个人——那眼神，没刺激到老猫和老K，倒是成功让小胖闭上了嘴，清清嗓子，假装什么都没有发生。

"下次试试用手长的英雄打恶之花,别局限于传统辅助,其他英雄都可以试试。"

扔下这句话证明自己耳朵没聋,陆思诚将目光收回,点着鼠标开始自顾自补兵。众人纷纷闭上嘴,然而谁也没想到,这只是一个开始。

接下来,老猫和老K这两个搞事Boy给人们展现了什么叫"眼中没有上路的打野"及"F键已抠,不知道支援为何物的上单"。

打野刷完上半区野怪立刻扭头就走,哪怕路上和对方打野在上半野区打了个照面,也不给自家上单打个"小心被GANK"的信号。所有的视野道具用来照亮中路和下路,上路一个辅助眼都不帮忙做。

中路团战,上单眼睁睁看着自家打野被开,并不传送去救——往常这时候,如果按照他平日的反应速度,他们打野不一定会死,然而他并没有那样做,而是眼睁睁看着对方上单稍微反应慢一拍地传送到下路,与其他队员会合,五人聚齐,直接吃掉了自家打野,然后再以人数优势抓掉了中单和辅助。陆思诚反应快,卖队友果断逃过一劫,但是也不妨碍CK战队顺利拿到下路一血塔和第一条土龙。

直到陆思诚躲在草丛里回城时,老猫才慢吞吞地往中路走,准备帮童谣守一下中路的第一座外防御塔——

然而这并没有什么用。

第十二分钟时,被对方强行开了这么一波团战,掉了下路第一座防御塔,同时还有本局游戏第一座被推掉的塔的额外金钱奖励，外加一条当前版本最值钱的土龙，再外加三个人头，ZGDX战队这一波节奏被带得血亏。

起源于老K心不在焉，看见对方那么多人还无头苍蝇似的上去送，结束于老猫在上路当睁眼瞎，死活不交传送技能下来支援。

CK战队就是联赛强队，而且擅长打顺风局，被他们抓到这个机会，接下来原本五五开甚至说是小优势的童谣和陆思诚这两条线一起都变得日子非常难过。

再加上简阳今天节奏飞起，细心地发现了ZGDX战队今日无"上野联动"的情形，再次开始死蹲上路，把老猫抓崩。

一局游戏到第二十五分钟，老猫拿个上单巨怪，被对方的AD蝴蝶随便打两下就没了，整个队伍没有前排，拖到后期发育根本都是妄想。

比赛到第三十五分钟就被CK战队一波推上高地，基地被点炸时，队伍每个人的战绩看上去都很惨。

明神"唉"了一声，直接用手里的写字板给老猫和老K的后脑勺各来了一下，并附赠言："打得真丑！"

陆思诚坐在位置上没有什么表情，只是点开赛后数据图看了一眼，然后关上电脑，淡淡道："不想打训练赛就直接说，何必在这儿浪费其他人的时间？"

声音不大，低沉缓慢，但是足够二楼的每一个人听见。

童谣和小胖心内一紧，下意识坐直身体，明明知道说的不是自己，却还是莫名地心虚外加冷汗直冒。反而是老猫和老K反应难得地整齐划一，那就是保持淡定，保持冷漠，保持面无表情，保持没有反应。

童谣掏出手机——

ZGDX smiling:"你们那边今天有没有训练赛啊？介意多一个人过去做客吗？"

高中生时是流氓:"干啥？"

ZGDX smiling:"申请紧急避难。"

高中生时是流氓:"哈哈哈哈哈！和CK战队训练赛炸了？"

ZGDX smiling:"比那还惨。"

高中生时是流氓:"咋的？"

ZGDX smiling:"上野恩断义绝，诚哥炸了。"

高中生时是流氓:"那真的很惨。"

结果隔壁战队今天也有训练赛，童谣申请避难失败。

为了逃避小小的二楼训练室的低气压，童谣选择沉浸在自己的世界——开直播，然后打一下RANK。

刚开始时一切正常，直到陆思诚去了会议厅又走出来，整个人都是低气压状态——这股低气压瞬间席卷整个训练室，男人走近了，垂下眼看了一眼童谣在开直播，淡淡命令道:"麦闭了。"

此时童谣正好打完一局，正在等重新匹配新的游戏，闻言一秒不敢耽搁，切出来把语音关了，无视观众"不许关""退订""要讲秘密了，不给我们听，好气""诚哥今天心情不太好啊，你们吵架了吗"等一系列弹幕。关掉语音的第一秒，还没来得及打字告诉观众"就关一会儿"，就听见身后陆思诚跟坐在稍里面的上路和打野搞事二人组说:"给解释。"

第六章

语气是非常没得商量的那种。

老猫抓了把火红的头发,一脸不耐烦:"解释什么?我上路被抓成那样,不吃线怎么发育?被锁在上路了啊,去不了其他路支援,其他路掉的经济我上路也能补回来,不信你看下实时经济分布图。"

这话相当耳熟。

老K看了老猫一眼,没说话。

童谣和小胖看了眼陆思诚的脸色,不敢说话。

这时,陆思诚直接走到童谣旁边,让她稍稍挪开,并直接用她的电脑点开了刚才那局的数据分析软件:"比赛进行三十五分钟,作为上单,你的参团率是11.7%,整局比赛,对对方英雄的输出一万二,比辅助就高两千。其间,从第十二分十八秒开始,大小规模团战一共七次,你只来过一次,就是K神不在的那一次——那也是我们唯一赢的一次四对四团战。通过你0击杀6死亡2助攻的数据来看,你整局比赛一共贡献过两个助攻。"

童谣茫然地抬起头看着陆思诚,惶恐至极。除了参团率和击杀数据,后面这些什么大小规模团战几次、老猫来的那次谁在谁不在、一共几个人、第一次团战发生在几分几秒这类东西,可是都没有数据记录的。也就是说,这全是陆思诚用脑子记下来的。

这人是天蝎座的吧,这么记仇?

老猫还想狡辩:"第一波团战我反应过来时,对方上单已经传送下去了啊,我再跟着下去也是……"

"第一波团战,老K不长眼,往对方中单和打野脸上走的时候,你当时的游戏画面就在下路。那之后的两秒，对方上单才传送下来，如果你第一时间真的想下来，你会比对方上单整整快两秒，这时候K神也没死，你们两个有足够的时间拖延到童谣跟上先击杀对方中单输出位，结果是，你没下来。"

"我没看到有好的传送位置……"

"今天K神的野区重点视野做在中下两路，视野过于充足的话，小胖好像连出眼石的钱都能省下，对方也就辅助一个扫描，当时下路、中路到处都是我们的视野，三角草丛和对方蓝Buff区，不论是正面还是绕后，你还要多好的传送位置？"

陆思诚没看老猫，只是盯着童谣的电脑屏幕。

童谣侧过脸看他时，他整张脸都是冰冻三尺的那种冰冷，深褐色的瞳眸倒映着电脑屏幕里的数据，仿佛随时有暴风雨袭来。

老猫不敢说话了。

老K也是因为被讽刺把视野道具浪费在下路，这时候屁都不敢放。

童谣的直播间弹幕全部都是——

"训练赛炸了吗？"

"诚哥这表情能吃人啊……"

"发生了什么？我诚哥这脸色下一秒要捶人啊。"

"童谣惹你生气啦？"

"妈妈我害怕！"

陆思诚全当看不见，直接把直播间最小化。

"一场比赛有输有赢很正常，不是不可以接受，春季赛总决赛输给CK战队,谁说什么了吗?但是如果你们不想打比赛,或者觉得带着别的队友陪你们浪费时间赌气是一件很理所当然的事,那我觉得明天的比赛你们可以不用——"

话音未落,陆思诚突然感觉到紧绷的嘴角被一个柔软温暖的东西触碰到。

他微微一愣,转过脸,与此时抱着膝盖、被他挤到一旁的人对视上,后者仰着头,一双黑亮的眼看着他。

陆思诚:"干什么你?"

童谣:"好好说话,别着急。"

陆思诚沉默三秒,最后扔下一句"你们自己好好想",居然就这样转身走了。

训练室里顿时一片静谧,每个人都是一副"不知道怎么,总之我好像活下来了"的茫然表情。

童谣坐回电脑前,打开直播间,顿时发现自己的直播间已经被一大片弹幕疯狂刷屏——

"ZGDX战队中单单挑召唤师峡谷最大Boss,获胜!"

"一人Carry全局,带领队友险处逢生。"

"笑死我了!哈哈哈哈!我还以为诚哥要砸基地了,他居然就这么走了?"

"可以可以,我信你们是真爱了。"

"我服。"

"ZGDX战队队长沉迷女色,无心执教,昔日冰山不再为哪般,让我们走进今日电竞科学……"

"这招好啊,亲吻不仅可以让疯狂唠叨的女人闭嘴,同时也可以让疯狂唠叨的男人闭嘴啊!"

"厉害了我的姐。"

"这套路,讲道理,是无敌的。"

第七章

童谣看了一会儿弹幕,正想继续打她的排位,这时候她放在面前的手机亮了起来,她瞥了一眼,发现是个不认识的名字——

朕后位有人:"你就护着他们吧。"

童谣并不记得自己的微信里除了她弟,还有第二个"中二病"患者,于是往上拉了拉,看了眼聊天记录,才发现昨天晚上她还在和这个"中二病"说情话。

童谣放下手机冷静三秒,接受了这个"中二病"患者是她家男人的事实。

ZGDX smiling:"你改的什么神经病名字?"

朕后位有人:"哦,陆岳改的啊。"

朕后位有人:"好像也没说错。"

ZGDX smiling:"没说错?改这名字是为了提醒你那些背地里的三千佳丽不要轻举妄动?"

朕后位有人:"就你一个。"

朕欲与卿系红绳："行了吧，无理取闹。"

童谣看着瞬间变了的微信名字，顿时举着手机咧嘴傻笑，不管这时弹幕里的人纷纷嘲笑"恋爱的酸臭味""这笑得宛如傻子，手机里一定是队长""一个基地放个屁都能听见还发微信"。

她抓着手机正想要说些什么，这时候手机里又跳出来了几行消息——

朕欲与卿系红绳："还有下半句。"

朕欲与卿系红绳："解霓裳，入洞房。"

ZGDX smiling："臭流氓。"

朕欲与卿系红绳："我来和你说正事，你自己先打岔的——让你别护着队里那两个小孩，不摁着他们的头让他们认错，他们还是会继续吵的。"

ZGDX smiling："昨天晚上就跟你分析了一下，要爱的教育啊！我是怕你说那种要上替补的话激起他们的逆反心理。"

朕欲与卿系红绳："明天还像今天这样输给YQCB战队，你会看见你队长被激起逆反心理是什么样。"

朕欲与卿系红绳："我不管，把你揽下的烂摊子解决了，否则连你一起骂。"

ZGDX smiling："我没揽任何烂摊子，就是当时看你英俊的脸近在咫尺，心想我男人真俊啊，要不亲他一下吧？然后我就亲了。"

朕欲与卿系红绳："迟了。"

童谣生无可恋地放下手机，莫名其妙就被定下罪名，顿时排位也不想打了，直接关了直播，然后扭头看向旁边的老猫，这会

第七章

儿他也没有打游戏,就坐在自己的位置上玩手机。

基地二楼的光线有点暗,所以手机屏幕的光照在他脸上,他大概是不知道的,自己的一举一动,甚至是脸上的每一丝表情变化都能被看得清清楚楚。

因此童谣也就清楚地看见,他虽然是在摆弄手机没错,但是眼睛却不老实,时不时地眼皮悄悄抬起来,看一眼旁边老K的电脑,然后那目光一下又滑到了老K那张面无表情的娃娃脸上。

给他个镜子照照,他大概从此对"大写的心虚"这五个字会有非常形象、立体、生动的理解。

陆思诚刚才那一通令人窒息的狂怼还是有一点效果的。虽然没怼完,但是至少让吵架的两个人中炸毛炸得最厉害的那个稍微冷静下来了。这会儿老猫大概是真的反应过来,本来没多大点屁事,自己有点玻璃心过头了。

童谣掰着手指盘算自己怎么样才不会和这一对傻子上野组合一起挨骂,而此时,老K那边单排一直连跪,都快从之前和老猫双排时上的王者五百多胜点掉到大师分段一百多胜点去了,于是连带着他脸上也是变得越发没有表情,到最后,他摁键盘、点鼠标的声音都有点大。

老猫干脆放下手机,坐在一旁安静地看老K打游戏。

童谣见状,站起来,以去小胖的位置上拿东西为借口,路过老猫的位置时狠狠地踢了他一脚。老猫"嘶"了声,抬起头皱眉看着童谣。

童谣皱眉,冲着老K的后背抬抬下巴,用口型无声地说:"快去啊。"

老猫露出犹豫的表情。

这时,正好老K这边的基地被对方点爆,老K退出本局游戏,看了眼输出表,他们这边的上单拿了个输出型英雄女剑士,结果输出还没有吹笛神辅助高。

老K沉默了,继续面瘫着脸退出输出表,点击单排,进入新一局的等待匹配队友模式。

童谣走到小胖旁边,顺手拿了个苹果,回自己座位的时候,又踹了老猫一脚。

老猫动了动,差点跳起来。童谣目不斜视地从他旁边路过,在自己的座位上坐下来时,终于听见旁边老猫清了清嗓子,用不怎么自然的声音说:"喂,来双排不?"

童谣勾起嘴角。

小胖一个手抖,点掉了自家AD的炮车,一脸茫然地回过身看身后那两个人。

老K没说话,却取消了单排模式,点击邀请某个ID——一秒后,老猫顺利上车。

整个过程没人说话,只不过二楼训练室里的低气压稍微消散了些。童谣非常得意,特地发微信把她那个蹲到一楼去生闷气的队长叫上来验收"爱的教育"的成果。陆思诚拿着她那个写满了各个战队数据分析的小本子上来了,面瘫着脸,门神似的抱臂站在老K和老猫身后看他们双排。

刚刚消散的低气压又回来了,训练室里没一个人敢说话。

第七章

直到老K和老猫的游戏开始，进行到第七分钟的时候，有一波老猫的兵线不是很好，当时老K和对方打野擦肩而过又见那打野消失在了上路，总觉得有点不安，怕他是跑去哪个草丛里蹲着阴老猫，索性放弃了帮自家中单拿蓝Buff，打字让中单自己去，然后转身去了上路。

结果人到了上路没看见对方打野，正觉得是不是自己多心，他随手打了个信号，意思是来都来了，干脆越塔杀了对方上单算了，老猫也没多想就上了。

两人轮流扛塔伤害倒也和谐，奈何对方上单是个"肉"得不行的大树，走位还有点风骚，当他们两个都残血了也没能弄死对方大树，准备放弃时，对方草丛里突然跳出来大概蹲了有一万年的他家打野狂猎女猎。

狂猎女猎堵住两个人的后撤路线，直接收割了两个人的人头。

对方上野大概也是双排的，然后又有点清楚老猫和老K这两个经常双排的人的套路，大概就是知道老K看见老猫可能被蹲，绝对不会放他去死，会来反蹲，总之这一下，两个人就被老K的一波节奏送了对方双杀。

老猫"嘶"了声，看着老K顺口说了句："你专门来搞我的吧？"

他平常说这话是没多大问题，但是他忘记了，这时他是要低眉顺眼地哄着老K，所以等话说出口，他脸色一变，还没来得及开口后悔，就听见老K说："是啊，怎么？不高兴自己单排啊。"

老猫立刻不敢说话了。

童谣捂住了自己的胸口。

陆思诚转过头,充满嘲讽地看了她一眼。

朕欲与卿系红绳:"还爱的教育不?"

ZGDX smiling:"我错了,'枪杆子底下出政策',队长万岁。"

第八章

最后的结果就是老K和老猫两个人的车开了一次就"车毁人亡"。打完游戏,老K站起来说饿了,要下楼点外卖,扔下老猫一个人在那儿坐着,老猫眼巴巴地看着老K关电脑、下楼,然后在小胖和童谣同情的目光注视下,像是自言自语一般说:"老K其实平时脾气挺好的,跟他那张脸一样,就是个没脾气的人。"

"那你们怎么还能天天斗嘴啊?"童谣问。

"我喜欢唠叨呗,他就听我唠叨,然后一笑了之,"老猫看了眼老K离开的方向,然后低下头,"我还没说完呢——这种脾气好的人,一般不生气,一生气就会很难哄……"说着露出纠结的表情。

小胖:"你现在才知道后悔。"

童谣:"好好跟他说说,别影响明天的比赛。"

老猫蔫了吧唧地点点头,意识到了事情的严重性——从和阿尔法战队比赛那天就是他在闹脾气,到今天训练赛,他放着老K身陷敌营,见死不救,仔细一想,好像都是他的毛病。

想通了，老猫就惦记着晚上睡觉时好好跟老K道歉——毕竟少年脸薄，也不好意思在太多人面前承认错误。

只不过下午的时候，又发生了一件小事。

大概是陆思诚用童谣的电脑翻看下午训练赛的数据图时，童谣正好在直播，所以那数据图页面就被人截图了。总之在那之后不久，关于"ZGDX战队训练赛被CK战队暴打，ZGDX战队上路打野疑似恩断义绝"的消息满天都是。

"不是吧？不是说ZGDX战队训练赛无敌吗？"

"无敌个屁，和韩国的队打没赢过几场吧？听说输给韩国运营商队和表情包队也不是一两次了——不是ZGDX战队太强，是HPL太菜，今年HPL在世界赛上估计还是最多八强！"

"不是说新中单smiling很强吗？不是新阵容HPL无敌吗？怎么没见她带队伍赢啊？"

"ZGDX战队这种在HPL几乎杀穿两个小组的统治力都打不过运营商队？教皇不在的表情包队也能暴打ZGDX战队？不是吹得飞起吗？"

"这种时候上野还有矛盾的话，估计真的要完，我有一个预感，明天YQCB战队要赢。"

"楼上吹春季赛保级队的才厉害了，一个教皇让你们嘚瑟上天了啊。"

类似以上的各种冷嘲热讽，以及唱衰《英雄王座》中国大陆赛区的言语层出不穷。

主要还是因为ZGDX战队之前成绩太好，本来就是一场BO3都没输过,被人吹得飞起,说是中国大陆赛区在今年国际赛最后的希望,突然被CK战队在训练赛暴捶,众人都有些不安。

大家都是希望HPL什么时候能拿个S系世界总决赛冠军的,所以对于ZGDX战队,他们的要求无意间也变得更加刻薄。

老猫对此自然是知道的,贴吧的帖子看得他心烦意乱,看了一会儿干脆摔了手机扑回床上补了个眠,睡醒后就蹲在房间里等老K回房。等啊等,干等到晚上一点多,老K也没回房间。老猫打开房门一看,发现他坐在楼下二队的打野旁边,柔声细语地教小孩玩狂猎女猎这个英雄,听见楼上的开门声他头都没抬一下。

老猫特别郁闷地嘟囔了声"明天自己有比赛,你惦记别人干吗",然后"砰"的一下关上门。

等走廊恢复了之前的宁静,坐在楼下二队打野身边的人一边说着"刷完这个,石头人不要了,直接去下路,路过中路时看看兵线情况,靠自己这边就帮抓一波",一边掀起眼皮扫了楼上一眼,停顿了下,又垂下眼,却没什么表示。

这一切都被趴在二楼栏杆上的童谣尽收眼底。

她趴在栏杆上看了一会儿,直到感觉身后有人靠近,一只大手揽住她的腰,结实的胸膛贴上她的背。男人弯下腰,毛茸茸的脑袋就像是大型犬一样凑到她的脑袋边,蹭了蹭,低声问:"在看什么?"

"看这两个人准备折腾到什么程度。"

"明天之前不会和好。"

"那比赛……"

"做好会输的准备。"

童谣微微瞪大眼回过头去。男人将她压在栏杆上的力道稍稍加大,修长的指尖固定住她的下巴:"小组赛而已,真的全胜反而让人觉得不安……这些小子已经开始膨胀了,我今天听胖子主动要求明天拿吹笛神。"

小胖的吹笛神确实玩得不咋样,上一次和DQWL战队打比赛,为了打四保一战术,让小胖拿吹笛神像是要了他的命似的,虽然最后比赛还是赢了,但不影响他对这英雄依然有心理阴影。

"隔壁战队现在很强啊……"

"嗯,"陆思诚心不在焉地应了声,"所以稍不留神,状态不好,准备不充分,都有可能成为输比赛的原因。"

童谣垂下眼,想了想,小声道:"可是我不想输比赛,哪怕只是一个小组赛……"

在她身边耳鬓厮磨的男人动作一顿,稍稍将沉甸甸压在她肩膀上的脑袋抬了起来,认真思考了下后,淡淡道:"也不一定就会输吧,不过现在输总比留到更重要的时候输好——不然等到什么时候?夏季赛总决赛还是世界总决赛?隔壁战队很强,但是,韩国职业联赛那边的传统强队至少比现在的他们更强,等到了世界赛,那才是真正输不起的时候。"

"你看现在他们都膨胀成什么样了,一点比赛里的小事就互相甩锅,吵架,训练赛乱搞,连胜几场联赛小组赛,真以为自己天下无敌啊?"

男人的声音低沉缓慢,还带着一丝丝的冷漠。

第八章

童谣听得有些无言以对:"你成天净惦记着怎么套路队友,套路俱乐部高层,套路我,你不累啊?"

"累,操碎了心!"陆思诚将少女一把抱起,稳稳地抱着她大步往房间走。

陆思诚轻笑着收紧手臂,稍稍扬起头亲吻了一下怀中人的下巴。童谣笑着躲着,与男人低声细语之间,她内心却充满了对明日比赛的莫名担忧。

打从入队至今,除了夏季赛开赛头一天晚上,她已经很久很久没有过这种感觉了。

那是一种对于风雨欲来的揣测和不安。

第九章

　　童谣和陆思诚两个人脑袋碰脑袋地趴在床上，变成了真的盖棉被聊正事。陆思诚对此深表无奈，但是也着实没什么办法。

　　因为他没瞎，他看见了刚才当他捧着他队中单回屋时，身后一堆队友外加队伍教练脸上的表情，清清楚楚写着一行赤红标语：本战队基地不存在全垒打，你休想。

　　陆思诚垂下眼，大手放在怀中人的肩膀上蹭了蹭，半天不满意，又往下滑，摸了摸她的胳膊，然后他觉得自己真的有点像变态。

　　而此时，童谣对于他丰富的内心变化并无察觉，只是特别认真地把记在自己那个小本本上，至今为止夏季赛上各比赛战队的成绩积分表拿出来看了一眼，随即发现现在的情况是，除了他们ZGDX战队是以全胜的成绩占据A组小组头名，B组的情况相对比较胶着——

　　CK战队以一败的战绩，占据B组头名位置。而YQCB战队则是以二败的战绩，暂时位列B组第二。

CK战队的一败是在夏季赛开幕式当天被ZGDX战队复仇成功,输掉的唯一一场比赛,而YQCB战队输的两场比赛,一场是联赛初期输给CK战队,还有一场是那次YQCB战队尝试四保一战术失败,正好赶上艾佳和今阳被带节奏,于是在俱乐部有意安排下,第三局生死局艾佳直接没上,所以输给了HW战队。

但是只要长了眼睛的人都知道,YQCB战队这个队伍就像是一个干涩的海绵,从赛季初开始就成长飞快,每一场比赛他们都能吸收大量的经验,以最快、最扎实的方式进步着。

"网友A说,如果那次和HW战队比赛不瞎搞四保一,艾佳第三局能上,真不一定输,"童谣扔了小本本,开始念手机上的网友留言,"等到联赛进入第三阶段,回归组内循环赛时,YQCB战队并不一定会输给CK战队。"

陆思诚"哦"了声,一只手撑着脑袋半支着身子,垂着眼看半靠在他怀中、此刻正捧着手机念得特别认真的少女。

"媒体A:对绝大多数人来说,明天YQCB战队与ZGDX战队一战,就算是HPL的巅峰之战,HPL这一汪潭水之深浅,就看此次战役……巧合的是,HCK明日的比赛在TAT表情包战队和OP韩国运营商队之间展开,也是王者巅峰之战——两个赛区之间的差距,几乎在明日过后,便可窥见一二。"

"有道理,"陆思诚长长的眼睫毛扇动了一下,"让我们祝福ZGDX战队,祝福OP战队,运营商队万岁。"

"祝福OP战队是什么鬼?TAT战队好歹是你老东家。"

"但是阿太欺负过你啊,"陆思诚伸手拍拍怀中人,半认真半戏谑道，"所以不跟他们玩。"

童谣翻了个白眼。

"网友B：现在的保级队吹越来越厉害了，"童谣继续念，"全世界欠你们保级队一个夏季赛奖杯……"

童谣从手机上抬起头："嘲讽还能这么表达？"

陆思诚没说话，低下头亲了她一下。

陆思诚："表达对你赶紧闭嘴的期望。有哪个小姑娘趴在自己男人床上刷微博的，嗯？念一条就算了还没完没了，当我死的啊？给点尊重。"

"我怎么就不尊重你了？趴你床上刷个微博都不行？"童谣顺口回道。

陆思诚闻言停顿了下，伸手将她往自己怀里摁。童谣被拽着趴到男人结实的胸膛上，掀开被子，发丝微微凌乱，唯独一双黑色的眼严肃又明亮："少趁机蹬鼻子上脸的，给谁下套呢？流氓！"

说完自己绷不住又笑了。

今天第一个正经的灿烂笑容。

陆思诚眼角微微放松，伸手将她抱紧，又低下头在怀中人的额上亲了一口："好不容易笑一个，我像盼着铁树开花似的盼着……你能不能放轻松点？明天打个保级队也把你吓成这样。"

童谣半天才反应过来这人是在插科打诨让她放松，愣了下，抬起手摸摸男人的脸："还不是你一直说会输？"

"因为真的有这个可能，我怕你接受不了，娇滴滴的小姑娘一直赢来着，都没舍得让你输，吓哭了怎么办？"

"以前我也哭过，"童谣微微抬起头说，"被你老东家表情包战队那个变态中单阿太欺负得生活不能自理。"

"以前我不是你男人，不用管你哭没哭，"陆思诚将她的脑袋摁回自己胸膛上，"但是现在我得管。"

"那你明天疯狂Carry我赢吧？"

"对方可是李君赫，我怎么疯狂Carry你赢？比赛前打断他的手吗？"

童谣伸手掐男人的脸："就不会画画大饼哄哄我？"

"这么乐意看大饼，今晚抱着你猫睡，十几斤的饼，够大不？"

陆思诚这人太沉闷。

沉闷是成熟的另一种说法，这种人就是太现实，如果没把握，他就说不出半点能哄人开心的漂亮话来——他从来不肯给别人画哪怕一笔他没心理准备的大饼，哪怕他知道他随便的保证都能让人变得安心许多。

但大概正是因为这样，所以这种人说的话、做的事永远都很有说服力，当他表现得对于输赢非常淡定平静时，他就可以成功地影响周围的人。

童谣张开双臂抱住男人的腰，整个人像是虾米一样蜷缩起来，脸埋进他的怀中。虽然一想到明天一战，心还是会怦怦跳，但她却比之前平静了许多。

晚上睡觉的时候，童谣梦见老K和老猫打比赛，因为抢上路一个破石头怪吵了起来，起因是老猫打个石头人打了老半天，最后还剩一点血了，老K上来一个惩戒无情带走，队友傻眼，老猫炸毛，两个人越吵越厉害，最后老K彻底毛了，站起来摔了耳机对着老猫就是几巴掌，"啪啪"几下，要多响有多响！

童谣看着都疼，是真的疼，就好像那几巴掌抽在她脸上似的，然后她就被疼醒了。

睁开眼睛一看，发现是大饼蹲在她枕头上，弯着腰、伸着爪子对着她的脸"啪啪"揍得欢，童谣睁开眼时，正好赶上新鲜的一爪子呼在她鼻子上——这一下把她眼泪都痛出来了，爬起来把猫一把推下床。瞪了眼在旁边坐着看热闹的小葱，心想还好当时没心血来潮去隆个鼻，不然光这一下，现在她就该打120去急救中心挂号了。

捂着鼻子擦擦眼泪，爬去浴室洗澡换队服。童谣从房间走下楼时，两只猫正蹲在沙发上相亲相爱地相互舔毛——与之形成鲜明对比的是，她的队友老猫先生和老K先生也各自占据沙发一边，谁也不理谁，低头玩手机。

两只猫的相爱并不能给予他们任何爱的启发，也并不能让他们对自己的幼稚行为感到羞愧与害臊。

"还吵架呢？"小胖走下楼来问童谣。

童谣点点头，耸耸肩，想了想，跟沙发上的两个人说："今天的石头人让给我，你俩谁也不许吃。"

老猫："队霸吧你？吃完中路F4，连上路的石头怪都要预定。"

陆思诚从楼上走下来："谁队霸？"

见真正的队霸来了，众人选择沉默。

ZGDX战队和YQCB战队的比赛被安排在了周日下午五点,第一场。

童谣他们到了场地,从后台偷偷看,发现全场座无虚席——如果能选择哪天的比赛门票涨价,那毫无疑问,官方估计能把今天的票从一百二十块涨成二百四十块一张。观众席上,ZGDX战队粉丝和YQCB战队粉丝各自占据半边江山,粉丝数量完全五五开。

童谣深呼吸一口气,推开选手通道的门,迎着粉丝的欢呼和略微刺眼的舞台灯光,一步步走向属于ZGDX战队的比赛席位,耳边是解说员嗡嗡的声音——

解说A:"从教皇确定来HPL的那一天起,我们就在盼望着,盼望着——整个联赛,我们盼望着终于来到了跨组之战,这一天,我们将看到光与影的世纪之战!"

观众哄笑,全场欢呼。

解说B:"你戏真多。"

解说A:"哈哈哈哈,讲道理,你不想看吗?Hierophant与Chessman的正面对决,我从三年前围观HCK联赛时就盼着了,盼到今天!"

解说B:"好的好的,我想看还不行吗?讲道理,今天下路对线确实真的太令人期待了。在这个ADC位已经不复当年辉煌,看似不能一人力挽狂澜、扭转战局的版本,在HPL职业联赛之中却依然存活着两支ADC撑起半边天的战队!"

下面的观众开始高声呼喊各自支持战队的名字,还有两边AD的游戏ID!

第九章

当陆思诚和李君赫双双从选手通道走出,再分道扬镳走到自己的位置,动作一致地拉开椅子坐下时,现场再次响起一片几乎掀翻屋顶的尖叫!

"厉害了,都不知道这是要打比赛还是要开演唱会,"童谣看着在自己身边坐下的男人,"以及,感觉自己的头上有一片绿色的草原。"

陆思诚瞥了她一眼,发现她没戴耳机,脸色有些苍白——知道她这是紧张了,男人撇了撇嘴角,说起了另外的话题:"刚才在后台我问李君赫今天要玩什么,他说要拿傀儡师。"

童谣:"据我小本本的记录,教皇最近好像一直在练这个英雄,搞不好今天真的准备拿傀儡师。"

陆思诚:"是啊。"

童谣:"那他还告诉你?报警了!"

陆思诚:"总之,一会儿记得把傀儡师BAN了。"

这时,不知道解说又说了什么,底下的观众又是一阵狂欢,现场气氛那叫一个热烈,就好像今天已经是夏季赛总决赛似的。

"没想到隔壁战队也有这么多粉丝。"戴上耳机,隔绝了外面的欢呼,童谣的心还在乱跳,手指有些无意识地摆弄着鼠标。

"传统电竞豪门嘛!粉丝本来一直都多,不离不弃的,后来又来了个教皇,"小胖心不在焉地搭话,"教皇啊,和我们诚哥五五开的男人。"

童谣不说话了,也没听见有别人说话。

这时,她握着鼠标胡乱摆弄的手突然被一双大手覆盖,她愣了愣,抬起头,正好对视上那个"传说中和教皇五五开"的男人。他还没戴耳机,只是扯了扯麦克风,问她:"手这么凉。"

紧张。

童谣用无声回答了他。

陆思诚露出无奈的表情,抬起手拍拍她的头,把自己那杯还热乎的茶跟她的冰咖啡换了下,扔下一句"暖手手",然后转头戴上耳机调整了一下——此时,所有队员各就各位,比赛进入BAN&PICK环节。

童谣在三楼,毫不犹豫地BAN了傀儡师。

外面那些人不知道说了什么,童谣只看到YQCB战队队员齐齐扭头一脸茫然地看着教皇,特别是他们队长兼辅助凉生直接伸手拽了下他的胳膊——而教皇没有理他们,只是扭着脑袋,目光炯炯有神地看着隔着一条走道的陆思诚。

那眼神要多复杂有多复杂,言简意赅地总结,大概也就是五个字:你这个骗子。

童谣看出YQCB战队此时此刻"五脸茫然",好像是真的对傀儡师练了个套路现在又无情被BAN,顿时无语道:"队长,你这个陈世美。"

陆思诚:"兵不厌诈,给他上一课,又不是没别的英雄拿,一会儿轮子妈先放了让他,是不是很仁至义尽?"

小小插曲之后,BAN&PICK环节还是照常继续。正如陆思诚所说,两边的ADC都是英雄海,拿什么(除了陆思诚不怎么会的刀斧手)都能玩,所以很快,YQCB战队那边也从"五脸茫然"的状态中回过神来，迅速BAN掉了老K的狂猎女猎，又BAN了个皇帝。

皇帝是版本强势英雄且克制光头法师，对方BAN了这手恐怕是为光头法师做准备，所以到了陆思诚这儿，他没犹豫就直接把光头法师也BAN了。童谣忍不住扭头去看对面，隔壁战队大部分人看上去都好像很想跳起来把一脸淡定的陆思诚暴打一顿。

YQCB战队最后一BAN弄掉了童谣的妖姬，小胖则BAN掉了钻地。

至此禁用环节结束，然后是选择环节。

就像陆思诚所说的，在他们一楼选好版本强势的吸血公爵给童谣之后，对方迅速拿了轮子妈加盾人这个下路组合，前期辅助强，保住ADC发育，后期轮子妈一个Q砍一片，还不是美滋滋？

陆思诚不着急地拿了个冰原射手，小胖拿风之精灵，之后老K让小胖锁了个双生玉。

目前来看，ZGDX战队的阵容有点无视版本的趋势，一时间不论是解说还是观众都有些摸不着头脑。而因为ZGDX战队这边拿一手风之精灵又有点意料之外，YQCB战队只好放弃在禁选环节套路他们的想法，老老实实选自己要玩的。

最后，双方阵容确定下来——

YQCB战队。

BAN：狂猎女猎、皇帝、妖姬。

PICK：时间猎人、螳螂、三只手、轮子妈、盾人。

ZGDX战队。

BAN：傀儡师、光头法师、钻地。

PICK：大树、双生玉、吸血公爵、冰原射手、风之精灵。

当比赛进入载入游戏画面，进入游戏，双方队员十人"砰砰砰"出现在各自基地泉水时，童谣放开鼠标和键盘扳扳手指，深呼吸一口气，抬起眼透过电脑，她可以看见屏幕灯光下，所有的人都仰着头，眼巴巴地看着大屏幕。

当所有队员离开泉水，操纵着英雄向着召唤师峡谷地图指定的方向奔跑时，每个人都不禁打起了十二万分的精神。

他们瞪大眼，屏住呼吸，期待一场精彩的对决。

解说A："各位观众，你们好！这里是《英雄干座》职业联赛大陆赛区第五周的最后一个比赛日。接下来，我们将迎来ZGDX战队对战YQCB战队的跨组赛BO3的第一局比赛！是至今毫无败绩的传统强队ZGDX战队持续连胜保持不败金身，还是夏季赛凤凰涅槃的黑马YQCB战队终结ZGDX战队的超神之路，让我们拭目以待吧！"

第十章

比赛正式开始。

老K还是按照自己习惯的上半野区蓝Buff开局,不过让人松了一口气的是,这一次他没有再叫童谣来帮忙,而是直接走向野区蓝Buff,然后在那里看见了早就乖乖等着的老猫。

两个人开始沉默地打蓝Buff。

童谣收回视线,认真对线艾佳——之前就说过,这家伙对线稳如泰山,素有"中路防御塔"的另类美称,这种选手一般要么是队伍短板,只能怂着等其他路Carry,后期打团,要么就是真的稳健,个人喜欢也适合这种打法。

艾佳就属于后者,操作好,拥有与他毛躁的性格截然相反的沉稳,习惯打防守反击并屡屡奏效,像童谣这种激进的选手,已经无数次在他那里栽过跟头。

以前YQCB战队就是全队一起怂,无脑放资源直到慢性死亡,艾佳这种打法并不太明显,但是现在,YQCB队伍的打法风格焕然一新，一整队的激进派，就艾佳一人如根基般稳如泰山，反而将他真正的作用和存在感衬托了出来。所以面对艾佳，童谣丝毫不敢掉以轻心，并因为需要注意得更多，打得稍微有点放不开。

解说A："比赛开始三分钟，大家都在安稳的对线期，我们可以看见中路，在smiling拿到吸血公爵的情况下，她似乎有些束手束脚……"

解说B："换作是我，当我面对的是艾佳、陆岳这类有操作的防御型选手时，如果我是打法激进的选手，我也会变得更加慎重选择自己的进攻时间。"

解说A："我还是比较怀念smiling刚来HPL的时候初生牛犊不怕虎的模样！"

解说B："那是你，人家运营商队一点都不怀念——我听说有一段时间，smiling打排位的时候，诚哥就拿着一把鸡毛掸子站在她身后，冲动上头瞎送一次就打手背，瞎送一次就打手背……"

现场观众哄笑起来。

解说A："哈哈哈哈哈哈，你从哪儿听来的这种谣言？"

解说B："现在肯定不会，现在我们只能看见诚哥壁虎似的趴在smiling的椅子上含情脉脉……"

解说A："天天的直播都是狗粮味。"

比赛里，选手们自然听不见外面解说在说什么，童谣只是时不时抓紧补兵的空当与艾佳换血，但是相比吸血公爵来说，三只手的攻击范围更大，所以几次主动与被动换血下来，童谣手上的红药率先用完，也没能找到什么可以击杀艾佳的机会——

第十章

就在这个时候,刚刚到达三级的下路组合就打起来了。

起因是小胖去做河道视野,回来时站位稍微有一点点和陆思诚脱节。

与此同时,教皇大概率先两秒左右到三级,也就领先一两个小兵的经验,轮子妈有了E的护盾后打冰原易如反掌,所以在率先抢到三级把小技能都开好后,教皇毫不犹豫就上了——陆思诚像是料到了会这样,同小胖多年配合来的经验让他们无须过多交流,陆思诚只是淡淡地说一句"可以打",然后点了下地板,两个人就果断反打。

陆思诚第一时间清完小兵也升到三级,小胖的技能跟上,将教皇先手控制住,同时陆思诚开始往后撤,利用冰原射手手长的优势一边平A叠Buff,一边后退伺机反扑——这是拼手速的时间,大概也就两秒的时间,教皇已经把站位稍稍靠前的小胖的血点掉了大半,与此同时,他身上终于被叠满四层Buff,陆思诚立刻触发亮起的Q技能,阻止了他强势前进的步伐!

此时教皇的血量并不那么健康,并且E技能护盾已经挡过一次陆思诚的W技能伤害!

鉴于冰原射手的W技能冷却时间只有十五秒,而轮子妈的护盾却是二十二秒,所以在他们持续压进之中,对方辅助盾人挡在了轮子妈前面开启护盾——

"数五秒给个致残,等盾消失换打辅助,五,四——"

男人看着自己的血量也在哗哗往下掉,同时冷静的声音在耳麦中响起——伴随着倒数,盾人的盾同时消失,冰原射手的平A

一下下飞快点在它的身上，此时才三级的盾人并没有想象中那么扛打，顶过几下的消耗后，盾人血量就几乎见底，给陆思诚套了个致残后，盾人后撤。然而就在这个时候，陆思诚的W技能再次亮了，他并没有给对方辅助机会，九道光剑射出，将已经后撤一段距离的盾人人头收下！

"FIRST BLOOD！"

ZGDX战队的粉丝们爆炸沸腾。

解说A："非常漂亮的转移目标反打！Chessman的技能时间计算非常精准！这是计算好的，这绝对是每一下，包括普攻伤害，都计算好了的！"

解说B："我们谁也不会想到，轮子妈对战冰原射手，在轮子妈率先三级去主动开冰原的情况下，居然被反杀一个辅助……"

"Nice！"

"这反打可以的！"

赛场上，ZGDX战队的耳麦里响起队友们的一片赞扬。

解说A："讲道理，被Chessman先拿到首杀，那教皇这波就很亏了啊，四百块钱呢，兵线又清完了，这波诚哥回去就领先了一个小件，英雄性质导致的线上劣势就会瞬间被……"

还没等解说员说完，对方的轮子妈却做出了一个惊人的举动——只见它"砰"的一声直接凌波上来，一发Q技能强行将已经站在塔下只剩下血皮开始回城的陆思诚和小胖双双带走！然后自己被塔的伤害点死！

越塔强杀！两路瞬间从1:0变成了2:2，重新回归于平衡！

第十章

双方ADC各拿两个人头,刚刚还有点沉默的YQCB战队的粉丝们沸腾了!

解说A:"讲道理,这个凌波硬换把我看傻眼了。"

解说B:"你没看我都不敢说话吗?"

解说A:"讲真,一般ADC这时候也就认怂算了,这能凌波硬换,绝对是对轮子妈这个英雄的伤害极其了解,对自己的操作手速也异常自信的情况下才会这么做!"

解说B:"观众朋友,你们发现了吗?对于时时刻刻可能会被打脸的解说来说,这场比赛有点难解说啊……"

赛场外解说调侃着,赛场上的气氛就没那么轻松了,原本ZGDX战队大好的优势,现在也只是陆思诚领先首杀奖励多的那一百块及小胖领先一个助攻而已。

"治疗都没来得及按,这个李君赫!"陆思诚倒是冷静,"对方AD没凌波,老K你看看,实在不行不用来了,接下来他们打野估计住在下路了。"

陆思诚说得果然没错,接下来对方的打野两分钟内来下路骚扰了两次,逼得陆思诚有兵线吃不了只能后退,等级经验落后了一些,最后被对方一个AD压着不得不后退,眼睁睁看着要被对方点掉下路一塔。

"对方上单回了,老K来上换塔。"

老猫语气有点急,似乎是想联合打野把对方的上路一塔推了,只是在他进塔后,老K还是稳稳收了一个野怪才往上路走。其实前后也就几秒的差距,在老猫快到时,对方上单传送上线,逼退老猫，老K见他血量不怎么健康，连忙上前帮忙。然而就在这时，对方打野及时赶到，进行一波反蹲，直接又是一波轻松的0换2！

比赛开始第十一分钟，双方经济差距是一千三百块，YQCB战队暂时领先。

此时ZGDX战队的上路和下路其实日子非常难过，教皇并不像其他AD还会给陆思诚去别的路换路发育的机会，他就牢牢地将陆思诚拖死在下路，走也走不开，甩也甩不掉！

整队发育比较正常的只有一直在和艾佳正常对线的童谣。

但是ZGDX战队并不能对中路做任何文章，他们放第一条火龙，想要换了中路一塔，对方的支援却来得飞快，打了一半就留下打野一人单挑小龙，其他人一窝蜂地回到中路，逼得ZGDX战队不得不后退。

从那一波老K晚到了几秒开始，ZGDX战队就像是中了诅咒一样，对方的中路一塔和上路一塔就挂着个血皮，却怎么都推不掉——对手就像是装了马达似的，支援飞快，执行力极强，每次都先ZGDX战队一步到达他们想要去的地方，占领根据地！

比赛进行到第二十五分钟，双方经济差距是两千五百块。

陆思诚说："拖一下啊，把塔拿了没那么难打。"

往常大家也就互相鼓励一下准备继续加油，但是今天却没人说话，童谣皱了皱眉，切过地图看了看那两座挂着血皮、推了十分钟都还是没找到机会推掉的防御塔，心里突然冒出个想法：这局比赛能有后期？

这前所未有的质疑让她自己心中都咯噔一下，手心出汗。

第十章

第二十七分钟,双方终于开了一波团战,风之精灵加双生玉的效果是好的,双生玉开大招,小范围内不分敌我进入无敌状态,结界一开,小胖的风之精灵再开大,呼啦啦把对方残血吹进结界范围内顺便回血,然后童谣和陆思诚趁着对方被吹蒙时疯狂收割残血。

小胖:"可以可以。"

老猫:"这个青铜套路蛮好用的……以前比赛没人用过吧?"

小胖:"然而我估计只能用一次,下次谁还傻乎乎地跟你黏糊在一起残血打团?"

小胖说得没错,赢了这一波团战,终于拿下对方两座残血塔,然而自此之后,除非风之精灵和双生玉有一个用过了大招或者死了一个,否则并没有人再跟他们正面开团。

比赛又回到了刚开始时那令人压抑的气氛,ZGDX战队走到哪儿对方就支援到哪儿,然后仗着自己装备好,打得他们抱头鼠窜。童谣看着地图上那一片黑暗,做都做不出去的视野,头一次有了在自家野区拿自家的蓝Buff也像是做贼一样的感觉。

接下来,一切发展得那样合乎正常剧本。

比赛第四十二分钟,老K做视野被抓,对方直接开大龙。

知道这时丢大龙就意味着要被对方一波推上高地,ZGDX战队四人只好硬着头皮上,冰原开大招想要先手冰冻定住一个,减少人数劣势——陆思诚的冰原大招还是准的,然而对方却有个教皇,只见轮子妈直接走出龙坑,开护盾E技能抵消了陆思诚的大招,童谣听见男人破天荒地在比赛里骂了句脏话。

大龙理所当然地丢了。

然后是孤注一掷的、不上也得上的开团。

小胖吹风吹起三个，童谣W切进去想把对方的AD先切了，然而一个小小的走位失误让她没能摸到教皇哪怕一根头发，对方盾人在她的血池效果消失后直接放大招将她掀起来，轮子妈开Q两下暴击再配合时间猎人的定身，她在半空就被秒了！

比赛第四十三分钟，老K复活赶到，少了一个C位，ZGDX战队也打不过带着大龙Buff的YQCB战队，很快便被对方团灭，剩下一个刚刚赶到的老K又不得不被追着往回跑。

赛场外，解说在惋惜，说如果吸血公爵晚上三秒，等一下双生玉，结果可能会有所不同；观众在叹息，怎么能让中单上去开团，大树反而在后面没跟上；弹幕里在骂，骂童谣走位垃圾，骂老猫打比赛全程梦游，骂老K做视野被抓……

比赛第四十四分二十秒，陆思诚依然语气平静："下一局。"

然后YQCB战队一波上高地。

有轮子妈在，清兵速度要多快有多快，带着无数小兵，他们推掉中路高地防御塔，推掉水晶，直接上来拆基地大水晶旁的门牙防御塔。

比赛第四十四分四十五秒，蓝色方大水晶被点爆。

输了。

眼睁睁看着基地被对方的AD教皇和上单容容点掉，童谣很难说清楚那是一种什么样的感觉。

并不是将陆思诚的话当作开玩笑，听听就算了，所以没有做好可能会输比赛的心理准备；并不是没有在联赛里率先输掉一个小分，然后让一追二；并不是没有在联赛里因为被对手疯狂针对，成为输掉比赛的突破口。

但是，这都没有用。

这些事她都经历过的，本来应该淡定相待，然而当看着基地被点爆时，童谣的大脑还是有一瞬间的放空。紧接着，四十五分钟的比赛突然被压缩成一个短小的电影，从第一秒开始在她的脑海中回放，她坐在原地，努力回想他们究竟是从哪一秒开始注定了输局……

她开团太早？

不，再往前。

丢大龙？

不不不，再往前。

中路团战她走位失误被秒？

不不不，也许还要再往前一些……

或许是游戏开始，选手离开泉水到线上的第一秒，她操控着英雄往前，使用第一个技能和艾佳换血的时候？

整场比赛，对方滴水不漏的防守与零失误带来的焦虑席卷而来，比起他们这边频繁的走位失误，配合出现偏差，支援效率慢一拍……

这样打是不可能赢的，能撑到四十五分钟都不错了。

三条线上实力全部五五开，如果不配合好，再漏洞百出，接下来的比赛搞不好可能也会输……就像是个小丑一样输掉比赛。

这样的想法一瞬间进入脑海之中，窒息的感觉顿时充满了大脑，那是一种莫名的恐慌……童谣用麻木的手指摘下耳机站起来时，突然觉得眼前的光、台下观众的欢呼和加油声都变得很远，她摇晃了一下，然后手臂被身边的一只大手一把捉住。

陆思诚没有说话，几乎是半扶着她，不着痕迹地回到选手休息室。

大概感觉到这次的失败和以往不同的并不止童谣一个人，所以整个休息室都比较安静。

休息室的空调开得有点凉。

童谣回休息室坐下就没说话了，陆思诚难得没有在短暂的休息时间，用他超强的记忆力飞快复盘刚才比赛中第几分几秒有失误点，他只是拎起外套披上，然后跟黑帮太子爷似的用冷漠的目光扫视一圈休息室里的人，所有人都沉默着。

只是老猫和老K又坐到了一块儿，两个人面色平静，这两天破天荒地进行了一次正常对话——

"第一波你怎么想到要去换塔啊？"

"我以为对方上单没看见。"

"害我又跑去救你，一失两命。"

"是啊，这波我的。"老猫垂着眼，眼角温和，唇边挂着歉意的笑容，没有质问老K为什么非要收掉那个石头怪才跑来支援。

老K似乎有些意外，抬起头看了他一眼，没说话，当然也没有发脾气或者怎么样，只是伸出手拍拍他的肩膀——这一个动作大概还有别的重要意义。

第十章

休息室里变得更加安静,外面走廊上传来工作人员走动、交谈的声音,混杂着解说对于刚才那局比赛的讨论……

"我知道之前无论我怎么说,其实你们也不会放在心上,现在怎么样?"陆思诚清冷的声音响起,"亲自用双手验证对比之后,有没有感觉到自己打得像臭狗屎啊?"

他的声音很平静,甚至不带任何的嘲讽和"我就说了吧"的意思,他就是单纯地提出疑问和一个大概比较恰当的比喻。

"膨胀。"轻描淡写地扔下二字总结,男人停顿了下,又轻飘飘道,"就这个状态去世界总决赛的话,不如像去年一样弃权好了,反正结局都一样。"

小胖抬起手,皱着眉,有些烦躁地挠挠头。

老K和老猫互换一个眼神,同时在对方眼里看见"我错了"三个字。

童谣低着头,绞着手指坐在椅子上,一下子仿佛回到了大概一个月前,她禁赛时,陆思诚把她关在小黑屋里对她进行素质教育的那一天。

"行了,你少凶两句,"陆岳站起来,拍拍童谣的肩,"没看见你家中单筛糠似的一直在抖啊?"

陆思诚看向童谣的同时,童谣抬起头茫然地看向陆岳。下一秒她感觉到一件带着体温的外套落在自己身上。童谣收回目光,然后看见原本站在自己跟前的高大身影蹲下……她抬起头,视线平行对视上一双深褐色的瞳眸。

陆思诚抓过她指尖冰凉、掌心却在出汗的手,强行将她僵硬的手指摊开,捏了下:"要不要换陆岳上?"

陆思诚的目光始终平静。

童谣停顿了下,然后在男人的注视中下意识地缓缓摇头。

她看见男人的目光终于变得柔和了一些,他抬起手摸摸她的头,大概是为了表达一个简单的信息:他得到了他期望的答案。

童谣明白这个。

她所恐慌的是,刚才似乎有一瞬间她不知道该怎么去赢与YQCB战队的比赛——虽然她现在也不知道,但是她知道逃避是不可能解决问题的。

要么亲自去打,去赢回来。

要么一败涂地,重新开始。

以前总说逃避可耻却有用,但是现在,她突然发现,这个"有用"其实只是暂时的,她总归是要面对的。

第十一章

第二局比赛开始的时候,童谣觉得走出选手通道的自己身后是自带BGM的——"风萧萧兮易水寒"那种……

往位置上一坐,她双手搭在座椅扶手上开始沉思这局要拿什么英雄——吸血公爵是不考虑了,上一局走位失误的阴影还在。妖姬又是不可能拿到的,但凡有ZGDX战队的比赛这英雄就没有被放出来过了。还有什么呢?九尾狐狸?男刀剑?月亮女神?还有一些版本刺客英雄,但是童谣看过比赛录像,一般的中单刺客拿艾佳这个老油子一点办法都没有……

那魔术大师呢?她还有一手魔术大师,现在就要把魔术大师拿出来用吗?

她知道包括HCK在内的其他四大赛区都会把ZGDX战队的比赛录像找来研究,各大战队都这样,所有人都藏着掖着,但凡有信心能进S系世界总决赛的队伍,都不可能在联赛小组赛暴露真正的实力。

魔术大师不能拿，作为数据分析师和负责BAN&PICK的明神也不会同意的。

坐在电脑后面，童谣面沉如水。

解说A："现场画面切到了ZGDX战队这边，这一局依然保持了上一局的首发阵容——可以看到小胖在吃糖，老猫和老K在窃窃私语中，队员们的表情还算放松……"

解说B："你是直接忽略中间坐着的那位了吗？虽然人家身材比较娇小，被电脑挡住了，你也不用这样。"

底下传来一阵观众的哄笑，恍惚之间童谣感觉好像是在说自己，一脸茫然地抬起头，只来得及看见下面的观众们笑成一团——陆思诚一脸无奈地拿过耳机亲手替她戴上，她又一脸茫然地转头去看陆思诚。

陆思诚调整好她的耳机，修长的指尖似无意从她耳垂滑过。

耳机隔音效果很好，所以此时专心盯着弯腰给自己摆弄耳机的男人的童谣并不知道外面一堆人笑得更厉害了——

解说A："诚哥给smiling戴上了耳机，意思是——你们说我女朋友坏话可以，但是别让她听见，回头她生气，说我不护着她，我是要背锅的。"

解说B："你这个人简直了。"

在现场观众们的哄笑声中，解说A笑得非常开心，导播大哥非常有人性地把镜头对准了童谣和陆思诚。在现场一片融洽的气氛当中，人们看见给童谣弄好耳机的陆思诚直起身来，目光深沉地看了一眼摄像头的方向，勾起唇露出戏谑的笑，抬起手做个

第十一章

噤声的手势。

现场的笑声稍稍收敛,有盯着大屏幕的妹子开始捂脸"哎呀""哎呀"地小声尖叫。

人们的视线之中,童谣抬起手抓住陆思诚放在唇边的手,皱眉小声问他什么,陆思诚一脸坦然地摇摇头,并息事宁人一般地拍拍她的脑袋。

现场几百人,唯有童谣一个人被蒙在鼓里。

陆思诚也戴上耳机。

解说A:"我知道其实运营商队的双C位在一起时,不管在贴吧还是在哪儿都有很多反对的声音,当时我也曾经认真考虑过关于职业选手之间的正常交往是否正确的选择……"

解说B:"现在看来蛮好的,我解说HPL三年了,从来没有在比赛场上吃过狗粮。"

解说A:"哈哈哈哈,撇开这个不说,现在我也觉得挺好的,是吧?比赛的时候就看比赛,不比赛了还能看看免费加戏……"

解说B:"看得我都想恋爱了!这种传统正能量,我们就应该给予祝福,而不是要去说一些……呃,有的没的。"

解说A:"可惜没人要你。"

在解说的侃侃而谈中,三分钟后,第二局比赛正式开始。

对方上来毫不犹豫BAN掉双生玉、冰原、妖姬,除了妖姬是传统BAN位,剩下的都是上一局的英雄——自然是吃了那波团战中的亏,不肯让ZGDX战队再拿双生玉加风之精灵的组合。冰原则是虽然有那么一次教皇亮眼的E护盾挡大招防止开团,然而在比赛过程中，他们还是被陆思诚骚扰到烦得不行。

ZGDX战队的下路冰原飞来一箭，配合中路变相单杀对方中单怒抢蓝Buff的戏码，在整个联赛不知道出现多少次了。

而反观ZGDX战队这边，这一局对方有首选的机会，于是在ZGDX战队知道童谣不想再拿吸血公爵的情况下，把版本强势的吸血公爵BAN了，再BAN傀儡师，最后BAN轮子妈。

对方果然一抢伊泽，这个AD简直是游戏制造公司蓝脑的亲儿子一样的版本万金油，不管当前版本哪个AD强势，哪个AD不好用，总之拿伊泽肯定是没有错的，YQCB战队这一手拿得中规中矩，毫无毛病。

到了ZGDX战队这边，他们先把下路AD的大嘴锁定，然后小胖考虑了下，不知道拿什么好，于是拿了个瑕光守护者。

对方二、三选钻地、盾人，都是打野XBANG和辅助凉生极其擅长的英雄。

耳机里响起大家的讨论声，目前来看，对方好像有点缺伤害，但是拿出来的个个都"肉"得飞起，伊泽更是像泥鳅一样跑得飞快，摆明了就是：你ZGDX战队线上能力强是吧？我们就不跟你们打对线，全部拿万金油，气死你们。

"要不童谣还是拿个刺客吧。"

"我拿什么，巨怪？他们这个阵容一般刺客切不到后排啊……你们想个能打断他们阵形的选择。"

"我觉得他们要拿时间猎人了，全是'肉'加个时间猎人。"

乱七八糟的讨论声响起，童谣坐在椅子上没说话，盯着自己

第十一章

这边的阵容,又看看对面的,思来想去,突然开口道:"我想说,艾佳那么稳健的,皇帝最合适了——如果等下他把皇帝拿了,那你们有没有觉得这局BAN&PICK看着有点眼熟啊?"

童谣声音一出,耳麦中的交谈声一下安静下来——原本戴着耳机懒洋洋伸长腿玩手指的陆思诚闻言也是一愣,转过头看了他家姑娘一眼,又看看电脑屏幕,然后目光一亮,坐直了身体。

此时PICK环节到了童谣这儿,童谣直接亮了一手风男。

对于这个国服著名的"队友用超鬼,对方用超神"五大不配拥有妈妈的英雄之一在比赛场上出现,现场自然是哗然加沸腾,就连解说也一脸茫然,"什么情况""要拿风男吗?不可能吧"讨论个没完。

童谣余光看见旁边YQCB战队的人也弯腰伸脖子看他们,像是想知道他们在搞什么鬼。

而相反,这边坐在童谣旁边的陆思诚却盯着屏幕笑了起来,然后在小胖、老猫和老K莫名的面面相觑之下淡淡道:"拿吧。"

童谣锁了风男。

对方反手一个巨怪加皇帝。

小胖作为辅助,看了眼自己的瑕光守护者,又看了眼对方的阵容,终于变成了全场第三个反应过来的人,惊呼道:"啊,这不是那——"

"是那天和韩国运营商OP战队打训练赛时我们拿过的阵容,看见对方锁了风男以后,我们放心地拿了个皇帝和巨怪,然后呢?被吊起来打!"明神的声音从耳机中传来,带着欣慰的笑意,"你们这些人就是这样,打了训练赛复盘过一次就忘记了,什么叫好记性不如烂笔头?只有我们童谣会用笔做笔记,所以才想得起来这个……"

童谣嘿嘿笑。

此时陆思诚已经一脸放松,重新靠回椅背上,转头看她在笑,于是长手一伸,摸了摸她翘起来的嘴角,然后又坐起来,给她锁了炎岩。

耳机之外,在锁风男之后,原本被大家确认作为中单的风男瞬间变成上单,现场再次陷入一片嗡嗡的讨论声和混乱之中。解说也是震惊至极,比赛输赢暂且放下不管,至少从目前两局BAN&PICK来看,YQCB战队绝对是被ZGDX战队套路了一次又一次,两局都被牵着鼻子走!

这是一场绝对精彩的BO3!

比赛开始仅仅五分钟左右,教皇习惯性三级越塔,却被ZGDX战队非常规阵容教育,酒徒及时出现炸飞他,打断了他进攻的步伐,同时移动速度极快的炎岩赶到支援,先皇帝一步击杀下路二人组!

随后赶到的艾佳见势不妙,果断转身要走,却被炎岩的封路技能封住去路,眼看着炎岩踩到自己的脸上——

开局3:0!

下路一血塔顺利拿下!

第一条小龙也顺势收入囊中!

从未打过这样奇怪的阵容,YQCB战队似乎显得有些措手不及,这一局,他们感受到了上一局他们带给对手的压力。对方支援快,沟通多,上半野区被老K做好的视野保护得滴水不漏,让一直边缘化的风男老猫有惊无险地顺利出师。

比赛第二十五分钟,双方进行第一波团战。

炎岩的阻隔和风男的风墙像是一道密不透风的墙,自成体系,牢牢地阻挡了对方一切能切到己方后排的可能。当YQCB战队发现自己费了老大的劲,教皇却根本碰不到被大家牢牢保护着的陆思诚,只能看见老猫的风男在自己这边E过来E过去来去如风时,就知道这一局自己已经走远了。

比赛形势瞬息万变,但往往有时候,一局游戏在BAN&PICK环节就已经结束了!

第三十七分钟,ZGDX战队顺利推上对方高地拿下比赛,顺利将今日这场胶着的战争延续至第三局决胜局!

第十二章

小瑞从第一局比赛开始就坐在休息室里刷贴吧,眼睁睁地看着贴吧首页被"ZGDX战队,世界第一吹""ZGDX战队的上野在干吗""smiling真的打不了逆风局,只能锦上添花""这比赛看得我辣眼睛""讲个笑话,HPL第一梯队被保级队暴打"类似这样的帖子洗版,"ZGDX战队应该是HPL最后一块遮羞布"这样的帖子被"挖坟"顶起来,被人拼命回复问号嘲讽……

他一个个帖子点进去看,然后一个个帖子退出来。

他甚至不需要抬头看休息室里放着的大屏幕电视机,根据这些帖子里在说的内容,就知道现在的比赛是什么情况了:ZGDX战队被YQCB战队暴揍,如困兽之斗,艰难挣扎……

放下手机,小瑞叹息一声,同旁边的工作人员说:"又可以勒令他们卸载贴吧了。"

工作人员苦笑了下。这时,第二局BAN&PICK开始,小瑞看了一会儿,看出了一点端倪,于是从童谣的外套里拿出她的小本本，翻啊翻，翻到当时和OP战队的训练赛记录——看看本子上记录好的BAN&PICK，再抬头看看眼前电视上转播的BAN&PICK，小瑞张了张嘴，总有一种自己穿越了的错觉。

小瑞放下童谣的小本本，再拿起手机看贴吧，发现贴吧的首页变成了这样——

"ZGDX战队拿这阵容是放弃了啊？"

"这又是什么套路？"

"这BAN&PICK，今天ZGDX战队是准备来抬隔壁兄弟战队一手的吗？"

比赛进行中，首页则是——

"这童谣的支援速度……"

"ZGDX战队的英雄池真的无敌，没有他们不能用的。"

"ZGDX战队还是强啊，没毛病。"

"炎岩打断节奏的本事是真的厉害，以前都没发现这英雄这么好用——讲道理，HPL是不是所有的英雄都要等smiling或者HCK拿了才肯拿啊？"

"ZGDX战队应该是HPL最后一块遮羞布"的帖子又被顶了起来，前面因为ZGDX战队输了比赛在下面评论打问号的人现在纷纷又被人家回复问号以示反讽。

整个贴吧热闹非凡，吹得飞起，同三十分钟前大骂ZGDX战队、高歌HPL要完的贴吧首页完完全全是两个模样。小瑞看得心生佩服，几乎怀疑自己进了个假的贴吧。在ZGDX战队第二局推掉YQCB战队的基地时，他终于忍不住发了个帖子："赢了吹，输了黑,一局比赛三十分钟变三十个嘴脸,听风就是雨,讲真,你们有没有觉得自己好像傻子啊?YQCB战队和春季赛打法完全不同,脱胎换骨,你们看不出来两个队伍现在实力就是五五开?这是好事啊,一家独大能拿什么成绩?要夺冠,就必须整个赛区都很强。"

帖子发出去五分钟,直到打完第二局比赛的队员们推门回到休息室,无人回复,帖子速沉。

看来并没有人觉得自己像傻子。

第三局比赛开始,两个队伍拼上了运营头脑。

前二十分钟居然没有爆发哪怕一个人头!

最惊险的一波也就是下路互换技能,陆思诚被对方四个人强行越塔打到残血,关键时刻,小胖的鲶鱼一口吞了陆思诚同时开启护盾,与此同时,老猫先对方上单容容一步传送绕后!

但是教皇的嗅觉比猫还灵敏!几乎是老猫开技能清掉兵线并按下传送技能按键的同一秒,YQCB战队就开始打着信号撤退——这时只要多等半秒,小胖的技能到时间,把陆思诚从嘴巴里吐出来,他们多平A哪怕一下就能收了陆思诚的人头,但他们丝毫没有表现出任何的留恋和贪婪。

YQCB战队队员说上就上,说撤就撤,执行力高得堪比正规军队,简直要与以高行动力著名的岚战队拼个五五开。

ZGDX战队队员反应快,走位强,支援意识极强——第一局比赛打得像是一盘散沙,输了比赛像是让他们得到了教训,这一局，他们的眼睛就像是黏在了右下方的小地图上一样，但凡有一点风吹草动，比如教皇不小心多看了陆思诚一眼——真的就多看他一眼，老猫的传送一言不合就在下路亮起，而等艾佳反应过来时，上一秒还在和他互换技能的童谣已经在去下路的路上走了一半了……

就像是一个太监总管高呼一声"有刺客，护驾"，御前护卫等各种侍卫就"唰"地全部从四面八方直奔而来——野怪不要了，兵线不吃了，正在互换技能的对手也抛下不管了。

毫不犹豫，非常果断。

于是前二十分钟，下路团战了三次，其中最热闹的一次，两队十人全部到齐，但是因为双方对于技能伤害的计算能力都无比精准，又因为是决胜局，都十分小心谨慎，所以打了几波，双方无一人伤亡。

解说A："我知道，现场观众的那个心啊，一定已经快停跳了，事实上我也是啊，我在上面拼命地吼啊——Chessman交治疗了啊，教皇残血了啊，凉生触发雷霆了啊，smiling要收割了啊——激动得几乎快跳出解说台了——唉，气死你，人家说不打就不打了，一个人头没爆发，各自往草丛里一钻，回城了。"

解说B："哈哈哈哈，刚才那一波团战看得我也是眼花缭乱，不是我水平不够，真的，我知道你们又要喷我水平不够了，但是这次真的不是。你来不及说，来不及看，他们的速度太快了，就像是高手过招，你以为人家只是飞起来在天上'哐唧'撞了一下，其实错了，人家已经拆了上百招。"

第十二章

解说A掏出手帕擦擦汗："是这种感觉。"

解说B感慨道："这场比赛，我希望不论哪边输赢，大家都不要说什么——我们知道两个队伍肯定还有更高的战术没有掏出来，但是他们肯定至少在操作和精神上拿出了百分百的战斗力，能在小组赛看到这样的比赛，我们应该知足的。"

解说A："我说句可能招喷的话，就这样的一场比赛过后，某些喷子凭什么说韩国赛区甩我们一大截？凭什么？！"

两位解说以如此激动高昂的声音及亢奋的情绪解说了整整六十五分钟——

在正常的《英雄王座》职业联赛里，持续五十五分钟的战局已经非常稀少，打到最后，什么人头啊、经济啊、装备啊都已经不是问题，所有人都是六神装，满格子装备，一切回归了最初的起跑线，而队员们在经过长时间的精神高度集中后，都会开始感觉到疲惫、麻木……

童谣余光看见陆思诚在收了一次红Buff后，有一个习惯性的甩鼠标动作。

她皱起眉，看了一眼陆思诚的手腕——那上面还有今天在来比赛场的路上她给他贴的膏药，原本说是让他戴护腕的，但是男人死活不干，说那玩意儿戴了不习惯，会影响发挥。

"诚哥，你行不行啊？"童谣问。

"不行啊，手很痛，"男人低沉的声音响起，童谣还没来得及心疼，就听见他问，"我去挂机一会儿，你们四打五能赢不？"

"我把你挂基地门口的队标上去好不好？"小胖问，"辛辛苦苦把你拉扯成一个六神装AD，等你Carry比赛，你跟我说你要去挂机？"

陆思诚轻笑一声，放开鼠标和键盘扳了下手腕又重新握住："打不了多久了，最后十分钟之内开一波团就能结束比赛，大家集中下精神。老猫TP还剩几秒冷却完毕？"

老猫："五秒，大招也好了，一会儿可以先手开。"

老K："他们去大龙了。"

第六十五分三十秒，YQCB战队率先开大龙，因为游戏进入后期，英雄造成伤害高，大龙掉血飞快。

第六十五分三十三秒，ZGDX战队赶到赛场，小胖一眼插在龙坑，童谣的炎岩起墙将所有人拦在大龙坑，老猫TP小胖插的那个眼上，机械爵士放大招火烤YQCB战队。

第六十五分三十八秒，先入龙坑想抢龙的老K被集火身亡，死前带走对方ADC教皇，并将辅助揍成残血，YQCB战队打野XBANG趁机交惩戒拿下大龙。

第六十六分一秒，双方互换一波技能，最终龙坑内只剩下老猫和童谣及对方上单大树。奈何大树"肉"得不行，凌波上了龙坑，童谣和老猫也双双交凌波追上，穷追猛打一路，从大龙坑快打到YQCB战队的高地，才把大树弄死。

这时，ZGDX战队一大堆兵线推进，所有人都以为YQCB战队这是要被一波团灭了，却没有人发现在团战中最先死亡的教皇即将复活。

童谣死死盯着教皇的复活时间，心急如焚，疯狂拆基地前第二座门牙塔，恨不得自己长出八只手来。

"可以走了，拆不掉。"陆思诚的声音在耳边响起。

童谣点完第一个防御塔就想撤，但是老猫意思是再试试，于是犹豫了下，他们耽误了一秒，在点爆门牙塔的同一时间，教皇复活——

这时童谣疯狂打信号示意队友跑路，但为时已晚，教皇追出，状态满满，先收老猫，一路追击到中路河道，再凌波收掉没有技能也没有状态的童谣！

YQCB战队队员陆续复活，而ZGDX战队队员都死得比YQCB战队队员稍晚，中间又被他们的大树拖延时间，当YQCB战队队员在教皇的带领下反推高地，ZGDX战队这边只剩三人，不足以抵挡。最终在观众的呐喊声和加油声中，YQCB战队一波推掉ZGDX战队基地！

"砰"的一声，ZGDX战队大水晶爆裂之声从耳机中传来，比赛结束的背景音乐响起。

YQCB战队的辅助摘下耳机，直接扑进他们家AD的怀中热烈拥抱。

观众席下，不分粉丝阵营，加油声与掌声雷鸣般不绝于耳，人们纷纷欣喜自己能看到如此精彩的竞技赛事。

当YQCB战队队员从自己的位置上走到ZGDX战队这边握手时，大家纷纷站起来友好握手、拥抱、拍肩，陆思诚与教皇握手时，两人眼中刀光剑影，小刀子飞来飞去，愣是握出了英雄惜英雄的微妙情怀。

李君赫用别扭的中文道:"下次,再来握你手。"

陆思诚勾起嘴角:"夏季赛决赛吗?那你收拾鼠标动作要快,我去捧奖杯照个相就来和你握,你别赶不上。"

李君赫哈哈大笑与之拥抱。

来到下一人,在ZGDX战队矮小的中单面前伸出手时,他感觉到对方掌心微微湿润,他下意识地回头看了眼陆思诚并踢了他一脚,然后转回头礼貌地赞扬她:"打得很好,女生做到这样,令人惊讶。"

她抿起唇,因为精神不集中没发现教皇的小动作,脸上也没有丝毫被联盟顶尖职业选手称赞的喜悦,她只是点点头,低声回应:"谢谢"。

握手完毕,童谣面无表情地坐回位置上。

从她的方向可以看到YQCB战队的五人走到比赛台前方的聚光灯下,背对着他们向观众鞠躬致谢,灯光在他们身后形成一圈圈的光晕。

如此耀眼,如此刺眼。

童谣微微眯起眼,她恍惚想起这是她第一次以这个方向看着她的对手——正如今日,ZGDX战队开赛以来,终于迎来首败。

第十三章

陆思诚被李君赫踢了那一脚才反应过来去看童谣,结果就看见她一派平静地坐在那里盯着YQCB战队队员的背影,黑漆漆的眼倒映着比赛台的光,淡定的外表之下整个人像是掉了魂一样。

陆思诚叹了口气,将她连人带椅子往后一挪,自己在她电脑前蹲下来拔掉鼠标和键盘,动作不怎么温柔地往她外设包里塞。

"轻点,"身后小小的声音响起,"键盘贵着呢。"

陆思诚摁着键盘往包里塞的动作一顿,挑起眉想说"你自己来",结果一回头对视上自家小姑娘那幽幽的眼神,顿时又舍不得凶她了,伸手掐了把她的脸,扔下一句"坏了赔你个更贵的",转过身继续给她任劳任怨地收拾包,只是手上的动作稍微温柔了点,然后"吱"的一下拉上包的拉链。

"知道被人家当保姆还要指挥你轻手轻脚有多气了吧?"小胖在旁边凉飕飕地调侃,"欢迎来到我的世界。"

陆思诚抬起头看了他一眼,在他们身边是坐在椅子上不知道在想什么的童谣,他又伸长脖子越过比赛台看了眼下面黑压压的观众席,停顿了下,低下头半侧身问身后的人:"我背你下去吗?"

陆思诚问得特别认真,导致童谣直接用看病人的眼神瞥了他一眼,然后自己从椅子上站起来,伸手想拿自己的外设包的动作被陆思诚躲开——

就在两个人小动作不断时,不远处的比赛台一侧,针对获胜队伍的MVP采访开始了。黑暗之中,拉扯外设包的两个人同时抬起头,发现今天接受采访的是李君赫,他先用发音比较外国人的口音打了个招呼,说"大家好,我是YQCB战队的AD教皇"。主持人上来就问:"时隔两年,第一次在赛场上与Chessman正面交锋的感觉如何?"

问题一出,粉丝骚动。

陆思诚手一松,放了童谣的包,童谣伸手把自己的包抢回来,抬头看了眼看着其他男人眼睛都看直了的自家男人。

李君赫说的韩语,然后翻译员在旁边翻译:"感觉不错,以前不论是在韩国赛区还是在世界赛,能带给我压迫感的AD并不多——但是只有和他对线时,才会有那种稍微一个走位没走好这局游戏就会就此结束的感觉,所以必须要打起十二万分的精神。"

陆思诚看上去对这个回答挺满意的。

童谣踮起脚伸手去捏陆思诚的下巴,摇了摇:"看够了没?"

陆思诚拍开她的手。

主持人:"那今天赢得比赛开心吗?"

李君赫:"开心还是挺开心的,听说队伍春季赛成绩并不好,

第十三章

夏季赛能到今天这样大家进步都很大,但是不得不说有运气的成分在。"

主持人:"运气?"

李君赫:"第三局赢得很侥幸,对方的执行力比我们稍差一些,如果最后一下果断放弃门牙塔,能很好地走掉,比赛并不会就这样结束。"

主持人:"大家都看出YQCB战队的执行力很高。"

李君赫露齿一笑,有些玩世不恭的味道,说出来的话却很乖:"因为我们队长也很凶,不听指挥的话会被吊起来打。"

翻译说完全场哄笑,主持人又问:"大家注意到比赛完之后你和对方的队员说了不少话,大家都知道你和Chessman是旧相识,意外的是你和smiling似乎也说了一些话,可以告诉我们你和她说了什么吗?"

李君赫还没来得及回答,童谣听到自己的ID就鸵鸟似的抱着外设包想往外走,结果刚迈出去一步就被陆思诚连人带包一块端了回来,怀中的包被他抽走背在身上,人被固定在他身边,动都不能动。

李君赫想了想,笑着说了一段韩语,说了一大串,最后想了想,又补充了句什么。

翻译看了他一眼笑了下,然后照着翻译:"也没说什么,就是感觉一个女生能打成这样很不容易了——我们中单三局对线都很苦,打野又抓不到她,她的炎岩用得很棒,以前没见有人用过。第二局的阵容也让人震惊,我听说是训练赛的结果……是个很努力的小姑娘。"

最后主持人问了中国赛区和韩国赛区的区别,李君赫说差距没有大家想象得那样大,而且现在韩援问题被很好地解决,部分韩援经过上次许泰伦的事都重新摆正心态,投入到以往在韩国赛区时的热情与训练强度中……

之后再说什么,童谣就听不见了。因为听完教皇对她的评价后,陆思诚就直接强行把她拖走了。

童谣:"再听下,他好像在夸我。"

陆思诚:"你想得美。"

童谣:"再听下啊。"

陆思诚:"刚才不是要死不活的,看着别的男人做个采访你又复活了是吧?不许听,不许看。"

童谣:"刚开始盯着李君赫两眼放光的那个人可不是我。"

陆思诚:"那是谁?"

回到休息室,除了老猫,众人的情绪都还算可以,因为今天输的两局或多或少有老猫的锅,其他人哪怕刚输的时候有些失落,但是很快就调整了情绪——这只是一局小组赛而已,拿不拿得下对于ZGDX战队目前在A组的积分排名并没有多少影响,关键是他们知道自己输在哪儿。

诚如教皇所言,执行力。

对于指挥说的话不仅没有很好地立刻去执行,相反还有片刻的迟疑,所以输了比赛。这大概就是强队中每个人都可以成为

Carry点的唯一问题所在——并非不信任队友，而是过于自负，因为每个单位点足够强，所以每个人都有自己的固执想法及对游戏的独特理解。

正如老猫和老K吵架时，老猫认为上路Carry可以赢比赛，你必须来帮我，而老K认为，对方出动一个师的兵力去上路抓你就一定会在别的方面有所损失，我只要把经济补回来就行了，我们可以打运营。

这就是分歧所在。

能把问题暴露出来，这局比赛输得不亏，现在调整，也还来得及。

至少陆思诚就是这么想的，踏上保姆车时，男人扫视一圈已经在各自座位上坐好的队员，那威严的目光让所有人愣是在大夏天打了个哆嗦。

以后谁再不听指挥，直接吊起来打，回去就去问隔壁队长借个吊绳外加鸡毛掸子，没毛病。

车开动时，老猫往老K身上靠了靠，打了个哈欠，挂着昨天一夜没睡好的黑眼圈安稳地睡了。

陆思诚在童谣身边坐下，后者正抱着手机刷微博。陆思诚看了一眼："贴吧卸载了？"

童谣："没有。"

陆思诚："别看。"

童谣："没看。"

陆思诚："微博也别看。"

童谣:"微博没什么,除了有些人说我是童妲己,迷惑队长,输了比赛还在比赛台上拉拉扯扯、恬不知耻,ZGDX战队要完。"

陆思诚:"哦,这还不够?所以叫你别看微博,看我就行了。"

"你有什么好看的?"

童谣不理他,陆思诚伸手去抢她的手机,她"嘶"了声侧身躲开,这时微博一刷新,突然刷到个新的内容——

ZGDX啊我的命:"韩语专业举手,申请YQCB战队的翻译下课——李君赫评价我们smiling的话他明显没翻译完,最后补充的那段明明说的是'是个很努力的小姑娘,长得也很可爱,哪怕是输了比赛沮丧的样子也令人印象深刻,陆思诚这样古板又无趣的人能找到这样好的女朋友根本是祖坟冒青烟,你们就不要老觉得是人家高攀了,事实上没有的事,该偷着乐的人是陆思诚才对'。哈哈哈哈哈!李君赫这个耿直搞事Boy,诚哥看到估计要气死,然而古板又无趣什么的好像没毛病的样子。"

童谣举着手机大声把教皇所说的最后一句念出来,然后回过头去看陆思诚,眼睛里写着:怪不得采访听了一半,你像是突然被贴了催命符似的拖着我闹着要走。

后者黑着脸一把抢走她的手机。

陆思诚被她盯得喉咙发紧,伸手掐住她的下巴摇晃了下:"人家翻译没翻译出来说明这话不妥。"

"不妥在哪儿?"

"失实。"

"哪段?祖坟冒青烟?"

"全部。"

男人言简意赅地说完,伸出手将童谣套在身上的属于他的外套帽子扯起来扣在她脑袋上,挡住那双发亮的眼,在她的挣扎之中一把将她搂进自己怀中固定好,长臂一伸拍了下她:"别乱动。"

童谣伸手扯掉帽子,发丝凌乱。

陆思诚看了眼她的一脸狼狈,却比刚才整整齐齐坐在电脑后发呆的样子生动多了,心下稍稍放松,低下头在她唇边落下一吻。

童谣伸手推开他的脑袋,自己往后躲并强调道:"你高攀我。"

"是是是,我祖坟冒青烟高攀你,能闭嘴了不?"陆思诚大手扣着她的脑袋往自己怀里搋。

"你这不情不愿的。"

"我没有。"

"你别动了,"陆思诚半真半假道,"快抱不住你了,我手疼。"

这句话像是定身咒似的,原本还在他怀中动来动去的人立刻安静下来,扔下一句"哎呀,忘了,你怎么不早说",接下来连呼吸都不舍得重一点,生怕一个动静大了她家队长就能残废似的。

陆思诚最终得以心满意足地将她抱在怀中。

回基地的路上,车内很安静,车上的人各怀心思。

第十四章

童谣他们回到基地以后休息了一天,这一天谁都没有开直播,就连每天都会固定几个小时开直播的小胖还有老猫都没有开——不是他们怂了,想避开狂风暴雨,而是小瑞不让他们开。

"现在网上肯定都是一股脑儿地憋着要骂你们的,你们还是别去找骂了吧。"小瑞说,"等过两天别的队打完比赛,他们有新的集火目标你们再出现好了。"

于是趁着这个短暂的休息机会,一队和二队把位置重新换了回来,童谣他们又搬回了一楼。其实说是换位置,大家要拿的东西也不多,鼠标、键盘、杯子,还有一些零碎的东西……其间陆思诚坐在沙发上抱着手臂没动,像个地主大老爷似的皱眉看着童谣捧着个箱子楼上楼下地跑。

小胖捧着自己的一箱子零食下楼时,路过陆思诚看了他一眼,凉飕飕道:"诚哥啊,你这是在干吗?让童谣干活自己坐在这儿发呆,还有没有男人的风度……"

"小胖,你别在那儿刺激他,我让他坐着别动的,他手疼。"童谣从二楼栏杆边探了个脑袋出来,"陆思诚你别动,你要敢动一下你今天就别碰我。"

与满脸茫然的小胖对视一眼,陆思诚扬扬下巴露出无语的表情:"看见没?"

童谣的嗓门挺大,基地里所有人都听见了,陆岳"嗤嗤"笑着拿了瓶药酒塞给他哥,顺便抬起头问:"别碰你?那是怎么个碰法啊?"

楼上沉默了三秒,第四秒,童谣直接从楼上甩了个拖鞋下来以代回答。

棉拖鞋轻飘飘的,陆岳直接伸手接住了,低头看了一眼手里那儿童鞋似的尺码,正想顺手一起塞给陆思诚,余光一不小心瞥到男人微微泛红的手腕,愣了一下,当即收起了玩笑:"你手又发炎了?"

身为一名同样打Carry位的选手,他自己也会因为训练强度密集而复发腱鞘炎,这是很多Carry位选手都会有的毛病,更严重的还会因为腱鞘炎引发别的毛病,像关节积液、严重磨损之类的,而陆思诚又一直是他们这些选手里训练量最大的,每天早上起来不是RANK就是一个半小时雷打不动的补兵训练,这些几乎成了他的日常。

陆岳自然知道六十五分钟的高强度比赛对他来说是多大的负担,使用手腕超过一定的合理时间后,对他们的伤处造成的伤害是成倍的,这就是为什么到最后哪怕是陆思诚这样的人,也忍不

第十四章

住会有甩手腕的下意识动作。

因为真的痛。

"没事,明天叫理疗师来弄一下就可以。"

低沉的声音钻入耳中,听上去却并没有多少觉得困扰的意思。陆岳抬起头看了他哥一眼,只见陆思诚一脸淡定,还稍微压低声音对他说:"你也别一脸大惊小怪的,让上面那个看见了又要……"

陆思诚话还没说完,这时童谣抱着最后一箱子东西下来了,下来时正好看见陆思诚抿起唇不愿多说的样子。她放下箱子看了一眼陆岳放在桌面上的药酒,停顿了下问:"有药酒?一会儿给你揉揉?"

"我自己来,你笨手笨脚的,"陆思诚动了下手,将微微泛红的手腕伤处翻到童谣看不见的角度,神情淡定地问,"绷带呢?"

"在我房间,一会儿拿给你。"

童谣不疑有他,一边答着,一边重新抱起箱子急匆匆跑去放东西去了。最后一箱东西都是陆思诚的,这个疯子搬上楼时没忘记把他的招财猫存钱罐也一起抱上楼。童谣将那沉甸甸的存钱罐拿出来,摇了几下,轻车熟路地伸指进去掏,拿出两根藏好的烟直接撅了扔进垃圾桶里,然后"哐"的一下,面色从容地将存钱罐摆回它原来的位置,一系列动作如行云流水,流畅自如。

贪狼从头至尾坐在陆思诚的位置上冷眼看着没说话,只是童谣将陆思诚的东西摆回桌面时他稍稍后仰躲了躲。童谣把她家队长的东西摆好,现在桌面上剩下的只有贪狼还没拿走的水杯和键盘、鼠标,他不拿走,陆思诚的东西也不能放上去,童谣犯了难。

这时候感觉到身后的人过于安静,于是她回头看了眼贪狼,目光正好与他撞上。

贪狼愣了下,撇开头。

自那次冰封王座杯在厕所门口的"偶遇"之后,他就一直躲着童谣,平常就很少说话的小孩变得更加沉默。

童谣犹豫了一下:"小狼,你有没有东西要我帮忙拿上去的?"

贪狼没回答,只是冷漠地看了童谣一眼,直接站起来拆了自己的鼠标键盘,再抓过自己的杯子,头也不回地上了楼。

童谣愣了,只能尴尬地蹲下去,把陆思诚的设备在主机上都插好。

这一切都看在不远处的ZGDX战队队长眼中,他面色比之前显得更加冷淡了些,在贪狼经过客厅时,用他听得见的声音冷冷道:"小崽子,翅膀没硬就没大没小。"

贪狼上楼的背影僵住了。

"输了比赛还那么大声,一手冰原被教皇捶成麻瓜,笑死人。"

声音不高不低,正好够陆思诚听见。

陆思诚目光沉了沉。

童谣感受到那可怕的气氛,急急忙忙从桌子底下钻出来想让她家队长赶紧闭嘴,别刺激"中二期"的小孩,结果因为太着急,后脑勺直接撞到了桌底,"哐"的一声,整个基地的人都跟着颤了一下。

童谣惨叫一声,捂着头蹲下,小胖也闭着眼心有余悸地摸摸自己的脑袋。陆思诚见状坐不住了,站起来着急地走过去,将她从桌子底下抱起来放在椅子上:"你傻啊,这也能撞?撞哪儿了?手拿开我看看。"

"我没事,哎,你别这么跟贪狼天天怼来怼去,这小孩吃软不吃硬的……"

陆思诚不理她,轻易挑开她的手,垂眼给她揉了揉撞疼的后脑勺。

童谣抓住他的手:"听见我说话没?"

陆思诚沉声道:"听见了。"

听上去略不耐烦。

童谣:"爱的教育,说了多少遍——惹毛了人又让我给你去收拾烂摊子,这次我不去了。"

童谣一边碎碎念,一边拍男人给她揉后脑勺的大手,让他轻点,同时听见男人道:"爱的教育有什么用?上次冰封王座杯的事他还没跟你道歉吧?这种皮猴一样的小崽子,自己不吃点亏是永远不会明白的,你听见他说我没?"

"听见了。"

"那你怎么不安慰我?"

"轮子妈天克冰原。"

后脑勺上的大手一顿,男人声音听上去有点危险:"你也觉得我被李君赫捶成麻瓜?"

那语气听上去大概但凡童谣敢说一个"是"字,从那一秒开始她就会是单身狗了。童谣觉得无语又好笑,抬起手拍拍自家男人的胸口:"我又没瞎,你胸襟宽广点,闹什么小孩子脾气?"

陆思诚"嗯"了一声，放在她后脑勺的大手才重新开始动："在他自己想明白之前，你说什么都没用。"

童谣一顿，抬起头："啥？"

陆思诚："和去年的陆岳一样。"

旁边莫名其妙就中枪的陆岳："啥？"

陆思诚："十几岁的小孩最讨厌了。"

这一骂把大半个基地的活人都骂进去了，包括他一脸茫然的媳妇。

第十五章

被这么简单粗暴地和陆岳归为一类,童谣是不乐意的。

于是她一把捉住男人的衣服下摆,特别较真儿地问:"你说说看,我都给你带来什么烦恼了?"

原本还以为陆思诚至少会犹豫一下,谁知道他想都不想地就立刻反问道:"你见过中单来下路游走,还要抢一波兵线当过路费的吗?"

看来是积怨已久。

童谣:"我给你创造了击杀对方拿到人头的机会,一个人头哦,三百块,一个小兵十五块,跑车四十五块,收你一点小兵怎么了?你吃肉还不让人家喝口汤?"

陆思诚:"你中路没汤给你喝?"

童谣:"我不,我就要喝你的。"

陆思诚:"你看,脏了我的兵还理直气壮的,我还不能骂你,也不能挂机,这算不算给我带来的烦恼?"

童谣:"你不高兴吗?"

童谣又目光炯炯有神地重复问了一遍:"你不高兴吗?"

陆思诚:"高兴,高兴,闭嘴啊你。"

说着原本放在她后脑勺上还算温柔地揉着的手顺势推了一把她的脑袋。童谣推开他的手,抬起头来,周围的其他队友都是一副"我酸得牙疼就看你们秀恩爱"的表情。老K摸了摸下巴:"突然意识到你们之前地下恋只是为了维护我们的眼睛和耳朵让我们多活几年,如此有爱心,现在说一句谢谢应该还不迟吧?"

陆思诚瞥了他一眼,而后看向童谣:"我回房间擦药,一会儿你把绷带拿来我房间。"

童谣还没来得及回答,这时候就听见小瑞在旁边说:"我在门口守着,超过二十分钟就开始砸门。"

童谣想了下,然后反应过来,涨红了脸。

陆思诚则是一脸的不屑加讽刺:"二十分钟,你看不起谁啊?"

陆思诚回房间照惯例先洗澡,童谣也不着急,又收拾了下自己的桌面,然后上游戏把习惯的设置都调整回来,重新从电脑前坐起来的时候已经是半个小时以后,老K和老猫还有小胖带着二队的小孩出去吃饭了,童谣惦记着这会儿陆思诚不舒服肯定不想出去,就拒绝了邀请,说一会儿她和队长点外卖。

大部分闹哄哄的人被一车拉走,就剩几个工作人员和坐在沙发上看复盘的明神和教练,基地里一下子安静下来。

童谣上楼前给陆思诚发了个微信,问他洗好了没,穿好衣服

第十五章

别耍流氓,她的队长则用"……"这样六个点作回答,搞得好像看他裸奔是多么三生有幸的一件事一样。

童谣没多想,回了他一个白眼的表情,收了手机就回房间了。

在房间里翻找了下没找到绷带,童谣这才想起那天陆思诚嚷嚷手疼,她就把绷带拿出来了,弄完后他顺手搁在了二楼训练室的储物柜里。童谣又开了房门去对面二楼训练室,结果刚走近就发现原来二队并不是所有小孩都跟着小胖他们蹭饭去了,贪狼一个人坐在电脑前,用刚设置回来的电脑在做单机练习补兵。

鉴于刚才在楼下时和贪狼搭话他没理,童谣觉得有点尴尬,现在也不知道说什么好,于是扔下一句"没跟他们一起去吃饭啊"就转身去找绷带。从储物柜最下层一路翻到最上面,看着最高的那层,童谣翻了个白眼,这高度对陆思诚这种人来说倒是搁得挺顺手。

童谣只好踮起脚,伸长了胳膊,努力用盲人摸象的手法地毯式搜寻——摸了老半天没摸到,这时她突然感觉有个人靠近,然后站在她身后,陌生的气息笼罩片刻就弥漫开来。贪狼面无表情地将一卷绷带拿下来,放在了储物柜中间童谣够得着的地方,然后退开。

现在的小孩营养好,十六七岁就高得不像话。

童谣抽了抽嘴角,有点不好意思地小声说了声谢谢,拿起绷带觉得现场气氛有点压抑,她转身就想逃窜,然而在迈出去第一步时,她的手肘便被人伸手一把扣住。少年的手指修长,手劲很大。

童谣愣了下回过头。

两个人目光相撞,贪狼终于露出点窘迫的意思,他稍稍放轻手上的力道,却没有松开,就好像担心自己一松手,童谣就会跑开似的。

"那天冰封王座杯的事,"贪狼突然开口道,"对不起,我不是故意要推你的。"

道歉来得有点突然,童谣也不知道该说什么,扯了扯自己的胳膊,没扯动,她眼角跳了跳,语气温和:"没事,当时我也是有点急……非转会期接触别的俱乐部猎头这种事被发现了是要禁赛的,我怕你犯错来着。今年二队很有希望上HPL的,我不知道你当时到底是不是真的在和别的俱乐部的人……总之,你自己千万别冲动,别意气用事……"

童谣说到后面觉得自己简直像是劝人从良的说客,那语气要多诡异有多诡异。

因此说到最后她绝望地闭上了嘴,没想到贪狼却笑了:"我当时是在和HF战队的经理说下赛季转会的事。"

童谣愣了。

"但是现在我回绝他了,因为突然觉得没有必要换队。"贪狼淡淡道,同时收了收手臂,将童谣往自己这边扯了一下,突然换了个话题,"你知道吗?你们今天和YQCB战队的比赛我看了,在教皇首选轮子妈的情况下,陆思诚如果不是那么自信地拿一个莫名其妙的冰原,你们第一局不一定会输。"

童谣知道。

她当然知道陆思诚那一手冰原拿得其实不算好,但是那一局

第十五章

比赛输掉,归根结底还是当时队伍氛围出现了问题,陆思诚拿什么英雄、有没有被克制并不是最主要的原因,那局游戏的崩盘从一开始就出现了。

"冰原是不好打轮子妈,你诚哥也不是个百分之百完美的人,但是第一局我们输了比赛其实主要是——"

"你们反驳过他的选择了吗?"

"我们……"

童谣还没来得及说完,下一秒便被贪狼推了一把,她整个人踉跄了下,跌坐在沙发上,随后感觉眼前光线一暗,少年的手压在她的肩膀上,身体下压凑近了她,再开口说话时,语气中带着咬牙切齿的感觉:"你们总是说我过度自信,不配合团队,不重视队友,所以呢?他是做得有多好?还不是在比赛场上满脑子都想着要怎么秀,怎么打败自己的宿敌?你们吹他的冰原,他就真的拿了冰原,企图这样从教皇的阴影里走出来……他这么做的时候,想过你们其他人了吗?想过这场比赛会因为他的选择走向失败吗?"

"结果呢?"贪狼的声音微微提高,"你们有谁怪过他哪怕一句了?"

童谣的耳边嗡嗡的,她有些茫然地看着贪狼,微微张着唇,有那么一瞬间大脑短路,不知道怎么反驳他。

贪狼的目光有一瞬间变得特别明亮,但是很快便暗沉下来,他垂下眼,意义不明的目光从被他摁在沙发上的人的唇瓣上一扫而过……

贪狼冷笑了一声,再压低身体,语气讽刺且轻浮:"不知道珍惜自己队友的人恐怕不止我一个吧?"

此时两个人靠得很近,近到那种属于陌生人的气息将她笼罩,而她浑身的寒毛都竖起,进入了警戒状态,抓着绷带的指节因为用力而微微泛白。

"他的手伤那么严重,最多再打一两个赛季……"贪狼短暂地笑了一声,"到时候,能接替他位置的只有我!我不知道你们这些傻子在执着什么,我只知道如果能给我这个机会,有你做我的队友,我会证明自己比他做得更好。"

他说话时,微热的气息几乎扑打在童谣的鼻尖。

童谣沉默了三秒。

出乎意料地,突然之间,少女难得极其冷静的声音响起:"有本事爬到首发位置再说吧。"

贪狼微微一愣,下一秒便感觉被自己压在沙发与胸膛之间的人有了一个坐起来的姿势,紧接着一个手肘用劲不小地顶在他的肚子上,将他一把推开。童谣从沙发上蹦跶起来,走的时候狠狠瞪了贪狼一眼,还重重踩了他一脚。

当少年痛得向后退去时,童谣看到在他身后对面的走廊边,男人的房门不知道什么时候已经打开。换上了T袖和宽松短裤的男人此时踩着拖鞋,抱着手臂斜靠在门边,这会儿面瘫着脸,目光阴沉地看着他们这边。

同童谣的目光远远对视上后,他什么也没说,什么也没做。

"爱的教育有什么用?这种皮猴一样的小崽子自己不吃点亏

是永远不会明白的……"

"在他自己想明白之前,你说什么都没用。"

童谣深吸一口气往他那边走,绕过大半个走廊来到男人的面前站稳——第一时间他们谁都没有说话。童谣抬起头对视上那双深褐色的瞳眸。

陆思诚掀了掀嘴角,露出森白的牙。

童谣被生生唬得小小后退一步。然而,就在她后退的第一时间,男人突然伸出手一把捉住她,将她往自己怀中一搋,满脸阴沉地瞥了一眼房间对面的二楼训练室,手一甩,"哐"的一声带上了门!那惊天动地的声音连基地一楼的窗户都跟着震了三震。

在一楼复盘比赛的数据分析师和教练愣了,抬起头互换了一个茫然的眼神,又不约而同地看了眼二楼,完全不明所以:又怎么着了?拆房子啊?

第十六章

这边甩上门,童谣便被一把抱起来压在了墙上。男人一手托着她,另外一只手摸了摸她的唇瓣:"碰你哪儿了,嗯?凑那么近……"他一边说着,一边使了点劲,童谣的背贴在冰凉的墙上,被他压得轻喘一声:"你看见了?你看见了怎么不过来?"

此时男人的手在她唇上仔细摸了一遍,确认是干燥的,这才放下手,紧皱的眉稍稍放开,将怀中人往上推了推,微微仰起脸响亮地亲了她一下,想想又觉得不太够,索性咬了一口。

感觉到对方隐约带着的躁动不安,童谣便也没有推开他,只是将手放在他的肩膀上,低下头顺从地接受了这个吻……

直到两个人的气息都变得不那么沉稳,陆思诚放开她,抬起手,拨开她额前些许凌乱的碎发,看着她的眼睛,缓缓道:"我在等你推开他。早就说了,那种小崽子,不亲手打他一巴掌让他知道痛,他不会轻易善罢甘休……"

童谣伸手捏住男人的下巴,轻微摇了一下:"那我推开他的时候你是不是特别得意?"

"没有,"陆思诚亲了下她的鼻尖,诚实地说,"我急死了。"

"你应该在他抓着你摁到沙发上时就给他一脚痛快的,还听他废话那么多干什么?"陆思诚微微偏过头,"他都说什么了,你听得那么认真入迷,嗯?"

童谣"啊"了声,这才像是想起来什么似的道:"他说——"

话还未说完,整个人又被从墙边拿开。背后突然没有了着力点,童谣惊叫一声,立刻用手搂住了男人的脖子。下一秒,她眼前一花,便连带着她紧紧抱着的人一块儿跌入柔软的床铺中……

"给你上一课!当你男人用特别不爽的语气问你跟另外一个雄性动物都说了什么话时,他不是真的要问你们的谈话内容,只是在单纯地表达不爽而已。"

童谣:"看来我要是晚一步推开他会发生大事件。"

陆思诚:"是,你听过徇私枉法吗?非转会期私下联系其他俱乐部谈转会这事什么时候拿出来说都不嫌晚!禁赛,禁他个一年……"说到后面,男人声音里的愤愤不平已经被戏谑代替,亦真亦假的,也不知道他到底是在开玩笑还是认真的。

贪狼算是ZGDX战队培养出来的,现在职业联赛里又十分稀缺操作技术好的国人AD,这样的选手要是便宜了别的俱乐部确实不太好。

童谣掀起眼皮,对视上那人深褐色的瞳眸,对方眼睛忽地亮了亮。童谣心里漏跳一拍,猛然醒悟他方才说的有气话,也有认真的成分,立刻抬起手拍了下他的脑门一下:"别乱来。"

第十六章

陆思诚"啧"了声,微微抬起头。

童谣握住他的手腕:"手不痛了?"

"痛,"陆思诚勾起嘴角,"所以你别抓着我,赶紧放开。"

童谣不理会他的调侃,感觉到自己抓在手上的手腕确实微微发热,心中一惊,拉到自己跟前就要看个仔细。然而陆思诚却不急不缓地挣脱开她,用比较平淡的语气说:"没事,我刚揉了药酒,现在药效起了,有点发热……"

从刚才开始童谣就闻到了淡淡的药酒味,这会儿听陆思诚这么说,她这才稍稍安心。两个人面对面盘腿坐着,然后在男人怨念的目光中摸了摸口袋,童谣掏出一卷绷带。

她抬起头,陆思诚不情不愿地皱起眉。

童谣瞪了他一眼,动作不怎么温柔地将他的手一把拽过来放在自己的膝盖上——陆思诚就着这个姿势用修长的手指去钩她的衣角,手背上立刻挨了一巴掌!

"啪"的一声,挺响。

"你就这么对待伤员?"陆思诚缩回手,"你刚跟别的雄性动物靠那么近,我给你消毒……"

"你受伤的是手腕,又不是手背。"

童谣打开绷带,低着头认真地一圈圈缠绕男人的手腕——她垂着眼,目光专注,灯光之下她的睫毛伴随着动作轻轻颤抖,微微泛黄的药用绷带在她嫩白的指间灵活翻滚。

陆思诚看着心中一动,忍不住伸手将她面颊旁垂落的发挽至耳后,然后大手落在她耳边,就再也没舍得挪开过。

略微粗糙的掌心在她面颊上蹭了蹭，童谣抬起头看了他一眼。

陆思诚稍稍加大手上的力道，掌心贴在她面颊上压了压，语气温柔且诚恳："你这里长了个痘。"

童谣咬咬后槽牙，强忍下反手给他一巴掌的冲动，牙疼似的"嗯"了一声："急火攻心，让你给气的，记得对它负责。"

陆思诚动了动，不顾童谣"嘶"了声直接将手拽了回来，然后还挂着一卷绷带，直接将面前坐着的少女整个人揣进自己怀里："我宣布对你整个人负责。"

童谣鼻尖撞到男人的肩膀上，眼睁睁地看着挂在他手腕上的一卷绷带滚啊滚，"啪嗒"一下掉到床下，然后骨碌滚到了门口。

陆思诚："但是你先说说我怎么气你了，我好对症下药。"

童谣："贪狼说——"

陆思诚："不想听了，你还是气着吧，一会儿给你一张信用卡，你去买祛痘护肤品，多贵都行——我选择破财消灾。"

童谣抬起手揪了下男人的耳朵："你好好听我说！刚才贪狼说了，你今天第一局拿的冰原不对，虽然我们BAN了人家傀儡师，但是哪能就让了轮子妈呢？就算让了轮子妈，怎么能在有Counter位的时候拿个冰原？这很膨胀。"

陆思诚想了想，问："刚才你们就在说这个？"

"对。"不知道为什么，童谣有些紧张。

她觉得自己在挑战队长的威严，但是停顿了一下，她还是选择继续道："他说得不完全错。他说我们都纵容你，让你膨胀了，打个比赛不想着赢就想着秀。确实也是，当时你说什么就是什么了，我们也没考虑那么多，甚至没考虑反驳你……"

她想坐起来，但是压在她肩膀上的那人稍稍使了点力，她被压在他怀中动弹不得。"继续。"男人在她耳边沉声道。

"继续什么继续？我当时被他说得哑口无言，感觉自己像个助纣为虐的奸佞，但是我总不能说，对，你说得好啊！"童谣恶狠狠道，"我得给你护短，那怎么办？只好硬着头皮扔下一句——你能打上一队再说……"

话音刚落，原本下巴压在她肩上的脑袋动了动，然后开始笑——男人改成抱着她的腰，像是抱着什么宝贝似的将她狠狠地抱在自己的怀里，细碎的吻不断落在她的颈脖、肩膀上……

男人的笑还没有停下来，就在童谣以为他是不是气疯了，准备把她从二楼窗户扔出去时，男人突然将她从自己的怀中放开一些——她抬起眼与他对视，灯光之下，那双深褐色的瞳眸之中没有恼怒，也没有半点玩笑或者不屑。

男人只是嘴角微微轻勾，而后低头在她额间落下一吻。

"说得好！那这样想，真的是我也有问题，下次不敢了。"男人的吻又落在那因为震惊而稍显僵硬的嘴角，"有什么问题你们说啊，我又不会吃人。"

童谣心道，不好意思，在一分钟以前，我真的以为吃人什么的你不仅会，还很拿手。

于是，晚上，当小胖一伙人踩着门禁时间杀回基地时，一开门就看见他们队长和他们中单站在客厅，而小瑞等人则一脸严肃地坐在客厅沙发上，气氛很可怕。

小胖看了眼童谣，童谣从后面推了把陆思诚，陆思诚被她推得往前走了两小步。小胖弯腰穿拖鞋的动作僵着，愣是被吓得活生生往后退，撞到了身后的陆岳。

陆岳越过小胖的肩膀，看了眼面无表情的陆思诚，又看了眼站在他身后满脸不安的童谣。结合眼下的气氛，他想了想，皱起眉，认真问道："矮子，你怀孕了？"

小瑞一口含在嘴里的水喷了旁边的明神一脸。

童谣脸上的表情从不安到茫然，到震惊，到涨红，再回归茫然，她终于急了，直接抬脚踢了一下站在她前面的男人的小腿。

陆思诚痛得叫了一声，回头看了眼童谣，见后者死死地瞪着他，他面瘫的脸这才绷不住似的露出无奈的表情，回过身跟站在玄关一动不敢动的一干人等摆摆手："今天BAN&PICK那手放轮子妈、拿冰原是我膨胀任性了，对不住大家。以后比赛你们不用那么放纵我，有做错的直接说，我会改。"

陆思诚说完，整个基地陷入几秒沉默，"七脸茫然"。

小胖直接退出基地门外看了眼门牌号，然后摸了摸脑袋，他觉得可能回了个假的基地，遇见了假的队长。

在众人的茫然之中，只有站在最后的童谣松了口气。她下意识地抬起头看了眼二楼，只见二楼的栏杆上，二队AD懒洋洋地趴着，垂眼看着一楼发生的一切。

与童谣的目光对视上后，他挑了挑眉，一脸嘲讽地指了指手上的手机，贴吧界面勉强可见。

童谣微微蹙眉，隐约猜到这事恐怕不会这么简单地就完了。

第十七章

　　这时候再继续不看贴吧,就不能与时俱进了,到时狂风暴雨节奏一带,自己怎么死的都不知道。考虑到这点,童谣晚上回房间就把贴吧打开了。

　　首页铺天盖地都是在骂她和老猫最后一局跑得不够及时,害ZGDX战队被反一波的帖子就不用看了,每个都挺热闹的。童谣木着脸往下划,没划两下就看见了她想要找的帖子——

　　"你们都在骂中单、上单和打野,难道ZGDX战队的AD位真的是不粘锅吗?"

　　楼主:"你们是没长眼睛还是看比赛浪费电?'Chessman吹'真是笑死人了,一输比赛就甩锅给别的队友,然后转个头又来吹我们诚哥从来没有被骂过,因为零失误就是强。都要吐了。

　　"今天第一局比赛的BAN&PICK像臭狗屎一样,BAN了个傀儡师,让对方一抢轮子妈,我是不知道怎么回事,但是人家拿了轮子妈,用冰原打轮子妈,留着Counter位,选一个被Counter的英雄，笑死了。自信？膨胀？然后被打爆。整场游戏只要有轮子妈在，冰原就像个傻子一样束手束脚！灵魂射手卡莉不是用得挺好的吗？不是天天吹ZGDX战队逆版本也能赢比赛吗？第二局敢拿那种奇葩阵容也没见你们多尊重版本啊……哦对，说到这个，第二局赢了的阵容听说好像是照搬和韩国那边的训练赛拿的。

"不过说这么多，陆思诚那种人也不会觉得自己有问题。是，今天只是一场小组赛，又影响不了ZGDX战队的排名。但是相信我，以小见大，今天有乱玩BAN&PICK，明天就有假赛、买外围。规矩是什么，有用吗？你们护着的人早晚成为最大的毒瘤。

"你们就护着ZGDX战队吧！这么膨胀下去，丝毫没有进步，今年还是最多八强，坐等S6三支韩国队内战变HCK秋季赛，欢迎到时来'挖坟'打脸——真的希望能被打脸。"

发帖时间是今天下午五点。

这位楼主语气很急，从头到尾都没怎么骂脏字，但是矛头很自然地直指陆思诚，前面说得还算到位，只是后面稍微危言耸听，过分了一点点。往常这种帖子童谣都会耐着性子看一看的，至少比那些一通瞎骂什么都说不出来的有看点得多。

楼下的回复千奇百怪——

"哦，这下子连Chessman也不放过了，厉害了，你们疯了吧？"

"讲真，楼主说的也是我想说的，刚才在隔壁某楼提了句这局Chessman问题也大，被'Chessman吹'追着骂了两条街。"

"有理有据，理性背锅，这局Chessman是有问题没错，这是五个人的游戏，你们老抓着中单和上单骂也没意思，他们也就是最后一局犯了一个错误而已。"

"什么鬼？唯一赢的一局还是照着韩国队来的吗？"

"中单垃圾，靠性别博眼球；上单废物，团战隐身无用；打野只知道刷野，带不了节奏；AD队霸，膨胀，禁选环节瞎搞——这分锅明细，楼主你是那个死胖子辅助吧？"

这么严肃的事件，童谣看到莫名其妙躺枪的小胖愣是"噗"地笑出声来。这时，童谣想到最后贪狼站在楼上的表情，加上楼主这种像是加过修饰的语气，再加上和韩国那边的训练赛内容他们一般是保密的，外人不应该知道他们是按照某次训练赛拿的第二局阵容——以上种种，她理所当然地认为，发帖人是贪狼。

沉不住气的小鬼，真的该给他一点教训才是。

童谣收敛了玩笑的心，微微蹙眉又把帖子往下划了几下，这时她被一个ID叫"咸蛋超人狗"的账号发言吸引了——

咸蛋超人狗："除了上次陆思诚用童谣直播的电脑翻了一次训练赛赛后数据图，ZGDX战队和韩国队的训练赛内容一向是保密的，我不知道楼主是从哪儿知道的ZGDX战队的BAN&PICK战略，这种很核心的东西你既然搬出来说，你就做好被追查到底的准备。还有，我提醒一句，训练赛里学到的东西拿来小组赛用没毛病，不然你以为训练赛是用来干吗的，嫌时间多？别总把韩国人看得那么高贵，真是什么了不起的套路，ZGDX战队哪怕学了，也不会在小组赛掏出来。

"最后，陆思诚第一局的BAN&PICK是有问题，但是问题不在于轮子妈天克冰原，冰原后期不是不能打轮子妈，因为只要队伍里有别的硬控能把轮子妈的E骗出来，它就是个麻瓜，陆思诚的问题在于队伍里没有别的很多硬控，他还要硬拿。"

"是膨胀没错，但不是你说的那种。"

"他的问题是无视队友阵容，过度自信。这种事做了，队友也不阻止，队友也要背一半的锅。你可以说我是在洗白陆思诚，虽然这个说法让我很想吐，但是别忘记这是个团队游戏。"

童谣一只手支在大腿上捧着脸，另外一只手抓着手机，她微微眯起眼，这个"咸蛋超人狗"同志好像才是真的有点料的啊……

童谣又看了看帖子，发现这个"咸蛋超人狗"在回复其他人的时候，表现出了对游戏的理解还有理智，同那些瞎"黑"的人不一样。他认为陆思诚就是错的，没毛病，但是他以一种俯瞰众生的姿态表示，你们连他错在哪儿都不知道就别说话了。

看看看看，贪狼啊，一个路人都比你显得有智慧。

童谣换了个坐姿，登录贴吧小号，疯狂支持了一波"咸蛋超人狗"，并表示自己成了他的小粉丝，之后果断加入掐架阵营。

正当她玩贴吧玩得欢快时，突然听见楼下传来一声暴喝："说那个帖子是我们战队自己人发的那个你出来！我好心开直播跟你们解释，少在这里带节奏！跟你们说了，第一局是我和老K的问题，跟其他人没关系，那局拿冰原怎么了！就拿了怎么了！——行，就算他拿冰原没拿好，我吃个饭回来队长还跟我们道歉说不该任性拿，你见过彗星撞地球，那你见过ZGDX战队队长道歉吗？"

童谣被吓得手一抖，手机掉在了地上，她直接穿了拖鞋开房门走出去，趴在栏杆上看了一眼，果然看见老猫盘腿坐在电脑前一脸不忿的模样。直播期间一般是不让说脏话的，偶尔说一句当语气助词也没什么，但是像老猫这样疯狂的样子，也就是时候跟自己的工资说拜拜了。看来是真的气得不轻。

老K拿着一盒牛奶从厨房走出来，路过老猫时伸手捂住了他的嘴，老猫疯狂挣扎一波，两个人在楼下争论了起来。

"你跟他们说那么多干什么？"

"他们非说那个发帖子的人知道我们的训练赛内容，所以是我们内部的人发的，说我们队面和心不和，说——"

"没毛病，早上出门的时候你还在拿白眼翻我。"

"现在是说这个的时候吗？"

"你理他们干什么……"

"那训练赛环节确实是保密的，虽然不知道怎么回事，但是我知道不是我们自己人干的，他们这样说，岂不是让别的队友心生嫌隙？带队内气氛节奏这种事最无耻下作了！"

"你白痴啊？BAN&PICK时我们疯狂讨论和韩国运营商队训练赛的事，观众听不见后台收音，但工作人员你知道有多少个吗？"

童谣趴在栏杆上听了下上野二人组的争吵，直到争吵的声音越来越小……老K关于比赛时后台收音工作人员的话点醒了她，她才想起来跟韩国运营商队训练赛内容泄露这件事还真不是只有他们内部人员才知道，那这样说来……

正当童谣努力运转自己的大脑时，她感觉到一束沉默的目光在她的脸上停留。她微微一愣，抬起头，对视上二楼走廊上站着的少年。他手上拿着毛巾和刷牙杯，头发微微湿润，大概是刚洗完澡,这会儿正面无表情地站在那里看着她。童谣稍稍站直身体。

贪狼盯着她看了一会儿,突然没头没尾地蹦出一句:"我没那么无聊。"然后转身走了。

童谣抓抓脑袋,回房间把手机捡起来,打开OB.GG网站——在这个网站上可以查看所有人的韩服排位情况。她输入贪狼的ID,在一连串的胜利战绩中,找到了下午四点四十五分开始的一局长达五十分钟的排位,在这局排位里,贪狼拿了三十二个击杀两次死亡加十个助攻的成绩,一次五杀,Carry了这局排位。

而那个帖子的楼主从五点发帖一直蹦跶到刚才还没停下来,任何反驳他的评论都会第一时间被他怼回去——一个在打高端局排位,并且拿下了十分华丽战绩的人,肯定是没有空跑到贴吧带节奏的,哪怕中间有两次死亡时间,前期复活时间只有几秒,后期大概是一分钟,这一点时间加起来也不够贪狼打那些字。

也就是说,那帖子真的不是贪狼发的。

诚如他所说,他没那么无聊。

ZGDX smiling:"完啦,我还以为骂你的那个帖子是贪狼发的,错怪人了。"

朕欲与卿系红绳:"ID是什么啊?那小崽子的贴吧ID叫什么'咸蛋狗',幼稚得不行,很好认啊。"

ZGDX smiling:"'咸蛋超人狗'是他!啊,那很棒棒了,不只错怪人,还错怪好人。"

朕欲与卿系红绳:"错怪就错怪啊,你还想以身相许赎罪?几点了都?放下手机,滚去睡觉。"

第十八章

第二天早上童谣起来的时候,发现贪狼已经在对面训练室里坐着了。以前不注意还没发现,现在仔细想想才想起来,大多数情况下,童谣和贪狼一般都是早起的第一、第二名。

隔着走廊遥遥相望,童谣不知道贪狼抬头看她一眼并嘟囔着"早"的那几秒里,有没有看见她脸上的心虚。

童谣摸出手机给她家队长发了个微信——

ZGDX smiling:"我起来了,你们都在睡,贪狼也起来了,我给他拿个早餐你没意见吧?"

打完字发出去揣好手机,童谣下楼开冰箱拿了一袋面包和一罐酸奶,又"噔噔噔"跑上楼,把酸奶和面包往贪狼面前一放:"吃吧,咸蛋狗先生。"

贪狼抬起头,用那种能把人分解成颗粒的目光慢吞吞地在童谣脸上刮了一圈,然后乖乖放开鼠标抓过面包撕开——游戏里,队友见他补着兵突然站在草里不动了,给他"哐哐"打了两个信号并附赠一个问号。

他叼着面包打字："Eat breakfast（吃早餐）。"

童谣站在他身后看着，然后掏出手机，这才发现这个时候理应睡成死猪的她家队长居然回复了她的微信——

朕欲与卿系红绳："不准。"

ZGDX smiling："已经去了，先斩后奏。"

朕欲与卿系红绳："你已经是一具'尸体'了。"

朕欲与卿系红绳："睡醒收拾你。"

童谣保持着完美的微笑，将手机揣进口袋里。这时，贪狼那边已经开始专心游戏。童谣站在他身后欲言又止地看了一会儿，最终没办法开口说什么，正准备灰溜溜地滚蛋，贪狼却突然开口道："帖子看过了？"

童谣："嗯。"

贪狼："今早看了没？"

童谣摇摇头，拿出手机看了眼，发现那帖子还是飘在贴吧首页，只不过往后一翻，全部是老猫的名言——"你见过彗星撞地球，那你见过ZGDX战队队长道歉吗？"

路人甲："那个男人，居然也会道歉。"

路人乙："我们仍未知道那天接受了队长道歉的老猫究竟骂了多少句脏话。"

路人丙："回楼上，大概是能把这个月工资扣光那么多句。"

路人丁："真可怜啊，能想象那画面，运营商队的孩子们怕是都被吓坏了吧？楼主呢？不是叫嚣着我诚哥不会认识到自己的错误,ZGDX战队要完的吗？昨天一秒五喷，蹦跶得那么开心，今天怎么不说话了？"

路人戊："别说了，昨天我看了老猫的直播，隔着屏幕感觉到了他双眼里的癫狂。"

咸蛋超人狗："哦，楼上那些捧臭脚的，我要吐了。"

几百楼，全部是在感慨陆思诚居然也会道歉的——那个在很多人心中应该完美得像是神一样的家伙。

童谣重新收起手机，微微蹙眉看着贪狼打游戏，看着看着，终于鼓起勇气问："我还以为你巴不得陆思诚倒台等着接手上位呢！昨天要不是你，我们都不知道这帖子的事，你怎么又想着帮他了？"

童谣一口气问完，然而贪狼并不理她。童谣又问"到底为什么"，贪狼还是不理她，一心盯着面前的电脑屏幕，好像在很专心地打游戏的样子。童谣弯下腰，手指飞快地在贪狼的键盘上摁了下"F"，给他交了个平地凌波，贪狼的游戏人物"砰"的一下往前蹿了一小段距离！

贪狼"嘶"了声，在他队友辅助一连串的问号中抬起头，对视上身后那张恶作剧完还一脸"我干得好，谁让你不理我"的理直气壮脸——两个人相互幼稚地瞪视几秒，贪狼收回目光："他那手再怎么着也能打完明年春季赛吧，我不想我辛辛苦苦打上来接手一队的时候，接手的却是一个次级联赛队伍。"

这理由其实挺充分的。

童谣动了动唇，这时又听贪狼道："看不得人家糟蹋我想要还得不到的东西。"

童谣:"什么?"

贪狼:"输给YQCB战队的时候,坐在那儿失魂落魄发呆的不是你?"

大脑用了几秒反应过来贪狼说的话的意思,童谣红着脸往后退了三步,现场气氛很凝固,童谣那个小心脏怦怦跳,勉强勾起嘴角,问:"你们这些AD说话哄女孩子开心是ZGDX战队的传统?"

贪狼似乎有些意外地抬起头瞥了她一眼,停顿了下,道:"我说,我想要一个好的中单队友,你正好是。"

童谣看了眼身边的椅子,有一种恼羞成怒到想把它砸在贪狼脑袋上的冲动,冲着他的背影做了个鬼脸。这时候,走廊那边ZGDX战队队长的卧房门打开了。

陆思诚睡眼惺忪地走出来,头发乱如鸡窝,却迈着坚定的步子往童谣他们这边快步走过来,来到他们面前站定,一言不发直接一把将童谣端起来——

童谣还没反应过来发生了什么,就听见他用冷漠又低沉的声音跟现场唯一剩下的另外一个活人说道:"回收大型垃圾。"

而后不等贪狼做出反应,转身头也不回地直接将童谣端走了。

进房间,脚关门。

门"哐"的一声被关上,小胖哆嗦着弹起来掀开眼罩,正好与陆思诚怀中的自家中单四目相对。他骂了一声,重新将眼罩扯了回去,倍感辣眼睛似的躺回床上掀起被子捂住脑袋。

童谣被扔到男人床上。床的主人踹了拖鞋,打着哈欠重新爬上床,并将准备站起来的人搂着腰硬是摁回床上。

童谣:"我想打游戏。"

"打什么游戏?早上是用来睡觉的。"

男人嘟囔着,语气之中睡意又涌上来——然而扣在怀中人腰上的力道却丝毫没减。

陆思诚:"不睡就干点别的。"

童谣正想说什么,一抬头却看见清晨阳光下,闭着眼的男人眉头微微轻蹙,眼底有淡淡的深色。童谣微微一怔,抬起手,用指尖小心翼翼将他的眉间抚平,缩回手后,反手抱住男人的腰,然后低下头,将脑袋埋进他怀里。

"队长,你受委屈了。"

童谣感觉他的手动了动,刚刚被舒平的眉又浅浅皱起。

"再用这种皇帝宠幸完爱妃的语气说话,就欺负哭你。"

"……"

"睡。"

第十九章

童谣是被洗手间传来的淅淅沥沥的水声吵醒的。待水声停下时她睁开眼,发现床上就剩自己一个,陆思诚正开门从浴室里走出来。

男人头发湿漉漉的,眼角因为热水微微泛红,脸上都是正在散开的水蒸气……

并不懂一个天天坐在电脑前、吃得也不算少的人到底是怎么保持这种身材的。如果说有人天生吃不胖,那也就算了,连腹肌都有,是不是梦幻得未免太脱离现实了?真有这种好事的话,她是不是也可以指望自己有一天睡着睡着就有了人鱼线?

童谣正腹诽中,那高大的身影已经走到她跟前,低下头在她唇上吻了下:"做什么苦大仇深似的看着我?"

"你身材那么好,晚上是偷偷出去锻炼作弊了?"

"我身材好吗?"

男人拉过她的手在自己身前虚晃了几下,童谣的脸"噌"的一下就红了:"大清早的你能不能文明点?"

"不能,"陆思诚嗤笑着斜睨她一眼,见她耳根还是粉红粉红的,眼角的光芒柔和了些,"睡醒了?"

童谣用手扒拉了一下自己在被窝里捂得乱糟糟的头发:"睡醒了啊。"

"你上一次说睡醒了是三个小时前,结果五分钟不到就在我怀里睡得像死猪一样,还打呼。"

童谣:"你好好说话,谁睡得像死猪?"

陆思诚伸手将一脸不满的少女从床上拎起来:"下楼,练习。"

童谣被他拎着,两脚踩在他的脚背上——男人带着她找到她的拖鞋,她再从他的脚背上跳下去穿拖鞋,头也不抬地随口道:"双排吗?我辅助啊。"

"我们感情还没好到让我能忍受你来辅助,但是你放心,会有这一天的,保守估计至少要等到咱们的孩子上幼儿园。"

陆思诚主动要求童谣练习,是因为今天下午一点有个和韩国队伍RIOT POWER(简称RP,人称人品战队)的训练赛,人品战队本身不是特别有名的队伍,但是S5之后,由结束了在中国的外援合同、重新回韩国的几个有名韩援重新组建,所以在中国这边的人气也很高。于是他们队员S5时在国内圈的许多粉丝也被迫追起了HCK联赛和国外的直播平台。

童谣经常在微博上看见有人搬运那边的消息还有队员直播时发生的有趣段子。

陆思诚认为今年韩国赛区除了韩国运营商队和表情包队,第

第十九章

三个出征S6的队伍应该就是这个战队,所以就跟他们联系了训练赛。

两个人下楼的时候,其他队员已经在自己的位置上各就各位打排位练习热身了,小胖看着无精打采的,童谣在位置上坐下时,正好听见老猫问他:"小胖你咋回事?没睡好啊?"

小胖"哦"了声,微微眯起眼:"假如某天大清早的,你正梦见身高一米七、腿长一百一的漂亮小姐姐跟你表白,还没来得及答应人家呢,就被窸窸窣窣的声音闹醒,睁开眼就听见你家AD在隔壁床扬言要欺负哭你家中单,你心情能好?"

老猫闻言直接抬头看向童谣。

四目相对,场面一时非常尴尬,几乎就要控制不住。

童谣一脸视死如归:"他都说假如了。"

此时陆思诚拿了吃的走回来,小胖那大嗓门他在厨房都听见了——面对队友及战队经理的质疑目光,他表现得十分从容淡定,扫视一圈所有人,反问:"我像是那种人?"

话音刚落,无数个"像""这就是你的人设,没毛病""像啊""难道不像"从基地四面八方各个角落响起,其中还有来自二楼二队某几个小鬼的声音。

"此番现象象征着ZGDX战队以队长为队霸的一言堂时代成为过去,从此走向了一个群贤进谏、百花齐放的美好时代。"——ZGDX战队经理小瑞。

下午一点半,训练赛开始。

从BAN&PICK开始，童谣就感觉到这一次训练赛并不一般，她能感觉到有什么不一样了——比如平常训练赛，一般没有特别意外的情况就是陆思诚和明神说话，陆思诚说今天我们来试试×××套路，明神就说所以我们拿××、××、×××英雄。两个人一唱一和，明显是训练赛前就商量好的，所以除了没有硬性规定的位置大家会稍微讨论下之外，BAN&PICK环节进行得飞快。

但是今天不一样，众人光争中单位置拿什么就争得面红耳赤。

明神："拿个时间猎人玩玩？童谣的时间猎人还得练练，有时候大招瞎放，辣眼睛。"

小胖："妖姬放了不拿？"

老猫："训练赛重要的是训，又不是赢，童谣的妖姬就不用训了吧？"

老K："附议，提议一个熔岩诞生者。"

陆思诚："拿上条人偶啊。"

小胖："拿什么上条人偶？对方有女刺客，你可别瞎整了。"

最后差点因为没来得及选倒计时结束，童谣赶紧选了个时间猎人锁了。

然后同样的情况在选AD时又上演了一遍，争到最后，连二队的小孩都伸脑袋趴在栏杆上看热闹，在一堆"螃蟹""刀斧手""小丑女好啊"的讨论声中，陆思诚面无表情地锁了灵魂射手卡莉。

众人沉默五秒。

老猫："道歉都是假的，队霸。"

小胖："队霸。"

第十九章

老K:"队霸。"

童谣同情地看着陆思诚,后者面无表情:"我就要玩这个,刚才说刀斧手的是谁,站出来。"

小胖不说话了。

陆思诚什么AD英雄都可以玩玩,也都玩得不赖,唯独刀斧手这个英雄,被队友亲鉴最多黄金三分段水平不能再多。小胖说出来纯粹就是为了搞事,同说螃蟹的老猫一样——至少放眼五大赛区,今年夏季赛常规赛里,螃蟹的登场率和BAN率均为零。

说意见陆思诚是可以听的,但是这并不表示他的脑子坏了。

选好英雄,训练赛正式开始,前期对线期还算正常,因为队伍各个位置和个人实力摆在那里,但是整个过程,童谣总觉得充满着一种奇怪的感觉,就好像以前打大型网游开荒二十五人英雄副本一样,到了中团期就开始乱糟糟的,每个人都有自己的想法,有些想法是对的,有些想法是错的……

经过上次和YQCB战队比赛的教训,大家对于指令的执行力度很强,当大家意见一致时,那基本就是说一不二的——

比如上一秒老猫还在上路吃兵,下一秒陆思诚说TP下来,哪怕下路没开打,老猫就立刻放弃兵线TP下去了,在他落地的同一秒,陆思诚果然主动开大,扔小胖上前开了对方AD,并成功完成下路双杀。陆思诚让给老猫一个人头,也弥补甚至超越了他放弃线上兵线可能带来的经济损失。

这是好的方面。

而造成训练赛乱糟糟的情况在于,其他队员开始愿意表达自己的看法，对一些执行命令提出异议，通常这样的异议会让陆思诚习惯性陷入思考，而他对于这种事还并不是很熟练。所以训练赛事后总结时发现，哪怕有时候其他队员当前的想法是对的，是对当时队伍情况最有利的选择，但是在陆思诚权衡考虑的那几秒，会让队伍陷入一个群龙无首的状态。

《英雄王座》这个游戏，几秒时间，足够瞬息万变，风云变幻。

因为这种比较新的情况出现，所以这一局和人品战队的训练赛在坚持了五十分钟之后理所当然地输掉了。

打完训练赛大家都觉得很累，并不仅仅是因为训练赛输了，而是真的很累，五十分钟精神高度集中，脑袋运转，耳边时时刻刻都有队友说话讨论的声音，以前他们从没有这种感觉。

因为强，因为有陆思诚指挥，他们大部分的情况都是按着指挥去做，最多也就考虑一下自己这条线怎么样处理比较好而已。但是现在，他们开始不自觉地自己思考、顾及大局，在考虑自己的同时，也要去思考接下来应该怎么办，以便在陆思诚的选择偶尔不那么最优时及时矫正。

四个臭皮匠，碾压一个诸葛亮。

打完训练赛，大家针对今天的训练赛开了场时间久得前所未有的分析会。

开完会出来时个个一脸精神萎靡，饿得那叫一个前胸贴后背。

小胖："虽然身体劳累，但是我的精神上是饱满的，我感觉到了我们队伍的变化，在将队长正式赶下一言堂的高台后，我们将拳打HMS，脚踩HCK！"

第十九章

陆思诚:"赶谁?最终指挥权还是在我手上,想造反,从我'尸体'上过。"

童谣摇摇头,无视这一对幼稚下路组合,坐回自己的位置上,翻翻会议记录小本本,同时等队友点外卖,最后看看一大堆等待改进的东西,她头疼地放下本子,坐在电脑前刷微博。

原本是奔着大脑放松的,谁知道刷着刷着,就刷到一条叫她整个人都不好的微博——

敏玄啊嘿嘿嘿:"刚才我们敏玄(RP joker)直播说,今天下午和中国运营商队打训练赛了,赢了,而且感觉对方不知道怎么了,打得一团乱。有时候支援很快,像个一流战队该有的样子,有时候却反应慢一拍,做出了早一些做会更好的决定,不知道发生了什么,总之感觉状态不是很好。最近ZGDX战队的节奏真的多啊,昨天还说诚哥跟队友道歉什么的,结果今天又输了训练赛还被评价打得乱糟糟,不知道发生了什么,难道道歉后ZGDX战队的指挥换人了,不是诚哥了?不会真的是队内不和吧?担心。"

这条微博转发三千,评论五千。

转发全部都是担心,评论一半在心疼陆思诚,一半在骂ZGDX战队的其他队员——平时小胖对着队长翻个白眼这种破事都被搬出来说果然队内不和。

新的一波风暴即将到达,拔刀,面对疾风吧!

第二十章

鉴于网上又要开始新的一轮风暴,所以打完训练赛的当天晚上,吃完饭后,陆思诚开直播了。

原本他是不想开的,因为他本来就对直播没兴趣,当初是为了套路童谣,主动开了那么一两回。现在那些可以见人的欺负套路他都玩腻了,所以连带着他开直播的时间也变得特别少。

至于直播时间不达标扣工资什么的,他倒是不太在意的样子。

但是眼下,在这种"ZGDX战队五个人里四个人是禽兽,联合起来欺负我们可怜的诚哥,嘤嘤嘤"的舆论环境中,队伍里其他人手中的大刀已经架在他脖子上,于是他不得不把直播间打开——打开的时候,面对其他四双虎视眈眈的眼睛,队长大人怨气很重:"说你们是禽兽,说错了吗?"

小胖动了动唇,正想说什么,陆思诚"吧唧"一下把直播开了,正好收到一条弹幕:"那个胖子居然在比赛里对诚哥翻白眼,好刻薄,不配当胖子,胖子都是很慈祥的"。看到这种评价,小胖的眼神一秒变得爱意绵绵。

直播间人一下子爆满,陆思诚还在调整摄像头方向,直播间里已经充满了密密麻麻的弹幕——

"诚哥你终于开直播了!"

"我室友死前想看诚哥开直播,现在他可以安心上路了,谢谢诚哥。"

"你背后趴了个胖子鬼。"

"这胖子看你的眼神让我想吐,能不能让他走开?"

"胖子哪来的眼睛?哈哈哈哈,只有一条缝!"

最后这条弹幕让小胖愤怒地走开了。这时,陆思诚已经调整好摄像头,直起腰,点开游戏排位系统,然后扫了一眼弹幕,面无表情道:"好了,我来开直播了!今天在贴吧、微博疯狂带节奏的人在哪儿?可以出来了。"

感觉到旁边那人阴风阵阵的,童谣把自己的椅子往旁边挪了挪,这时候又听陆思诚说:"出来啊,我亲自给你们指指路。"

这态度,大概是早就憋了一肚子邪火,可算找到发泄口了。童谣在板凳下伸长腿踢了陆思诚一脚,意思是让他和蔼可亲点,又不是来吵架的。结果陆思诚低头看了看那绷得笔直才碰到自己的那条腿,无情地说:"踢我干什么?小短腿收回去。"

童谣涨红着脸缩回腿,盘腿在椅子上坐稳,与此同时,听见陆思诚跟弹幕特别诚实地说:"旁边的矮子踢我,不知道干吗,大概是觉得我太凶了——我凶吗?"

童谣打开陆思诚的直播间,一眼就看见弹幕里全部都是"不

第二十章

凶啊""我们就喜欢你这么说话""她太脆弱了吧,这就叫凶""才不凶呢"类似这样虚伪的弹幕……

"受虐狂",都是"受虐狂"。

接下来的直播时间,陆思诚一边打游戏,一边跟弹幕解释最近都发生了什么——童谣真的是头一回听见陆思诚在直播的时候说那么多话。从和YQCB战队打比赛开始说起,说为什么会输,说第二局比赛确实跟韩国运营商队训练赛拿的阵容一样,说训练赛确实保密,泄露的应该不是自己人,毕竟是很久以前的事了,说俱乐部已经去追究比赛举办方的责任了……

"会输是因为还有做得不够好的地方,正在改进,效果还可以……哪个地方做得不好?看了比赛的应该知道我们第三局是怎么输的,就是执行力不够吧……每个人都有想法,很正常。但是输就输了,又不是没输过,不知道你们为什么要搞得像天塌下来一样。"

陆思诚的语气相当云淡风轻。

"你说得那么轻松,那为什么还要道歉?"

"一场小组赛,输了就要跟队友道歉是什么道理?"

"说下道歉的事。"

"贴吧说的是真的吗?诚哥你膨胀了吗?"

"队友执行力不够,你道歉?Excuse me?"

"我真的觉得你们俱乐部小题大做了,一场小组赛输了为什么就要道歉?那局游戏又不是你一个人拿英雄有问题。"

看到弹幕转到这话题上，童谣坐直了身体，不知道为什么，她有些紧张地看了眼陆思诚——这家伙今天难得开了弹幕助手，打着游戏也能看见部分弹幕。童谣看见他眼珠飞快地往上移动了一下，大概是看见了那些弹幕，然后又重新回到平视的位置——看上去好像没有什么特别反应的样子。

"执行力这个，不能算错吧，只是大家想的东西不一样。就像最后一局，我和小胖觉得要走，剩下三个人觉得可以打，于是就多打了两下，发现打不了才走……"陆思诚微微蹙眉，"和我道歉是两码事，别扯在一起——那个骂我们中单的，房管封一下，在我直播间骂我的人，你是不是喝多了来送塔？"

"前面骂小胖的你咋不封？"

"天地良心，小胖给你打了两年辅助！"

"心疼胖子。"

此时全基地都在看陆思诚直播，小胖当然也在看，当时就拍了拍鼠标，转过身看着陆思诚——用那种谴责的目光。

然而陆思诚并不理他，直接冷漠地无视了那些指出他偏心眼儿的弹幕。

此时还有几个弹幕在用不怎么和谐、一看就是挑事的语气追问道歉的事，陆思诚看了，就用慢吞吞的、相当淡定的语气冷冷道："你们那么想知道道歉的事，那就说这个，我今天就是来给你们这些节奏大师领路的——和YQCB战队比赛的第一局冰原，队友留给我Counter位，我拿了个被反Counter的英雄，这种行为是不好，为什么不道歉？执行力不够是输比赛的原因之一，大家在反

第二十章

省，在改。这个也是，所以我道歉，有问题就要各自解决，这思路有问题吗？"

陆思诚停顿了下，看了眼弹幕继续道："以前？以前也这么干过，但是队友都没人说我，我就有点任性，自己也没怎么意识到，你可以说是膨胀——后来来了个敢摁着我说教的人，所以就意识到了。"

弹幕再次被一片的"smiling"占据。

陆思诚没有否认"敢摁着他说教的人"是童谣，只是冷静道："没什么不好的，有毛病就改，不用脑补多委屈，不委屈——你家姑娘为了你的健康着想，让你好好洗澡，你会觉得委屈吗？单身狗别说话，首先你们得有个姑娘——就做了该做的事而已，大男人能屈能伸，委屈什么委屈？"

这边陆思诚刚说完，童谣已经"啪"的一下举起双手捂住了自己的脸。

那"啪"的一声，可响了，弹幕纷纷问什么声音。

陆思诚转过头瞥了童谣一眼，然后将脑袋扭了回去："私下时很虎地揪着我的领子问我错了没的人现在捂着脸坐在我旁边，羞得满脸通红。"

陆思诚："我怎么知道为什么脸红？我又没夸她，不是很懂你们这些小姑娘成天在想什么。"

陆思诚："也不是羞愧的羞——啧，说什么呢？封了封了。"

随后陆思诚又草率地说了下和RP战队下午的训练赛，就说现在的主指挥还是自己，只是队伍在尝试更好的打法，然后在其他队员平静又慈爱的目光注视下,高歌强调了一番关于ZGDX战队团结友爱、队内气氛和谐、没有人能欺负到自己的主旋律。最后,在直播间一片问号的美好热烈气氛中,直播结束。

陆思诚关了直播,说的第一句话就是:"我说得这么好,怎么没人给我送大宝剑?"

小胖:"斩狗头剑就有一把,你要不要?"

陆思诚:"你最近很嚣张,胖子。"

小胖:"骂我的弹幕凭什么就不用封?"

陆思诚:"他们说你眼睛只剩一条缝说错了吗?凭什么封人家,理由呢?"陆思诚又转向童谣,"还有你,莫名其妙脸红什么?"

童谣抱着膝盖坐在椅子上,说不上为什么脸红,只是当时那气氛就觉得陆思诚好像在说什么大情话一样稍微撩到了她,但是她当然不会告诉他,于是就随口回答:"你说'不委屈'的时候特别英俊。"

陆思诚想了想,居然不反驳了,而是直接问:"真的吗?"

原本大家以为陆思诚直播之后,事情已经告一段落,关于队内不和的传言也应该稍稍收敛,童谣也就放下心,晚上抱着她家队长腻歪了一会儿,就回房洗澡准备睡觉。

洗完澡趴在床上照常看微博和贴吧的八卦,结果一开微博,童谣就傻眼了——自上次冰封王座杯之后,她的私信好久没这么热闹过了。

"管太多了你。"

第二十章

"ZGDX战队成绩一直挺好的,真不需要你来多管闲事纠正什么,最后如果变成了四不像……好自为之吧。"

"尊重诚哥的选择,尊重妹子职业选手,但是如果是你妨碍了ZGDX战队的夺冠之路,不会放过你的。"

"麻烦摆正自己的位置,哪怕你是女朋友,也不应该有什么特权……逼着诚哥做他不想做的事……难听的话真的不想说太多,但是现在队伍变成这个样子,你就开心了吗?"

"诚哥老护着你,你却按着他道歉,有没有良心啊?你心是石头做的吧?"

"就算诚哥真的做错事,这个时候他应该很难过吧……作为队友,或许你指出错误真的是正确的,但是退一步说,你是他的女朋友啊,是他最亲近的人,有话就不能让别的队友转达吗?这时候你应该站在诚哥那一边的。"

"至少以前ZGDX战队的比赛令人放心,现在变成这样,这周打HW战队都不知道能不能赢。算我求你,请不要再画蛇添足了。"

"如果你不知道心疼陆思诚,请记得还有我们心疼他。"

ZGDX smiling:"这把火终于还是烧到了我身上。"

朕欲与卿系红绳:"什么?"

ZGDX smiling:"我被绑架了。"

朕欲与卿系红绳:"谁绑架你?"

ZGDX smiling:"道德与良心。"

第二十一章

童谣给陆思诚发完微信，又看了眼贴吧，贴吧里差不多的言论也有，但是不多，大都是一出现就被怼得体无完肤的——这很正常，贴吧的生存环境就是从来都没有这些"心疼选手"的女粉丝可以大声说话的份儿。

但凡有那么一个"心疼诚哥，smiling根本是小题大做，才坐上'皇后'的位置就指望全世界拥护她成贤后吗"之类的言论出现，下面的回复都是几十条，除了吃瓜群众排队嘲讽"你好像一个傻子"，也有童谣的粉和陆思诚的粉跳出来试图跟她们好好讲道理。

smiling粉："不都是为了战队好？smiling做错什么了？一个大男人道歉就委屈了，人smiling一个小姑娘被你们喷、被你们摁着脑袋道歉就不委屈了？"

Chessman粉："我是Chessman从HCK时代开始一路跟过来的粉丝，请听我的请求，请听我一句话！那些莫名其妙不知道到底在粉什么的家伙，请你们闭嘴，不懂也请你们闭嘴吧！看着真心塞，电竞圈女粉丝的名声就是被你们这些疯子败坏的。"

外面的世界一片混乱。

像是放炸弹一样放下手机,童谣说不上自己是什么心情,把手机放下时顺手在被子上擦了擦掌心的冷汗——就在这时,她的房间门被人从外面一把推开,陆思诚直接走了进来,大步走到床边在一脸茫然的少女面前停下来,沉默了一下,问:"我去澄清,让他们闭嘴?"

"你又不敲门。"

"他们还说什么了?"

"都让你进门敲门了,万一我在换衣服——"

"这几天你别单独出去了,要去超市买什么跟我说,我帮你去买,或者让我跟你一起去。"

童谣闭上嘴,盯着站在她床边一脸严肃的男人,想了想,突然"噗"地笑了出来。她坐在床上抬起脸向着男人张开双臂,见对方没反应,她双手摇晃了一下——最终男人叹了口气,弯下腰将她抱进怀里。

童谣在他的怀中拱了拱,脑袋舒坦地搁在男人的肩膀上,鼻子能闻到他颈脖间香皂的味道。她认真地嗅了一会儿,直到她感觉到搂在她腰间的手稍稍收紧,泄露出一丝丝不安,她这才停了下来。

"陆思诚。"

"嗯?"

"那你自己呢,有没有觉得委屈?有没有觉得后悔?"

第二十一章

怀中人的嗓音低沉,哪怕是说话的时候语气尽量装得轻松、调侃,仔细一听恐怕就能琢磨出其中有多少认真的成分。

陆思诚听着她这不确定的语气,沉默了很久,不是他不知道怎么回答这个问题,也不是他不想回答,只是因为他完完全全地走神了——长这么大,这二十多年的人生中他好像从来没有遇到过这样的情况。

猝不及防,甚至恐惧。

第一次感觉到事情演变成哪怕是他也没办法控制的局面,整个人就像是一颗被投入冰冷湖底的石头,逃不开,挣不脱,却又不得不面对——

恐惧,如果处理不好,他将面临失去。

"我最后悔的是没能保护好你,因为一个失言把你推至风口浪尖。"男人的嗓音沙哑,听不出多少情绪,只是将怀中的人抱得更紧一些,"早就知道会变成这样,我在这圈子待了那么多年,什么事没见过,什么事都能处理得很好,做得很好,最后却偏偏在你的事上……"

童谣没想到自己一个忐忑的提问反而把陆思诚给问进去了,片刻的惊讶之后,她的眼神柔和起来,下巴搭在他的肩膀上。少女露出无奈又心疼的目光,抬起手拍拍男人的脑袋:"我没事,就问问而已,你紧张什……"

话音未落便被小心翼翼吻住。

陆思诚的索吻曾经气急败坏,曾经紧张鲁莽,曾经热情霸道,曾经细水长流,然而今天却有所不同——小心翼翼地,就像是一只犯了错的大型宠物耷拉着耳朵上来舔舐主人的手掌心,讨好,唯恐自己下一秒就被扫地出门,变成流浪的阿猫阿狗族中的一员。

然而这样的吻过于缠绵,童谣从气息不稳到最后感觉到眼前变得模糊,眼中只有男人那微微垂下的轻轻颤抖的睫毛,像是小扇子,也像是振动翅膀的蝴蝶。

"陆思诚,"童谣抓了把男人的耳朵,稍稍推开他,"都说了我没事,又不是第一次被骂……"

陆思诚后退了些,垂眼看着她,他的嘴角轻抿成一条直线,泄露了此时他的不安和烦躁。

童谣伸手碰了碰他的眼睫毛,男人没躲开,童谣缩回手:"真没事,我要睡了。真怕我被骂死,这一周和HW战队的比赛千万不要再输,电子竞技,说什么都是放屁,赢才有用。"

"嗯。"

"大饼和小葱呢?"

"楼下猫笼子里。"

"去给我端上来陪我睡觉。"

童谣见人不动,推了他一把:"快去。"

陆思诚站起来,走到房门边,却并没有出去,只是直接关上了门然后转身走回来,紧接着在童谣莫名其妙的目光中踢了拖鞋爬上床:"你抱着猫睡不如我抱着你睡。"

童谣被活生生往里面挤了一下,直到陆思诚在她身边躺下,把她的手机远远挪开,长手一伸"啪"的一下关了灯,然后将瞪大了眼的她压着肩膀往自己怀里一塞。童谣这才反应过来,动了动:"猫能和你一样?"

"是不一样,"陆思诚的嗓音听上去依旧郁闷,"我比猫好。"

说着将还准备喋喋不休的人强行往自己怀里摁。童谣也争不过他。

算了。

童谣打了个哈欠:"你这样让我压着你的手臂睡,明天手臂就废了,到时候我不会同情你的……"

陆思诚无动于衷。

"哎呀,说了不听,随便你了。手机拿那么远,我又不会在你走了以后继续偷偷回味别人骂我的话,瞎操心。"

见陆思诚始终不理人,又难得没有叫她闭嘴,童谣自己讨了个没趣,就抿抿唇安静下来,最终拱进男人的怀中,小声地说了句"晚安"。

她听得见近在咫尺的胸腔的震动。男人"嗯"了一声,她也闭上了眼。

这一夜仿佛很长,在不安的笼罩下,却意外地感受到了前所未有的安宁和安全感——环抱着她的男人就像是在头顶撑起来的保护伞,温暖、宁静,仿佛有他在的话,所有的狂风暴雨都能被拒之门外。

童谣每天靠收各种"心疼诚哥,你为什么就不心疼他"的私信过了两天,第三天是和HW战队的比赛日。

出发前两天,童谣的精神一直处于紧绷状态,眼下整个人反而平静了下来。这些天他们也没闲着，有训练赛就打训练赛，没有训练赛就抓着二队的小鬼疯狂对练——只为在比赛前迅速解决目前队伍发现的问题，并快速适应调整过程。

队友们加强对陆思诚指挥的执行力度，陆思诚本人则要学会如何更快地适应队友们提出的第二种处理方案，并在最短的时间内做出正确的选择。

所有的训练都要求队员们高度集中精力，大家都觉得很累，但是因为有一个明确的目标，并向着其一点点前进，所以大家甘之如饴。

和HW战队比赛当天，在正式比赛之前，网络上的质疑声达到了一个新的高度。这种质疑声被传达到赛场上，比赛开始前，就连解说们也稍微讨论了一下这个问题，而且前几日和韩国RP战队训练赛后，RP战队的成员对ZGDX战队的点评也被抓出来说事。

正因如此，直到比赛开始，所有的观众都已经学会了带着疑虑的目光看ZGDX战队的比赛。因此，每次他们的执行脱节、支援失败，或者指挥凌乱，都会被拿来与赛前的那些议论联系起来。

第一局比赛有惊无险地拿下，第二局比赛中后期出了些小问题——当时童谣他们杀了对方AD，就放心转线去拿远古龙。这时，在地图上，她发现对方的人开始疯狂清大龙那边的眼，就点了下大龙，说他们会不会去偷大龙。

"没AD，这时候偷大龙失败他们就一波团灭了啊，"小胖说，"不可能偷的，声东击西呢。"

众人为这个问题乱糟糟地讨论了一番，最后陆思诚决定不放弃远古龙，继续打，结果是被HW战队顺利偷了大龙，然后团战时小胖的位置没站好，直接被秒，在对方少一个AD的情况下被强开了一波团，然后结束比赛。

这种事情比赛里经常出现，大家也没放在心上，就收拾收拾准备第三局决胜局，但是大家没想到解说这时候在外面讨论带了一波节奏——

解说C："这两局，虽然一胜一负，但是这让我想到了之前提到过的，最近ZGDX战队的比赛节奏是有些凌乱。刚才大龙那波，五个队员都在说话，我只听见乱哄哄一片，这样真的很奇怪。"

解说B："听说是最近ZGDX战队在整顿战队和新的战术，还在磨合期——"

解说C："还磨合？这联赛都打完三分之二了还要怎么磨合？别的队伍都磨合完毕了，你一个强队突然开始磨合……我觉得这样真的很不妥，粉丝的担心是正确的。"

解说B看了解说C一眼，强压下了在椅子下面踢他一脚，让他别乱说话的冲动："也不用太担心吧，正所谓'凤凰涅槃，浴火重生'，可能经过这一番看似不平凡的磨合之后，ZGDX战队才能变得更强吧？"

解说C不置可否。

第三局比赛准备开始。

此时，观众已经被解说牵着鼻子在各种平台展开了一波大战，核心论点基本就是解说B和解说C的看法，而ZGDX战队官方微博下也是，加油鼓励的及骂人的对半开。

有很多人质问他们这两局比赛在打什么，打得真丑，也有很多人鼓励他们快点走出瓶颈期，期待一个全新的ZGDX战队征战世界。

而当第三局比赛开始，相比之前的胶着，连日来的训练终于稍微打出了效果——

比赛第十分五秒，以童谣第一波TP飞下，配合下路组合反打对方的下路加打野组合，自己拿到三杀，成为本局比赛的"爸爸"作为开端。第十五分三十秒，ZGDX战队小输一波团战，陆思诚在被他们三人围攻阵亡的情况下带走对方打野，剩下两个血线并不健康。此时对方四人强开元素龙，当所有人觉得HW战队这是在冒险，ZGDX战队应该去四打五、赌一波龙时，原本确实开始向着龙坑移动的ZGDX战队四人里，童谣、小胖和老猫却突然回头，三人抱团果断转线去推他们的中路一塔——在众人的惊讶之中，HW战队即将打完元素龙，只剩老K的扫地僧摸眼下龙坑，交惩戒，抢龙。

第三十分二十秒，大家先杀HW战队中单，再杀AD，步调一致，指哪儿打哪儿，技能一个没浪费，整齐得像是一个人在玩五个号。

第三十一分，HW战队五人阵亡，打出团灭，ZGDX战队一波推上高地。

全场欢呼。

解说B大笑鼓掌："我说什么来着！看看这执行力，我好像在看岚战队的比赛一样！以前这种突然转线换目标的执行配合只有他们能做!"

站起来摘下耳机与HW战队队员握手,到前面鞠躬完毕,童谣回头看了眼本局比赛MVP自己的大脸照,她停顿了一下,小声嘟囔着:"他们就是想采访我而已。"

小胖同情地看了她一眼:"就你身上戏多,不采访你采访谁?"

陆思诚抬起手拍拍她的头。

当队友陆续收拾好外设包走向选手通道时,童谣已经在采访席上坐稳。看着下面围观的黑压压的一群粉丝,童谣心想:这里面有几个人是想往我脑袋上飞刀子的?

主持人:"恭喜ZGDX战队有惊无险地拿下本场比赛,恭喜smiling连续拿下两局比赛MVP!"

童谣礼貌地笑了笑:"谢谢。"

主持人:"再次回归小组内战,拿下比赛胜利的感觉如何?"

童谣:"挺好的,因为上周打隔壁战队输掉以后大家都有点紧张和沮丧,这次之后也稍微能得到一些缓解。"

主持人:"我们可以看到,这周ZGDX战队在打法上稍有不同,指挥似乎也不只是诚哥一个人,请问是不是ZGDX战队在这方面做出了一些调整?"

童谣点点头:"对,是有调整,现在还在磨合中,大家对于这件事的积极性很高……"

主持人哈哈笑道:"是要换指挥吗?"

下面围观的粉丝骚动起来。

童谣再次微笑，看了眼不远处比赛席上弯腰给她收拾外设的男人："不，我们的'爸爸'依然还是我们的'爸爸'，要换指挥，除非从他的'尸体'上踏过去。"

童谣看着不远处那个人收包的动作一顿，大概是抬起头看了她这边一眼，她唇边的笑意变得更深了些。

主持人大概是看见了这两人遥遥相望的互动，意识到是时候了，于是坐直了一些，收起嬉笑道："smiling，其实大家都很关心，最近网络上关于ZGDX战队队长对队友道歉，听说还是你在背后推动的这件事……我们知道这也让你遭受到了很多的质疑。请问对于这件事，你有什么想对粉丝及你的队友说的吗？"

你们就为了问这个吧……

童谣想了想，也稍稍收敛了笑容。她抬起眼，看了眼观众席，却一不小心看到一个粉丝，不知道是谁，将手中写着"smiling加油，永远是你的坚强后盾"的荧光牌高高举起。

童谣看在眼中，不知道为何像是突然被无声鼓励，于是她稍稍挺直腰杆，严肃地回答道："我也不知道我今天坐在这里，应该用什么样的身份来回答你们这个问题，虽然只是打了半个赛季的比赛，做了半个赛季的队友，但是我猜想我应该知道ZGDX战队、陆思诚想要的东西究竟是什么……啊，其实这不难，我知道在座的很多人都知道。"

童谣顿了顿，又抬起头看了眼下面黑压压的人群，她知道此时无数双眼睛正盯着她。

"有朝一日，能身披五星红旗站在那个赛台的巅峰，举起那个梦寐以求的奖杯——而在此之前,身披荆棘也好,脚踏炙沙也罢,作为ZGDX战队的队长,被所有人寄予厚望和信赖,他应该承受,他愿意承受,他也必须承受。"

整个比赛场突然安静下来,主持人也没有多嘴插话。

童谣换了只手握住话筒,原本握话筒的那只手自然而然地落在腿上,不着痕迹地擦了下。

"恳请一些粉丝,你们爱护陆思诚的心情我们都能理解,但是电子竞技,没有成绩就什么都没有了——你们仰慕的是作为选手在比赛台上耀眼的陆思诚,还是那个只是长得高又有点帅的陆思诚,这一点要分清楚……呃,我知道网络上对于电竞圈的女性粉丝其实并不友好,很多妹子都在努力改变这一现状,我觉得有些人需要好好想想,在她们努力地打RANK、看比赛、分析战局并私信官方微博自己的看法时,你们在做什么?"

"就说这么多吧,一会儿我估计又要挨骂了。不过,还是提前说一句,以上言论,如有得罪,"童谣深呼吸一口气,"我不后悔。"

童谣将话筒还给主持人,跳下采访椅,下巴微微抬起,挺直腰迈开大步,往不远处的选手通道入口走去。

第二十二章

童谣推开选手通道的门时,手还在抖,心跳那就更不用说了。如果不是还有一排肋骨拦着,现在心脏恐怕已经不知道从胸腔蹦跶去了哪里。总之,她并不像表面看上去那样淡定。

看着眼前黑漆漆的、突然安静下来的选手通道,童谣长吁一口气,刚抬脚想一溜小跑回选手休息室,却被人从后面一把拎住衣领——

童谣"啊"了声差点蹦起三尺高,连带着把捉住她的人也吓了一跳,下一秒她便感觉到带着熟悉气息的大手一把捂住自己的嘴,将她转过身去。站在她面前的人万般无奈地叹了口气,弯下腰在她额头上亲了下。

"是我。"

童谣这才小心翼翼地睁开眼,看清了面前的人,她抬起冰凉的手将他的大手从自己脸上挪开,看了眼身后,小声道:"你怎么在这儿?吓死我了……"

"你说我为什么在这儿?"陆思诚反手抓着她的手掌捏了捏,"全是汗,没那个胆子就不要说那种话,说完又害怕,我看你走下来的时候都快同手同脚了……"

童谣瞪大眼跳起来去捂男人的嘴:"你别说话,你别说话……"

陆思诚笑着躲开,听见趴在自己身上的人嘟囔"我这都是为了谁啊"。陆思诚稍稍收敛笑容,弯腰在她面颊上亲了下,揉揉她的头发。

此时,ZGDX战队的其他队友和工作人员收拾得差不多了,陆续走出来,小胖走在第一个,出了休息室的门东张西望了一会儿,就看到站在门口拉拉扯扯的两个人,叫了他们一声,众人组团一起往停车场走。

上了车,童谣和陆思诚还是缩在最后一排。

陆岳掏出手机,在用流量看粉丝录制的刚才童谣做的MVP采访环节。听见自己的声音,童谣踢了脚陆岳,然后很紧张地抱住了陆思诚的胳膊。

当听见自己说到"而在此之前,身披荆棘也好,脚踏炙沙也罢"时,她动了动,将脸埋进了陆思诚的怀里。陆岳将声音开得很大,于是小胖开始鼓掌,小瑞也在鼓掌,老猫加入队伍,老K在嗤嗤傻笑,童谣伸手掐了把陆思诚,陆思诚只得无奈道:"你们再这样,她就要把自己憋死在我怀里了。"

最后,当视频中的童谣说到"一会儿又要挨骂"时,她猛地将自己的脸从陆思诚怀里拿起来,仰着脸眼巴巴地盯着男人,要是她有狗尾巴,这会儿估计已经摇得快掉下来了。然而这一次,

第二十二章

就连陆思诚也不站在她这边了,在那双忽闪忽闪特别可怜的黑色瞳眸的注视中,他伸手掐了把她的脸:"你还知道会挨骂?"

"我怕挨你骂。"

"为什么?"

"上次showgirl事件之后我答应你好好做人,不搞事的,现在又不当人了。"

"嗯,"陆思诚露出哭笑不得的无语表情,"你觉悟还挺高的。"

"对。"

"这次就算了。"

童谣睁大眼,简直不敢相信自己的耳朵,激动之中抓着陆思诚的胳膊,撑直身子在男人的唇边响亮地亲了一下。见陆思诚伸手揽住了童谣的腰,车中众人立刻发出消化不良的声音,其中夹杂着小瑞的"我想报警"。

陆岳面无表情地叹息道:"真变态啊。"

陆思诚面无表情地回答:"她成年了。"

陆岳停顿了下,坚持道:"但还是感觉你是个变态。"

待童谣一行人回了基地,这才知道对童谣的那个采访再一次引发了圈内的地震。

铺天盖地的质疑和谩骂自然少不了,无非还是那些说童谣膨胀啦、仗着自己是女的嚣张啦、多管闲事啦、不尊重粉丝啦之类的言论。所有职业选手只要是开了直播的,直播间都在讨论这件事,但是这一次,之前一直沉默的其他战队的队员却意外地不再沉默，每位选手，几乎只要是认识童谣的，都做出了正面回应。

阿光："smiling是很好的人，你们这些说她的人大概永远不知道她有多好，别以小人之心度君子之腹了。"

DQWL战队AD："有些人如果是真的为了这个圈子好，说出来的话或许就会不那么好听——忠言逆耳吧，就是这个词。你们也不要在我的直播间、我们队伍任何一个队员的直播间带smiling的节奏，没意思，会封的，smiling是一个很好的职业选手，跟性别毫无关系。"

艾佳："'有朝一日，能身披五星红旗站在那个赛台的巅峰，举起那个梦寐以求的奖杯——而在此之前，身披荆棘也好，脚踏炙沙也罢，作为ZGDX战队的队长，被所有人寄予厚望和信赖，他应该承受，他愿意承受，他也必须承受'……啊，多好的一段话，非常感人，给了我启发。放心吧，S6领奖台上虽然遗憾的不是ZGDX战队，至少我会替诚哥扬起五星红旗的。"

艾佳的直播间里响起今阳的画外音："嫉妒不会使人进步的，你们有这时间不如去提升下自己。"

艾佳："听见没？我媳妇话糙理不糙。"

李君赫："（韩语）采访？看了，很有魅力的女人！所以才说啊，陆思诚那个小子是祖坟冒青烟了，一定是祖坟冒青烟了。"

凉生："哈哈哈哈！你们听见了没？我们AD说隔壁AD能找到隔壁中单是祖坟冒青烟了，哈哈哈哈——我能听懂？我是听得懂啊！我韩语挺好的啊！李君赫学中文，我学韩语……他闹着要这样的，虽然比赛还是中文交流，但是他就喜欢无理取闹。"

第二十二章

李恒硕:"采访?说得没毛病。谁在说smiling姐姐的坏话?有弹幕说骂人的话吗?房管,干活了!在我的房间没有人可以说smiling姐姐的坏话!不可以!禁止!封掉!"

简阳:"我说什么?我能说什么?看不懂比赛的人就别说话丢人了……ZGDX战队确实会变得比现在更强,我希望能晚一些遇上蜕变之后的他们,不是胆怯,实话而已。"

小胖:"废话,我们中单当然超级无敌棒棒哒!"

老猫:"队内关系和谐,不劳操心。童谣的话即官方态度,连标点符号都是一致的。"

老K:"强行认为我们关系不和谐也没关系,并不会有任何影响,夏季赛决赛……啊不,S6上会给你们一个答案,粉丝也好,急着要被打脸的黑粉也好,会给你们一个满意的答案。"

ZGDX战队经理小瑞:"该说的都已经说了,受过的苦难都会变成照亮前路的灯,ZGDX战队加油!"

全民支持的感觉。

以前童谣帮助过的、示好过的、影响到的……所有的人都出现了,一个不少。

"啊,说些什么?"

坐在电脑前的男人抬起手挠挠下巴,露出深思的表情,良久才慢吞吞道:"那些话是有些嚣张,但是'不后悔'什么的是不是有一点像结婚的誓词来着?所以确实好听到让人舍不得骂她……你们以为她说的可能会被骂是说喷子吗?不是的,是说我,说我。"

男人的表情看上去懒洋洋的,只是观众们却不能通过摄像头清楚地看见那双深褐色的瞳眸里闪烁着对于一些挑事者的轻蔑和对整件事的厌恶。

"这种事你都要和喷子争吗?"

"是说你怎么了……这骄傲的语气真是要了命了,@smiling快来看看你男人啊,真的疯了。"

"所以你也没舍得骂她啊。"

"全世界都在为她说话呢。"

陆思诚勾着嘴角,眼中却没有多少笑意。目光从夹杂在一堆弹幕中间的某几个"失望""互相袒护""ZGDX战队要完""女人就该远离这圈子,现在大家都疯了一样"之类的弹幕上轻描淡写地扫过,陆思诚停顿了下,鼠标的"咔嚓"声也随之停了下来。几秒后,鼠标声再次响起,电脑中敌方AD被越塔强杀,陆思诚操控的游戏角色脑袋上冒出了"+300"的字样。与此同时,男人平静的声音响起:"受不了的人可以关了比赛,退了比赛门票,撕了签名,烧了我的照片,取消我的微博关注——对于你们过去的喜爱我表示由衷的感谢,对于你们的离去我也并不遗憾,不用特意私信告诉我,我不会因此而悔恨流泪的,走好,不送。"

陆思诚说这话时,童谣正好从他身后经过,闻言抬手给了他后背一巴掌。陆思诚像个没事人一样,只是抬起手挠了挠背。

"什么这话说得太没礼貌,不符合我的身份,我就是个电竞老男人啊,"陆思诚道,"你们别把我想得太好,我吃不消。"

还在孜孜不倦地怼弹幕。

小瑞走过来看了童谣一眼,小声道:"算了,让他去吧,反正

第二十二章

键盘侠也就是在网上说说,还能在现实中找你泼硫酸啊?过几天就没事了。"

童谣点点头,却抬手摸了下自己的脸,心想:好大一个flag。

而事实证明,童谣的担心是正确的。

过了一天,大概就是在小瑞说完"他们也不能拿你怎么样"这种言论之后的二十四小时,童谣收到了一个快递——本来粉丝给队员寄礼物这种事也时有发生,童谣总是在收到礼物后开直播当面感谢外加认证本人收到,所以拆快递的时候她也没多想,直到她被紧密贴在快递盒边缘的刀片划伤手,手一抖扔了快递盒,倒了几十只死蟑螂出来,基地瞬间就炸了。

陆思诚黑着脸一把抱起她上楼找医药箱,小瑞嚷嚷着叫阿姨打扫蟑螂尸体,混乱之中,小胖从地上捡起一张写着歪歪扭扭字迹的纸条——

"先给你一个小教训!这么嚣张,以后比赛你都别上,观众席离选手席没多远的。"

第二十三章

HPL比赛现场的场地确实不大,选手的比赛台离第一排观众席也并不太远。近到什么程度呢?大概就是第一排观众站起来,迈开两步就能蹦上比赛台,再迈开三步就能走到正在打比赛的选手跟前。

就是这么近的距离,比赛里队员说话稍微大声一点,坐在前三排的观众都能听得清清楚楚。

"这人是不是疯了啊?"

小胖捏着纸条,头一次脸色不那么好看。

清洁阿姨拿着扫帚走过来打扫卫生,一脸担心地问:"啊?这快递箱子边缘怎么贴了刀片?那个小姑娘没事吧?"

在场所有人这才像是从震惊中回过神来,小瑞叫来安保人员,吩咐以后所有选手的快递都不能让他们自己拆,然后扔下一屋子一脸茫然的人,飞快走上楼。

童谣的房间门虚掩着,里面传来"哗哗"的流水声。

小瑞推开门走进去，发现洗手间的水龙头开着，而房间里的人却坐在床边。小瑞走进房间替他们把水龙头关了，房间一下子便安静得仿佛掉下一根针都能被人听见。而此时，床边的两个人都沉默着，陆思诚正用酒精给童谣的伤口消毒。酒精碰到伤口时，童谣"嘶"了声，下意识地往后缩。陆思诚抬头看了她一眼，摁着她的手不让她往后缩。

童谣双眼通红，眼中被水光覆盖，盯着自己的伤口看了一会儿，最后心一横，一脸视死如归地将自己的手伸出去递给他。陆思诚飞快地完成消毒等一系列动作，找来止血药给她撒上，然后缠上绷带，动作很轻，小心翼翼的。

只是绷带很快就透出一层淡淡的粉色，看来伤口不浅。

小瑞站在房间门口蹙着眉看着。半晌，陆思诚才头也不抬地问："有事？"

男人嗓音低沉，已经不能用"听上去心情不太好"来形容了。

"楼下那个快递箱子里……"

小瑞看见陆思诚有个稍稍抬头的动作，下意识地停顿了一下，没敢继续往下说，直到眼睛红鼻子也红通通的童谣转过头哑声问他："快递箱子里怎么了？蟑螂尸体下面还有老鼠尸体吗？"

陆思诚捏着她的下巴把她的脸转了回去。童谣看了他一眼，碎碎念道："刀片和死老鼠才是标配。换成蟑螂，一定是因为我在直播的时候多嘴，说过我怕蟑螂。早知道我应该说我有钻石黄金恐惧症……"

陆思诚没放开她的下巴，冷漠道："眼泪都要掉下来了废话还

第二十三章

这么多。"

"这是疼的。"童谣面无表情地吸了吸鼻子,小声道,"你快把整瓶酒精都倒我手上了,你知道那有多疼吗?"

陆思诚面无表情地"哦"了声:"没我胸口疼。"

陆思诚不说话了,叹了口气将她塞进自己怀里,同时转过头看着小瑞,意思是让他有屁快放。那阴沉的目光让战队经理腿软了一下,小瑞赶紧说:"那个人的快递箱子里还有一封恐吓信,说后天的比赛要搞事……我这边先报警了,还通知了比赛举办方加强近期的安保检查,但是我觉得这应该没什么用——我的意思是,童谣的手又受伤了,为了安全起见,要不后天打红箭战队童谣先不上了,正好给陆岳练练手,老打训练赛而不打比赛,我怕他等到打世界赛时跟不上节奏,你们觉得怎么样……"

"不行,"陆思诚头也不抬地说,"没理由不让她上。"

小瑞微微睁大眼:"安全第一,而且手受伤了啊!"

陆思诚抬头看了童谣一眼,童谣蹙眉,显得有点犹豫道:"观众进赛场都要过安检的,应该也带不进来什么危险物品,而且乐意来看比赛的应该都是小孩,做不出偏激的事……"

小瑞反问:"今天这一波还不够偏激?"

童谣沉默了,没有正面回答。脑袋里原本是乱糟糟的,根本没办法好好思考这些事,只是这时候她的脑海之中不知道怎么突然想到了那一天接受采访时,看到她的粉丝站在黑压压的人群里,高高举起写着她游戏ID应援牌的一幕……

童谣叹了口气:"后天手伤应该不疼了。"

陆思诚看向小瑞:"听见没?"

小瑞:"那陆岳……"

陆思诚:"后面会安排让他上,但不是现在。"

小瑞不说话了,他知道现在陆思诚是憋着一股邪火没地方撒,也不想如了那个伤害童谣的人的心愿。他说不让童谣上就真的不让她上,这像什么话?小瑞也知道自己的提议可能让人没办法接受,但是思来想去,又觉得这好像都是权宜之计,于是最后只好扔下一句"你们再考虑下",转身落荒而逃。

晚上,童谣还没来得及从茫然中回过神来,俱乐部那边就下了通知,周日和红箭战队的比赛,为了童谣的安全着想,童谣暂时停赛,换陆岳上。

接到这个通知时,童谣倒是比较平静,只是低下头看了下手上的伤,觉得有点憋屈。让她没想到的是,陆思诚反而是反应比较大的那个,当时他正在跟老K讨论研发新的打野套路,听到这个消息直接就不说话了,抬起头看了眼来通知大家的工作人员,然后一言不发,转身出了门。

基地大门都被他摔得快要从门框上掉下来了。

陆思诚走了,他留下的低气压支配了整个基地。

工作人员一脸惶恐地看了眼队长离去的方向,转过头缩了缩脖子,看着童谣小心翼翼地说:"自己注意伤口别进水了。其实,管理层也是为了你的安全着想,这风口浪尖的,咱们犯不着为了争一口气拿自己的安全不当回事……"

第二十三章

"嗯,"童谣应了声,想了想又问,"这事不用公布吧?我觉得不说为好。第一,怕有人有样学样,带坏风气,这风气一出来,倒霉的就可能不止我一个了;第二就是怕真的粉丝担心,到时候难免又是一大堆的节奏……"

"行行行,这个肯定可以听你的。"

那工作人员应了,抬起手擦了把额间的汗,他如释重负地长吁一口气,转身离开了。

童谣看着他离开的背影,这才掏出手机,与此同时听见老猫在她身后用特别担心的语气说:"你没事吧?唉,这事真的糟心,但是也没什么办法。这次我倒是理解管理层了,你也别怨他们,你一个小姑娘,真出什么事,我们全部没脸跟你家里人交代……"

"嗯,"童谣低着头摁了摁手机,"能有什么事啊?"

ZGDX smiling:"哪儿去了?回来。"

微信发送成功,童谣等了十分钟,没有回应,干脆站起来穿鞋去了车库。果不其然,陆思诚的车不见了。

此时是晚上九点。

ZGDX smiling:"我没事,就是暂停一场比赛,又不是禁赛,不打就不打了,也没什么好委屈的。虽然做职业选手唯一的工作就是打比赛,但是电竞圈就像是娱乐圈一样,粉丝就是不可消除的附带品,有时候你会觉得他们太可恨了,为什么不消失算了,但是有时候,如果是低谷期,恰巧也是粉丝在我们并不一定能看见他们的地方支持着我们……"

ZGDX smiling:"那天做赛后MVP采访的时候,我看见下面的观众席里有人高高举着让我加油的牌子,台上的光很亮,我甚至看不清楚她或者他长什么模样,只知道那时候突然变得很有勇气,说出了后面的那些话。"

ZGDX smiling:"我现在也不后悔。"

ZGDX smiling:"算了,我也不知道我到底在说什么。"

童谣站在停车场,慷慨地喂蚊子。打完以上一大堆字,她看了眼陆思诚那个空空如也的车位,收起手机回到基地。

一个小时后,十点半左右,童谣再次拿出一个多小时以来一直安静的手机,拨打陆思诚手机,关机。

ZGDX smiling:"要宵禁了啊。"

又一个小时后,大概快十二点,再次拨打陆思诚的手机,依然关机。

ZGDX smiling:"不想看见明天早上的报纸头条是职业选手驾驶豪车飞跃黄浦江怒沉江底喂鱼,你还能不能回来了?"

又二十分钟。

ZGDX smiling:"我困了,但是手疼,想让队长抱着睡。"

发完微信,对着手机发了一会儿呆,童谣抬起手揉揉眼睛,拉扯到食指上的伤口,带来丝丝刺痛,她"哎呀"了声放下手,下楼找了个保鲜袋包好手,然后去洗澡。出浴室时是凌晨一点多,童谣侧耳倾听,楼下并没有男人回来的动静,正如她的手机也没有他回信的动静。

童谣皱皱眉,下楼把两只猫从楼下猫窝里端出来,放到床上。手机响了,但不是陆思诚,童谣接起电话"喂"了声,今阳的声音响起："没睡吧？手怎么样了？我上午回家了一趟，刚到上海，那么久不接电话，我以为你死了！"

今阳说话有些语无伦次，那边传来飞机的广播声，温柔提醒飞机刚着陆，请勿打开移动电话。

"没事，隔壁战队那嘴能不能管好了？"童谣翻了个白眼，"我刚下楼端猫去了，没听见手机响。"

"端猫干吗？"

"陪我睡。"

电话那头一下安静下来，良久，今阳冷漠的声音响起："吓坏了就吓坏了，还一口一个没事，跟谁装坚强？你以为你韩剧女主角啊？"

童谣掀起被子让大饼和小葱钻进去，放下被子，一手撸猫，一手拿手机，又跟今阳聊了一会儿，实在是困得眼皮都睁不开了，这才迷迷糊糊挂了电话睡去。

晚上她睡得很不踏实，乱七八糟的梦做了不少，整个人如坠冰窟一般，仿佛被黑暗笼罩着，身在被窝里，也能感觉到彻骨的寒冷从右手食指指尖传递至全身。

一夜梦魇。直到快要天亮，不知道是什么时候开始，她感觉到自己被温暖笼罩，黑暗与寒冷被驱散，整个人这才安静下来——迷糊之中睁开眼，借着窗外微微透入的淡色晨光，她看见眼前宽阔的胸膛。

"几点了？"

"五点半。"

"才回来?"

"嗯。"

"抽烟了?"

"嗯。"

童谣打了个哈欠,嘟囔了句什么,抬起手拍拍了下男人的胸口,随即手被人小心翼翼地握住塞回被子里。两只被她塞到被窝里的猫早就不知道被挤到哪里去了,但是童谣也没想着去找它们,因为有比猫更好的存在取代了它们。

"睡吧。"

男人深沉的声音之中,她抬起头,鼻尖在他下巴上蹭了蹭,然后心满意足地叹息了一声,闭上眼——一夜不安,终得安宁。

周日,ZGDX战队对战红箭战队。

ZGDX战队首发中单smiling因故缺席,上的替补中单律,两局比赛加上休息时间历时一个小时二十分钟,ZGDX战队以2:0拿下比赛。

打完比赛时,红箭战队队员脸上的表情看上去还是有点茫然——不仅是他们,就连今日现场的观众都有点没回过神来。整整两局比赛,陆思诚从头到尾一个字没说,指挥以老K为主,其他队员辅助共同完成,而陆思诚所做的就是爆炸Carry,从头到尾稳稳掌控比赛节奏。

在这个传说对AD并不友好的版本,陆思诚拿下两局比赛的MVP,用一个小时二十分钟带领观众们梦回S2,仿佛一夜之间回

第二十三章

到了那个ADC主导比赛的年代。

"太凶了啊。"

"打得太暴躁,不知道为什么,总感觉诚哥今天要吃人一样。"

"我觉得他是带着情绪打的,有几波保险起见其实不应该上他也上了,硬靠操作赢团战。"

"好像是……生气?为什么啊?"

大屏幕上展示着第二局比赛的MVP获得者,人们抬头看着大屏幕上陆思诚那张英俊又冷漠的面容时纷纷陷入猜测之中,然而他们没想到的是,还有更惊讶的事情等着他们——

本场比赛结束后,没有MVP采访,因为陆思诚本人拒绝了这个邀请。

现场只留下尴尬的主持人,不知道情况也不知道应该说什么来救场的解说,还有一脸茫然的观众。

第二十四章

"Chessman打比赛严重带有个人情绪,赛后拒绝出席常规赛MVP采访"——此消息一放出,各大媒体都疯了,第一时间直接带着记者证就杀到了ZGDX战队的基地门口守株待兔,果然没一会儿,就等到了打完比赛归来的队员们。

保姆车在基地门口停下,小胖第一个下车,还不知道发生了什么,正回头问身后的老猫今晚吃什么好叫外卖,结果一扭头,就被呼啦啦围上来的一堆记者吓得差点退回车上!

"哎哟!什么情况这是——你们怎么进来的?蹲人家基地门口什么情况……我叫保安了啊!"

小胖嘟嘟囔囔拦在前面,这时候他感觉到身后有人淡定地拍了拍他的肩膀,平静的男声响起:"他们是来找我的。"

小胖愣了愣,回过头,直接对视上他家队长那双深褐色的瞳眸。面对车下看见他就像是看见了什么天王巨星瞬间激动了的记者们,陆思诚面色沉静,就像是面对一群木头。

陆思诚推开小胖走下车，这时冲在最前面的记者眼神一亮，一个箭步向前，提问也是直奔核心："诚哥，听说今天比赛你连拿两局MVP，却拒绝了赛后采访，这种事在职业联赛前所未有。有人说你今天比赛里也很情绪化，是真的吗？"

"这问题有意义？"陆思诚淡淡问道。

某锲而不舍的记者："大家都知道今天smiling没有参加比赛，甚至没有跟队前往比赛场地——这说明一开始俱乐部就决定了今天smiling不会上场的事实，对于这件事，官方也并没有做出任何解释……"

话音刚落，便听见男人嗤笑一声。

"你见过哪个队变阵换人还要先发条微博的？"

陆思诚语气讽刺，言下之意无非就是发不发微博关你们屁事，你们少没事找事了——因为他的语气过于不加掩饰，所以在场哪怕是傻子，都知道他对于这种问题带上了情绪。

记者要的，就是他的情绪。

眼瞧着有戏，大家都是双眼一亮，也顾不上被人嘲讽，举着话筒便上："请问俱乐部临时换阵是因为对上周出言不逊的smiling进行了私下的禁赛惩罚吗？这是俱乐部的主意还是您的主意？如果是您的主意，那是不是因为smiling指出了您在带队上的不足，让您觉得她的行为过于逾越？"

眼睛没瞎的，都看见陆思诚在听到"出言不逊"四个字时眼神都变了，那模样变得像是能吃人一样。小胖他们跟在陆思诚后面，纷纷想翻墙进基地去厨房抢个锅盖顶在头上——架不住那些

第二十四章

不知死活的记者问得很开心。

陆思诚掀了掀嘴角,一肚子的刻薄话已经到了嘴边。就在这时,他余光一闪,突然看见基地窗户旁边,一个纤细的身影凑到窗边,怀中还抱着一团毛茸茸的东西,大概是听见了喧闹声,所以凑过来看一眼外面发生了什么。

此时,看着她微微瞪大眼一脸好奇地看着外面,那副人畜无害的模样,就跟此时在她怀中的猫一样。

嘲讽的嘴脸收起来,刻薄的话暂时忘掉,陆思诚心底那些火气一瞬间被仔仔细细地束缚住了。他眼神黯了黯,再开口时,语气变得客气又隐忍:"不是,今天和红箭战队的比赛换陆岳选手只是为世界赛做准备,而smiling选手迄今为止以职业选手的身份做的每一件事,不包括打架斗殴那次,都做得很好,不论是俱乐部还是我本人,都没有理由罚她。"

似乎没想到陆思诚会这样冷静地回答,记者们稍稍安静下来,有些摸不着套路。

陆思诚在心中冷笑了下。

"就是就是,你们别瞎写啊。"

"问够了没?问够了没?你们再这样我真的叫保安了!没有你们这样的,跑来别人基地门口堵着,要做采访不知道联系俱乐部正式安排吗?"

眼下见记者们暂时哑火,小瑞和小胖赶紧趁机上前,推开那些挡在门口的记者开了一条道,老猫在后面推了把陆思诚,示意他赶紧走。

陆思诚这时也没了再理会这些记者的心思，不着痕迹地看了眼基地那已经关上的窗户，抱着猫趴在窗户上的人不见了。

他垂下眼，掩饰掉眼中的情绪走进基地的院子。

那些记者在他身后奋笔疾书，正写得开心，却看见原本已经进了基地的男人突然停了下来，转过身，回到院子大门前，一只手撑在铁门上，稍稍弯下腰，用不算大的声音对外面的许多记者道："你们要写新闻，我没意见，但是写什么样的内容，取什么样的标题，自己注意点，特别是某几家电竞媒体，我就不点名了，这次如果让我看到你们的报道里为了博眼球生编乱造哪怕一个标点符号，试试看我会不会告得你们倾家荡产。"

在众记者的一脸茫然之中，男人直起身，淡淡扔下一句"我说完了"，这才真的离开。

记者们面面相觑，完全不知道前几秒还算客客气气的人为什么说翻脸就翻脸，突然就成了阎王爷。

他的心情，好像真的很不好。

陆思诚回到基地，打开门就看见他的人抱着猫，穿着拖鞋和居家服老老实实地站在门口等自己，她仰着脸，眼底有睡眠质量差带来的淡青色。

陆思诚下意识地蹙了蹙眉，那种昨天早上回基地见她抱着猫蜷缩在被子里时的心疼与窝火又冒了上来，却不知道此时该说什么，只好抬起大手拍拍她的脑袋再拍拍她怀中猫的脑袋，弯下腰，假装很认真地脱鞋。

第二十四章

"比赛我看了,"少女的声音从身旁响起,"今天打那么凶,教皇上身啊?"

"嗯。"

陆思诚掀起眼皮看了她一眼,然后穿拖鞋,走进屋子。

童谣抱着猫紧追在他身后:"赛后怎么没有MVP采访环节啊?还想看你说什么来着,为什么没做啊!你不舒服?肚子疼?感冒了,还是头疼?我看网上有人猜测是你故意不做采访,真的吗?为什——"

走在前面的男人突然停了下来,童谣一个猝不及防,脑袋猛地撞到了他的背上。

她"哎"了声后退三步,抬起头对视上男人的目光。后者停顿了一下:"网上怎么说的?"

被那双深褐色的瞳眸盯着,不知道为什么,童谣变得有些紧张,强笑了下:"说因为我之前在MVP采访里出言不逊,被俱乐部惩罚禁赛,你不满俱乐部的决定,所以带着情绪打比赛,并拒绝赛后采访,以表抗议。我当然知道这不是真的,你怎么可能——"

"我是不满。"

童谣的笑容僵在唇边。

"但不是对俱乐部。"

童谣还想问什么,此时陆思诚的手机响了,他垂下眼看了下来电显示,停顿了下,扔下一句"我累了,去休息下,晚餐不用叫我",就转身独自上了楼。童谣见他上楼时显得有些急地接了那通电话,"喂"了一声,然后低沉地说"你等等"。

男人边打电话边上楼,头也不回,留下童谣一个人站在楼梯边抬头看着他。直到他的房间门被"砰"的一声关上,少女下意识地收紧了手臂。她怀中的猫受不了这折腾,"喵嗷"一声惨叫,从她怀里像是泥鳅一样溜走了。

俱乐部一层有些安静。

小胖走到童谣后面,捅捅她的腰,小声问:"这是怎么了?"

童谣这才回过神来似的,将目光从那扇紧紧关闭的门上收回来,她将耳边的发别至耳后笑了笑,用尽量显得比较轻巧的语气说:"我也不知道啊。"

自从那晚陆思诚摔门出去,一直到今天,他一直都这样。

话少,阴沉,问他什么或者跟他说些什么,都显得没什么兴趣也没什么精神的样子。对童谣话也很少,有时候爱理不理的,或者抱着她一言不发,像丢了魂一样,但是打游戏的时候却又像换了一个人一样——就像今天比赛里表现的那样暴躁。这两天其实他打RANK也是这模样,别人可能没注意,童谣却都看在眼里——他什么都不愿意说,只是把游戏当作唯一的发泄口。

这些天,"我没事"这三个字说得都快把嘴皮子磨破了,对这种现象一点用也没有,说到最后,童谣自己都快怀疑陆思诚到底是不是因为她的事在烦躁……

他沉默,他拒不合作,童谣真的拿他一点办法都没有,备感无力。

晚上,童谣趴在床上,把这几天的来龙去脉和今阳倒苦水似

第二十四章

的说了一遍——从比赛输给YQCB战队，被人爆料队内有人泄露训练赛秘密，带了一波队内气氛节奏开始，到队伍打法遭遇瓶颈，陆思诚道歉，童谣被指责，童谣在MVP采访里做出回应，直至最近的快递事件，事无巨细，一一道来。

这几天节奏真的多，童谣说完，自己都觉得累得不行，再加上陆思诚那莫名其妙的态度，简直身心俱疲。

ZGDX smiling:"他今天还说自己确实有不满，但不是对俱乐部……难不成是对我不满？明明直播的时候说好了不记仇我指责他的事。"

ZGDX smiling:"还是我老忍不住自己带自己节奏，他烦了？"

ZGDX smiling:"也是，以前他从来没那么多破事，就专心打比赛而已。"

ZGDX smiling:"他果然是对我不满！"

童谣一连串的自言自语发出去，没一会儿对方给了回应——

毛毛小仙女啊:"你瞎猜什么呢？又来老毛病了，是吧？"

毛毛小仙女啊:"我就不说你这个臆想有多可笑了，诚哥这就被你定罪了？"

ZGDX smiling:"我就随便猜下。"

ZGDX smiling:"本来一个好好打游戏的电竞高手，感觉像是被我强拉下了神坛，沾了乌七八糟的烟火气——至少这一点他的粉丝没说错。"

毛毛小仙女啊:"还烟火气，真羡慕你们这些小新婚夫妇互相吹捧、互相把对方当盘菜的心理……我觉得他所谓的不满是在不满自己吧，这才烦着，又躲着你——男人比你想象中坚强多了，但是他们那神秘的自尊心啊，又比你想象中脆弱多了。你看不到的地方，可能他正忙着拿头擂墙，因为你手上那个小小的伤口自责不已。"

ZGDX smiling："伤口很大，我还去打了破伤风针，晚上做了一晚的噩梦。麻烦你拿出一点爱心，谢谢。"

ZGDX smiling："分手是不可能分手的，打他一顿又打不过，只能靠胡思乱想过日子。"

手手小仙女啊："老哥稳。"

ZGDX smiling："谁让他不理我啊，我本来就手疼，他都不可怜一下我，板着一张死人脸，不知道我疼啊！"

童谣越说越气不过，扔了手机对着隔壁房间的方向隔空挥了下拳头，又捡起手机翻了翻，看见那天留言给陆思诚的一大堆话，陆思诚一个标点符号都没有回复她，只是在回来时，悄悄把睡着的她抱在了怀里。

所以，他看见她的微信了，只是没有回……相当王八蛋。

童谣皱起眉，心中又不好受了——最近几天，她一直处于上一秒想通了，下一秒又想不通了的矛盾里。这会儿，她一边嘟囔着"我需要一只猫"一边爬起来，伸脖子看了会儿空空如也的卧室，突然想起来抱猫都不好使的事实。

童谣颓废地倒回床上，抓着手机，漫无目的地乱点，突然不小心翻到了很久以前存在手机里的音频——她手机里唯一存的音频。犹豫了下，她点开了它，手机响起沙沙的声音。

第二十四章

小胖的声音响起——

"那你到底喜欢她啥啊?别说虚的结婚证词那一套——说实话,童谣长得也就挺一般的,对跟你那些能拉出去自成一个连的美女小姐姐粉丝来说。"

没有立刻回答,还是那种特别安静的沙沙声,明明知道接下来会听见什么,童谣还是忍不住缩紧了心脏,几秒后,她听见男人带着淡淡笑意的温和声音响起——

"她很强啊。"

"哭起来也很可爱。"

"情不知所起,一往而深。"

童谣摁掉音频,放下手机,拖着疲惫的身体进浴室洗澡,包裹手指头的时候有些走神,洗澡时水进了纱布,弄湿了伤口,沐浴液刺激得手指隐隐作痛,想到下午才忍着痛刚换的纱布一会儿又要拆了重新换,还要再遭受一次酒精洗礼,童谣有点崩溃。

这终于成了压死骆驼的最后一根稻草。

突然间,这些天勉强掩饰过去的憋屈、恐惧、愤怒和不满,像是泄洪似的,一下子汹涌而出,乱糟糟的负面情绪完完全全地占据了大脑,这些负面情绪与陆思诚用温和的语调说出的"一往而深"四个字掺杂在一起,像是要挤爆她的大脑。

站在莲蓬头下,童谣也分不清楚狼狈地顺着她的脸流下的是热水还是泪水,她只知道她开始是站着,借着"哗哗"的流水声小声地抽泣颤抖,然后开始抑制不住地越哭越卖力,最后哭得手软脚软,干脆赤着身子爬上马桶,坐在上面继续号啕大哭,哭到大脑缺氧，哭到筋疲力尽。

如果不是进了水的伤口真的太疼，童谣怀疑自己能一口气把攒到十九岁的眼泪一下子哭完，顺便预支一部分活到六十九岁可能要用的眼泪……她自己都不记得上一次哭得这么厉害是什么时候了。

最后，她打着哭嗝爬出浴室，走到床边还没站稳手机就响了。童谣看了眼，是今阳，接起来用沙哑的声音"喂"了一声，对方愣了下，嘟囔了声"躲厕所哭去啦"，没等童谣回答又让她上网看看新闻。童谣眯着哭肿的眼，心想看什么看，却还是忍不住点开了贴吧。

入眼第一条的搬运新闻就是某著名垃圾带节奏的电竞媒体ZMM的新闻标题——"Chessman：作为职业选手，smiling一直都很合格"。童谣震惊得又打了个哭嗝，心想：夭寿啦，ZMM都能好好写新闻了，天要下红雨了？

手指再往下滑，又看到了另外一个标题——

"所有喷子欠ZGDX战队一个对不起：赛事举办方积极配合俱乐部找到泄露ZGDX战队训练赛阵容真凶，系赛事举办方后台采音工作人员，现已将该员工开除"。

下面评论一水儿的全是"ZGDX战队对不起"。

这下童谣是真的震惊了。原本她都以为作为一切的开端，这件事已经不了了之了，居然还真的有人较真儿去追查后续……

谁啊？

谁？

第二十五章

童谣震惊地退出贴吧,找到小瑞的微信,打字问他"你见义勇为了吗?真难得啊,居然真的做了一次战队经理该做的事",结果前半句刚打好,她的房间门突然被人敲响!

童谣手一抖,直接把前半句发了出去。

她放下手机,问了声"谁啊",嗓音有些沙哑,她这才像是想起来什么似的,做贼一般有些慌张地从床上爬起来,跳下床,拖鞋都来不及穿来到镜子前。看着红得像兔子、肿得像桃子的一双眼是彻底没救了,她叹了口气,轻轻拍了下自己的脸。

"就说晚上不知道吃了什么有点过敏。"

童谣提醒镜子里的自己,而后恢复淡定的表情。此时,外面站着的人还在孜孜不倦地敲门,童谣应了声"来了"就走过去开门——将门拉开的第一秒,她便感觉到外面走廊的光被站在门外身形高大的人遮得严严实实,她又愣了一秒,立刻反应过来"吃了东西过敏"这种借口肯定骗不了这个人,她毫不犹豫地想要将拉开的门关上!

然而关门的动作才做了一半,门外的人已经将一只手卡在门上并挡住了她的动作。童谣想到这人的手伤,也不敢跟他较劲,后退了一步微微眯起眼,还指望着她房间中灯光昏暗他看不清楚自己的脸,她故作轻松地问:"你怎么来了?"

谁知道陆思诚很直接:"你哭什么?"

这就很尴尬了。

一句"我没哭啊"刚吐出两个字,男人已经上前,一手捏着她的下巴将她的脸轻轻仰起,同时将她抱到了房间中唯一亮着的那盏台灯下,用带着温度、略微粗糙的指腹在她红肿的眼角摩挲了几下。

"哭什么?"

男人又问了一遍。

他低头很认真地看着她的脸,脸上也没多少情绪。童谣被看得不自在,连带着之前那股憋屈劲又冒了上来,微微蹙眉,她脑袋向后躲了躲,伸手去掰他的手。两个人争了一会儿,最终以陆思诚一句"轻点,我手疼"作为结束语,童谣的挣扎以失败告终。

她仰着脸轻叹一口气:"我没哭。"

"那我刚才在浴室听见的是鬼哭还是狼嚎?"陆思诚眉眼平淡,"还是你以为这房间的隔音有多好?下次想要撒谎就别选在浴室,自己捂在被窝里哭,哪怕哭到晕过去我保证我都听不见。"

陆思诚:"同样的问题别让我再问第三遍。"

童谣点点头:"洗澡时包伤口没包好,沐浴液混着水碰到伤口

第二十五章

了,我疼,所以哭了。"

陆思诚闻言看了她一眼,通过这一眼,童谣知道尽管自己满脸真诚,但是陆思诚并不相信她说的鬼话。只是陆思诚并没有揭穿她,而是放开她的脑袋,低下头抓起她的手看了一眼。绷带确实湿漉漉的,上面的绷带大概是她自己笨手笨脚地往上缠的,包得像个木乃伊。

"自己包的?"

"嗯。"

"笨。怎么不叫我帮你?"

"你比赛,训练赛,看比赛复盘。"

一大串的举例,总结一个字就是"忙",童谣小声回答,不知道这是不是一个可以让陆思诚接受的答案。好在男人没有继续追问下去,只是捉住她的手就再也没放下,问了句医药箱在哪儿,然后在童谣的指挥下牵着她走过去拿,然后又牵着她回到床边,两个人双双在床边坐下。

陆思诚低着头,安静又认真地将童谣手上的绷带解开,伤口因为泡了水有些泛白,童谣扭开脸不愿意看,只是在陆思诚重新给她消毒时悄悄皱眉,咬着牙忍痛。

"牙松开!"

耳边突然响起的祈使句让童谣微微一愣,她转过头,一脸莫名地看着他。

"一样是手疼,刚才不是哭得很开心?"捏着她手腕的男人淡淡道,"怎么到我面前又变'童坚强'了?"

童谣磨磨后槽牙,被他这不知道是调侃还是奚落的破烂疑问激得脑子发热眼发红:"哭够了,怎么了,你是特地来我这边看我哭的吗?这两天连话都没跟我说几句,我都不知道你还管不管我死活,这会儿听见我哭倒是屁颠颠就跑来了,看戏啊?你给门票钱了——"

"我特地来你这边是因为不放心你。"

童谣的声音戛然而止。

"不想让我过来,要么你别哭,要么把我耳朵捅聋好了,"陆思诚垂着眼,"绷带。"

童谣茫然地把绷带递给陆思诚。

眼巴巴地看着男人接过去,灵活的指尖转动,将绷带一圈圈缠绕上她的手指。周围太安静了,就连绷带沙沙滚动时发出的声音童谣都能听得见,她盯着男人那修剪整洁、修长的手指有些入了迷——

陆思诚这个人到底有没有缺点啊?有的,他骄傲、自负、嘴贱,习惯性面瘫,套路太多,数都数不清。心情好的时候捉弄队友,心情不好的时候是个鬼见愁。偶尔邋遢,只要不打比赛、不直播就不刮胡子、不梳头,邋邋遢遢坐在那里打游戏打一天都没问题。私下衣服一大堆,件件都很贵,偏偏喜欢借小胖那些网上淘来的三十九块九包邮的大衬衫。偶尔忘记吃饭,偶尔忘记自己吃过一餐,拿着筷子强行又吃一餐……

但是这样的陆思诚,他是HPL的王者,是粉丝心中的神。

打职业三年,从HCK至HPL,从未有过负面新闻。

第二十五章

这时候童谣做了什么?

她接纳他的骄傲,指责他的自负,常常围着他上蹿下跳为博"蓝"颜一笑,被他套路甘之如饴。他心情好的时候让他少捉弄队友,他心情不好的时候上去送塔,堵枪眼,盯着他刮胡子梳头,让他别抢人家小胖的衣服,定时定点抓着他吃饭,他要吃多了的时候抢他的筷子……

她以为这样是对他好,可是不知道怎么了,真的不知道怎么了,关于他的各种八卦、负面新闻却反而冒了出来。他们说他队霸,说他过于自负,嘲笑他还没拿过世界赛冠军就拽得要死,被吹上天,嘲笑他的粉丝像个邪教组织,质疑他打比赛情绪化,质疑他不尊重粉丝,质疑他的能力、他的指挥、他的大局观,他到底是不是像人们以为的那样……

好像每一次,都是因为她的某些事作为开端,showgirl什么的,许泰伦什么的,道歉什么的,粉丝威胁信什么的,指挥重心发生偏移导致他为了训练自己的反应速度和分析能力,每天用来复盘比赛的时间比以前增加了一倍……

就好像是,他被她生生拽着从神坛上走下来。

当这个概念像是一根刺一样刺进心中,童谣整个人都仿佛被刺痛了,毫无征兆地颤抖了下,而轻轻握着她的手的男人似乎有所察觉,他挑眉抬起头看了她一眼,还以为是自己弄疼了她,低声嘟囔了声:"忍忍,马上就好,要哭也行,包完再哭。"

忍不了了。

被大骂一顿多管闲事也好,被胖揍一顿被指责麻烦精也好,被狠狠地教训一顿然后让一切都重归于秩序,哪怕让她多坐几场比赛的冷板凳让她脑袋清醒一下也好,为什么他从始至终都不说话呢?

任由人们质疑,任由粉丝攻击,任由直播间被肆无忌惮的嘲笑弹幕占领,任由她站在他的身后眼巴巴地瞧着却不理她,就这样把她晾在那里,哪怕她生气了,刻薄地质问,他还是一副"好好好,随便你"的样子。

她是个活生生的人,又不是空气。

童谣的脑子乱糟糟的,突然不怎么好使了,她双眼发直地看着安静给她包扎伤口的人,心中因为幻想过多而当作现实蔓延的某种不安与寒冷支配了她,前一晚那种如坠冰窟的冰冷侵袭而来。

童谣突然开口问:"诚哥,我们是不是要分手了啊?"

话刚说出口,童谣就看见那给自己缠绕绷带的人动作猛地停了下来。

她愣了下,三秒后反应过来自己说了什么,脸色"唰"的一下就变了,猛地抬起头,猝不及防地对视上那双深不见底的深褐色瞳眸。

陆思诚就这么看着她。

童谣不安地挪了挪屁股。

陆思诚放开了她的手。

童谣心中咯噔一下。

"你想跟我分手?"

男人的声音响起,低沉、磁性,却听不出其中含有何种情绪。

第二十五章

然而偏偏是这样的声音,却让童谣心中轻轻一颤。她有些不知所措地低下头,不敢再看对方的眼睛。她很怕自己光看一眼,之前那种不安的揣测就会变成现实;她很怕自己光与他对视一眼,他就会勾起嘴角,用他习惯的那种云淡风轻的语气说"好啊"……

童谣深深地低下头,她决定这辈子都不要抬头好了。

暗自下定决心,在一片死寂之后,她听见头顶上,男人那镇定沉静的声音响起:"因为我做得还不够好,把你惹哭了,你就要跟我分手吗?"

啊?

童谣一脸茫然地抬起头,动了动唇,吸了吸鼻子,方才做了无数心理建设强装淡定的双眼现在倒是变得比兔子还红了,不安和惶恐毫不掩饰地呈现在她的脸上。

她最终还是望进了那双她前一秒还在暗自发誓再也不要与之对视的深褐色瞳眸之中。意外的是,那双瞳眸里,却并不是她想象的那样云淡风轻。

"我不准。你想都别想。"

第二十六章

记忆中,童谣很久没有看过陆思诚这样的表情了——任性且焦躁,眸中闪烁着不确定,却因为早就死死地认定了某件事,准备死磕到底、大战一场的样子。

上一次看到陆思诚这个模样,大概是他和教皇李君赫在争吵小丑女的出装顺序,两个人隔着院子的篱笆墙争得鸡飞狗跳,童谣和隔壁战队队长拉都拉不住,最后双双放弃,抱着"要不有种你们就打一架"的心态放了手中的"狗绳"……

通常这种情况下,陆思诚就处于"我不听你说什么,我都不会听的,识相点就快滚吧"的状态。童谣有些摸不着头脑,却因为男人说的话稍稍放下心来。大脑开始正常运转后,她终于捕捉到了方才男人说的话里究竟哪里不太妥当:"你说你……做得还不够好?"

陆思诚挑起眉。

童谣秒怂:"你刚才自己说的!"

陆思诚："我是说了，你紧张什么？"

"你用这种眼神看我，我不可能不怂的，"童谣找来剪刀，把挂在自己手指上太久的绷带剪断，将一卷绷带扔回医药箱里，"说说看，你怎么做得不够好了？"

"这是兴师问罪吗？"

"不是，我就问问，"童谣看了他一眼，"我只是很奇怪你为什么有这样的想法，为什么觉得你做得不够好——事实上你一直很好啊，ZGDX战队也没那么多毛病，上个赛季也顺利挺进春季赛决赛。贴吧没有人说你坏话，你是陆思诚，是Chessman，是人们心中的AD之神，以前甚至没有人骂过你……直到我出现，我多管闲事，对这个圈子甚至是对你指手画脚，对战队意见很多，惹是生非，带来的节奏不断。如果有一个麻烦精，那肯定是我。你为什么觉得是你做得不够好？"

童谣掰着手指数得很认真，说到后面越说越心虚，她的声音越来越小，在抬着手让陆思诚把绷带在她手上系个结后，顺势一把抱住他的腰："我一点也不想和你分手，只是这几天你不理我，我会想你是不是生我气了或者烦我了，所以才忍不住问。如果是这样，至少我要抢先一步甩了你，这样我才比较有面——"

话还没说完，脸颊便被男人一把掐住。

没说完的话自然而然地吞咽回了肚子里，童谣被迫嘟着脸很丑地抬头看着陆思诚，此时此刻后者低着头，一脸无奈地看着她。

"上个赛季虽然挺进决赛，但是常规赛也是输了四五局的，决赛也输给了CK战队，而不像现在这样打到现在，可能到最后也

第二十六章

只是输给YQCB战队,输给CK战队反而成了难以忍受的事——你怎么能说队伍以前很好现在反而退步了?你是多管闲事,但是我们已经很久没有参加过莫名其妙的商业活动了,你是对这个圈子指手画脚,但是现在几乎所有的俱乐部都有了宵禁,所有的队员都小心翼翼摆正心态。以前我的指挥只需要思考我的战术下一步怎么执行,现在我的指挥因为队友的辅助和提议顾及更多方面,从而能做出更优越的选择。虽然学习反应能力的过程辛苦,但是这是进步,当别人都在进步的时候,我也必须要进步才能保持走在别人的前面。你是麻烦精,管不住嘴,可是你说的话都是对的,你说完那些话,俱乐部管理层指责你了吗?没有,那就说明你说的是对的。至于疯狂的粉丝怼你,给你寄刀片,你受伤了,这种事难道还能是你的错吗?……还有什么漏的没说?"

童谣抬着头,略微张着嘴,一脸茫然地看着陆思诚。自从上次showgirl事件被堵在休息室教育之后,她已经很久很久没有听陆思诚一口气说这么多话了。

最可怕的是他说完之后,还问她有没有漏的。

没有。而且你说得好像有点太多了。

童谣张着嘴没吱声。陆思诚大手放在她的后脑勺上,揉了揉她刚洗完这会儿还微微湿润的短发,低下头在她红肿的眼皮上落下一个轻吻:"没有的话,说说我。"

"明明是我任性拿错了英雄,我指挥不到位,让比赛赢得艰难,跟你没有什么关系却害得你被臭骂一顿。当初那样信心满满地教育你,好像自己是个多了不起的人物,只要按照我说的做准没错,现在却变成了这样,我觉得……"陆思诚停顿了下,"很丢脸。"

丢脸?陆思诚觉得自己丢脸?

太阳打西边出来,新鲜了啊!

童谣的耳朵竖了起来,表面上不动声色地看着男人,同时感受着他的吻小心翼翼地落在她的额间、鼻尖、眼皮、眼角、面颊、唇边……

他的声音听上去变得小了些:"后来又发生了你受伤的事,我当时很焦虑,也很生气,想大发雷霆,却不知道冲着谁去……"

"结果你冲着我来了。"

"我没有。"

"那你为什么这两天不理我?"

"因为我坚持要你上场比赛,因为被气得脑子发蒙,甚至没好好思考你受伤的手真的会疼。也许真的会有人伤害你,你休息一场也没什么大不了,甚至还是更好的事情——我骄傲自负,事事不愿意吃亏被人压一头,结果却像是个疯子,连为你考虑一下都忘记了,连小瑞他们都比我清醒。"

男人的声音越来越低,略微沙哑,深褐色的瞳眸之中闪烁着沉静的光,他眼光柔和地看着怀中的少女,大手温柔地拂过她泛红的眼角。

她看着他,黑色的瞳眸之中满是他的轮廓。

只有他。

男人心中一动,仿佛血液之中带着异样的情感扩散至全身。此时此刻,她缠着绷带环在他脖子上的手指的疼痛仿佛也顺着轻

第二十六章

轻触碰的皮肤传递到了他的身上。他叹息一声,俯身亲吻着她:"不是不愿意和你说话,我只是不知道应该怎么开口让你接受这样的我——不是你心中那样高高在上又完美的男人,只是一个缺点很多、关键时刻甚至不知道如何很好地保护你的家伙。"

男人说这些软绵绵的话时,就像是一只哼哼唧唧的大型犬,那样子毛茸茸的,相当可爱。

知道他并没有嫌弃自己反而是因为这种幼稚的理由,童谣心中的大石头终于落了地,她在感慨自己脑洞开得太大的同时也感慨她家男人的脑洞开得也不小——

两个人的脑洞加起来能凑个新的银河系。

此时,见他目光闪烁,仿佛等待判决一般眼巴巴地瞅着自己,童谣突然耍起了坏心眼,她勾起嘴角,调侃道:"你也是想太多了,谁告诉你,你在我心中高高在上又完美的?"

陆思诚一顿:"难道不是?"

"不是,我可是见过你不梳头,不刮胡子,穿着廉价T袖跷着二郎腿剪脚趾甲的模样的人。"

陆思诚看着那双闪烁着调侃光芒的眼睛,片刻回过神来:"这不是你要跟我提分手的理由。"

"我都说了我没有……"

"不过,不管怎么样都好,"陆思诚温柔地亲吻她的唇,"以后不准随随便便说分手。"

"那是要在你甩了我之前先发制人!"

"不会有那一天的,"男人的脸埋在她的颈脖间,声音听上去有些沉闷,"你想都别想。"

男人自始至终埋在她的耳边说着断断续续的话,那呼出的灼热气息喷洒在她的耳垂,却灼红了她的脸。

他说他会变得更强,让那些人通通闭嘴,电子竞技没有借口,说什么都没用,只有赢有用。

童谣十分赞同他的观点。

他说无论发生什么事,他都会站在她的前面,他再也不会等着她在隔壁哭够了才来敲响她的门。

童谣十分感动。

他说他舍不得让她再受一点委屈,他说接受让她休赛的建议,是因为怕她手疼……

"现在我没理由不照顾你一辈子,所以分手这件事,再说一次,想都别想。"

童谣叹了口气:"那我什么时候能打比赛?"

"等手伤好了,那个威胁你的人被抓到处理了!你想上就上。"

"这么好?"童谣微微抬起头。

陆思诚伸手将她的脑袋摁回去:"不然呢?"

"明天又该传出八卦新闻了,ZGDX战队中单色诱队长换取首发资格。"

放在童谣脑袋上的大手揉揉她的头发:"想太多,睡吧。"

童谣愣兮兮地"哦"了声,也是累蒙了,居然就真的傻乎乎地趴在男人的胸口上睡着了。

第二天,童谣下午三点才从床上爬起来出现在众人的视线里。

第二十六章

她下楼时,陆思诚已经满脸精神地坐在自己的位置上打RANK了。童谣在他身边坐下看了眼手机,这才发现昨天小瑞在她发了信息的十分钟后就回了她——

ZGDX 小瑞:"你说训练赛阵容泄密的事啊?诚哥亲自监督着做的,摁着管理层的脑袋让他们找到真凶……还有,快递的那个事也在调查中,听说已经锁定了这个运单号是隔壁市某个代收点发出的,已经得到警方获准,准备调监控录像了。"

ZGDX 小瑞:"这次诚哥是真的动怒了啊,能用的人脉、资源、钱一样都不少。啧啧啧,冲冠一怒为红颜,羡慕。"

ZGDX 小瑞:"你可以问问他有没有和他差不多的妹妹,麻烦介绍给我。"

ZGDX smiling:"妹妹没有,弟弟是真有一个,听说正在ZGDX战队打替补中单,你要不?"

ZGDX 小瑞:"我呸!"

第二十七章

经过昨晚大起大落的折腾,童谣这会儿完全没有想打游戏训练的心思,于是就抓着手机坐在陆思诚身后看他打游戏,时不时唠叨两句——

童谣:"漏兵了,手抖是病。"

陆思诚:"故意漏的。"

童谣不屑道:"放屁。"

童谣:"对方打野好像下来了,你别压那么深。"

陆思诚:"不可能下来的。"

童谣:"真的下来了。"

陆思诚:"不可能。"

一分钟后,陆思诚的屏幕变成了黑白的。

童谣:"你看,我就说他下来了。"

陆思诚:"你走,别坐我身后,影响我发挥。"

童谣记得有个叫五五开的退役选手说过，男人刚开始和心爱的女人打游戏时，那态度肯定是"宝贝套个致残""宝贝这个大招放得好""宝贝站我身后，他们休想碰我的辅助你一根汗毛""宝贝躲在草丛里藏好，你看我Carry"。

而时间久了，大家成了"老夫老妻"，那态度就变成了"这垃圾走位，你去挂机好不好""你那么爱硬杠，为什么不去打中单，非要来下路祸害我""套致残啊，致残呢？你的手指断了吗""真的菜"，以及"你走，别坐我身后，影响我发挥"。

童谣越想越气，顺手抄起放在自己座位上那个记笔记用的小本本在陆思诚的背上拍了一下，骂道"陆思诚，人渣！"然后站起来往楼上走。

正在打游戏的男人一脸茫然地抬起头看了她一眼，侧面看见她好像真的很气，陆思诚直接扔了鼠标站起来，叫了声陆岳，让他过来给自己顶上，然后三两步走到童谣身后将她搂进怀里："去哪儿？"

男人的声音四平八稳。

"你不让我坐你身后，我就滚蛋了，"童谣在男人怀里抬起头，"上楼换药。"

"说了让你换药告诉我。"陆思诚嘟囔着，同时看了看四周，又低下头在童谣耳边蹭了蹭。

童谣在男人的怀中挣了挣，看了眼陆思诚那张认真又担心的脸，她突然安静了一下，像是输给他似的叹了口气，垂头丧气地说："我没事。"

第二十七章

陆思诚抓着她的手腕重新将她扯进怀里,在她的鼻尖小心翼翼落下一吻。

童谣缩着脑袋往后躲。

"别动,我亲下你。"

"就要动,别碰我。"

两个人你拉我扯之间,小瑞打着哈欠从三楼走下来,一眼就看见站在一楼楼梯上黏黏糊糊的两个人,战队经理"啧啧"两声,清了清嗓子,说:"你俩够了啊,注意影响。"

陆思诚稍稍放开童谣,抬起头看了他一眼,这时小胖响亮地嘲笑一声:"他俩注意什么影响?我给你们讲个故事啊,昨天诚哥在洗澡,洗了一半突然急匆匆走出来,我问他干吗啊,他说隔壁他'闺女'在哭,然后就哄'闺女'去了……我并不知道中间到底发生了什么,我只知道诚哥这一走,就再也没有回来。"

小胖说完,整个基地的鼠标键盘声瞬间停下,众人整齐划一地将视线投了过来,陆岳抓起面前可以用来告状的手机,童谣的脸变成了粉红色。

"我们什么也没干,"陆思诚面无表情道,"盖棉被纯聊天。"

小瑞僵住,视线在被抓着双手的童谣和抓着童谣双手的陆思诚之间打了个转,想了下,而后道:"这次我站诚哥,这种时候不得不赌一把他的良心没有黑到对童谣这样的小家伙下手。"

童谣收敛神情,抬起头面无表情地看着陆思诚,后者臭不要脸地点点头:"是下不去手,捧着怕摔了,含着怕化了的,干不出那种缺德事。"

第二天,陆思诚接到电话,好像是关于童谣收快递的事情在隔壁市有了一点眉目,寄快递的人找到了,然后那边问他们要不要过去亲自走流程解决,看是私下和解还是怎么办。

陆思诚接到电话以后,二话没说就收拾东西带着童谣和小瑞坐当天的飞机飞到隔壁市了。上飞机的时候童谣还一头雾水,直到下飞机,到了警察局——这是童谣这辈子头一次进这庄严肃穆的地方——这才反应过来原来是给她寄快递的那个人真的被揪出来了。

十七岁,高中生小姑娘。

这一天是周一,见面的时候,那小姑娘还穿着校服,像是刚从学校被带走,此时也是一脸恐慌,由脸色很不好看的爸妈陪着,她除了刚开始抬起头看了一眼童谣和陆思诚,面色变得更苍白地低下头后,全程再也没有抬起过脑袋,那样子看着也是挺可怜的。

负责这件事的警察大叔往凳子后面一坐,端着保温杯喝了口茶,开始感慨现在的年轻人真的是有点做事不顾后果,差不多的纠纷他每个月至少能碰上一桩,大多数情况都是网络上的名人把某个网络喷子之类的角色告到现实来,而等他们找到其中大部分被告的人,会发现在网络上疯言疯语的一般都是学生或者非常普通的人,表现得根本不像在网上那样牛气。

"不过,这种一般最后都和解啦,毕竟小孩小,不懂事,"警察大叔话锋一转,笑嘻嘻道,"骂也骂过了,我看这小孩也是被吓得不轻,吃了教训,估计以后也不敢了……"

中年男人:"对对对,小孩子不懂事,我们闺女才十七岁呢!

第二十七章

都没成年!"

中年女人:"我们真的有好好教训她……我们愿意承担医药费及赔礼道歉,要不就算了吧?网上的事,闹来现实也怪不好看的,我们孩子也是一路哭着过来,这样被叫走多难看,还不知道怎么跟同学说呢,而且你看孩子爸爸和我也还要上班……"

那小姑娘的家长立刻帮腔。

看着往前凑的两个中年男女,童谣稍稍蹙眉往后退了一步,本来还觉得没什么,被这么一说反而觉得怪怪的。觉得难看丢人当初倒是别做啊?谁还没个父母啊,这事她是没跟家里人说,不然他爹妈能跳起来连夜赶来上海……

童谣皱着眉越退越后,直到自己的后背撞到一个结实的胸膛。

"不和解。"

冷静的声音响起来。

"你家小孩十七岁,我家小孩也才十九岁,如果光因为你家小孩不懂事就算了,那我家小孩受的委屈怎么办?"男人的声音听上去四平八稳,也不像是动怒,反而只是在平静地讲道理一般,停顿了下,他又强调道,"不和解。"

在她爹妈瞬间呆滞的脸中,那小姑娘猛地抬起头,瞪大眼,仿佛难以置信一般看着陆思诚。

童谣见状,心中不安,伸手一把死死地拽住了陆思诚的胳膊。男人没有动,脸上也是没有丝毫被对方可怜的模样打动的迹象。

"我、我真不是故意的,我错了,你们就原谅我吧,我以后再也不这样了。"被爹妈在身后使劲推搡,那小姑娘终于憋不住,结结巴巴地说话,一边说话还一边小心翼翼地看向陆思诚。

童谣没吭声,抬头看了眼陆思诚,后者淡定地笑了笑:"别紧张,你没成年,又不是管制刀片,关不了你,最多备个案来点黑历史,教育一下赔点精神损失费之类的,这个过程肯定不会少的,我们俱乐部的队员因为你的关系几场比赛都没上……"

听见"赔钱"而不是"赔医药费",那小姑娘的父母脸色有点不好看,还想狡辩一下"不就是打游戏,哪有那么严重"之类的话,小瑞接了句:"那我在你闺女高考前把她手打断了,你觉得是不是也不那么严重?毕竟明年可以再来……"

警察大叔:"咳,注意说话,这里是警察局,胡言乱语什么呢?"

小瑞说了句"抱歉哦",然后心满意足地闭上嘴。

这时陆思诚也已经懒得跟他们废话了,扔下一句"反正不可能和解",就拉着童谣去外头坐着了,留下里面的人做备案之类的手续。童谣被拉出去之前还听见那小姑娘的妈妈在问这种备案多了会不会影响考大学……

童谣莫名其妙,什么叫这种备案多了?

但此时也不容她多想,那扇玻璃门便在她面前关上,将里面的窃窃私语关在了办公室内。

童谣、陆思诚还有小瑞三个人在外面一字排开坐好,童谣低着头看着自己手上包着绷带的手指,陆思诚见她不说话,抬起手摸摸她的脑袋,这时听见小瑞在旁边问:"干吗都不说话,不忍心人家小姑娘?"

童谣抬起头看了一眼陆思诚,嘟囔了声:"我也是小姑娘。"

第二十七章

陆思诚嗤笑,"嗯"了声:"我家也就这一个小姑娘。"

然后一个小时过去。

当里面再次开始鸡飞狗跳时,童谣听见办公室里面那小姑娘惊恐的哭声伴随着她妈妈的大声嚷嚷:"拘留!拘留什么拘留!别说是五天,一天都不行!我闺女还上课呢!而且上次都没拘留怎么这次就要了呢?明明是一样的事,你们该不会是收了人家的好处费……"

童谣愣了愣,这才反应过来,原来那小姑娘在不到半年前就干过差不多的事,当时也是写了恐吓信给别人,备了案,赔了点小钱,反倒是被她威胁的人被吓得不轻,估计她自己当时也觉得没什么,赔钱赔得不多,也因为是未成年就没拘留,结果不到半年,她又故技重施。

但是这一次就不一样了。

"根据《治安管理处罚法》第十二条,已满十四周岁不满十八周岁的人违反治安管理的,从轻或者减轻处罚。第二十条,违反治安管理有下列情形之一的,从重处罚……(四)六个月内曾受过治安管理处罚的。第四十二条,有下列行为之一的,处五日以下拘留或者五百元以下罚款;情节较重的,处五日以上十日以下拘留,可以并处五百元以下罚款:(一)写恐吓信或者以其他方法威胁他人人身安全的……"陆思诚慢吞吞地说,"未成年初犯只是教育,六个月之内有前科的该怎么来就怎么来了,咦,我怎么知道她有前科啊,对吧?这真不能怪我。"

男人伸长了腿,懒洋洋地坐在警察局办公室外面的椅子上。

童谣偏过脑袋看了看他,手机好端端地在他的口袋里揣着呢,停顿了下,她问道:"你怎么这都知道……昨晚在网上搜好背下来的啊?"

陆思诚瞥了她一眼:"打职业之前,你男朋友我是政法大学的高才生。"

童谣一脸呆滞:"不可能。"

小瑞:"是真的,刚回国打职业的时候他还要回学校考期末考试呢,人家在打训练赛他坐在旁边看书复习,贼蠢。"

陆思诚:"厉害不?"

陆思诚拍拍屁股站起来,在身后办公室里鬼哭狼嚎般的"我不信""你们是故意的"的哭闹声和警察叔叔的怒斥声中,他将童谣拉起来:"走,戏看完了,回家。"

第二十八章

那小姑娘被拘留五六天并因此哭爹喊娘的时候，童谣回到了上海。至此，童谣再也不用担心打比赛打到一半会有人一个箭步冲上台泼她一脸硫酸了。

"泼硫酸是不会泼的，怼你的女粉丝一般是我的女粉丝，我打比赛时就坐在你旁边，万一一个手滑飞溅到我怎么办？"

当童谣坐在回程的飞机上不好意思地说出自己脑洞过大的幻想后，陆思诚在旁边大言不惭地发言。

童谣翻着白眼推了他一把，在飞机起飞前又用手机看了看贴吧，发现伴随着ZGDX战队上一周暴打红箭战队，贴吧的质疑声稍微小了些。其实电竞圈大多数的吃瓜群众就是这样的，他们并不在意某场比赛具有什么重大的意义或者拥有什么高级的战术变化，他们只是想看到自己支持的队伍脚踩国内职业联赛，拳打其他四大赛区，一路赢就可以了。

只要赢，天塌下来都没关系。

童谣关上手机,这时听见小瑞在旁边说:"回归小组赛以后,最硬的骨头HW战队也已经啃下来了。那么问题来了,剩下的黑曜、岚和KING三支战队,实在是和菜鸟一样……"

童谣:"你这话挂到贴吧去,又能洗版外加评论翻八页。"

小瑞:"咳。"

童谣:"你想说什么?"

小瑞:"我想说的是,以小组第一进入季后赛这个肯定是稳了。那么问题来了,如果不是你们季后赛脑袋被门夹了或者别的队憋了什么大招——当然我觉得这个是不可能的——今年我队S系名额应该还是稳的,到时候世界赛,队伍会因为对方的阵容属性进行你和陆岳的轮换变阵。"

童谣:"嗯?"

小瑞看了眼盯着自己手上的绷带摆弄来摆弄去的少女,停顿了下,又小心翼翼地瞥了一眼陆思诚,紧接着,仿佛鼓起勇气一般飞快地说完:"我怕陆岳比赛经验不够丰富,要不小组赛你别上了,给陆岳练练手,你等季后赛再上。"

陆思诚没说话,童谣摆弄自己绷带的手一顿,抬起头看了满脸紧张的小瑞一眼,笑道:"好啊。"

"你别笑,"小瑞一脸心慌,"你一笑我就觉得有点不安——之前受伤让你少上一场像是要杀了你似的,现在答应得这么爽快,你是不是有什么阴谋?"

"我只是觉得你说得有道理,"童谣耸耸肩,"之前一下子没想开,总觉得没比赛打就是被人看不起了,现在突然觉得这种想法

第二十八章

是错误的,偶尔也要照顾队伍的需求,就像突然意识到上一次打红箭战队不让我上确实是为了我人身安全着想一样。"

小瑞一脸欣慰:"你长大了。"

这话小瑞说着也就是寻常父母感慨自己的小崽子懂事了的语气,但是听在这会儿有一点心虚的秘密的人耳朵里就完全不是那个味道了——感觉到旁边陆思诚看着自己的目光一下子变得有些微妙,童谣一脸不尴不尬地将受伤的手缩回来。

陆思诚顺势抓过她的手,然后意味深长地跟着点了点头:"是长大了。"

童谣抽出自己的手拍了他一下。

回到基地大概是晚上八点,正好赶上一起叫外卖吃晚餐。小胖他们围绕在桌子旁边问了下童谣下午发生的事,得知那个寄快递的小姑娘居然不是初犯都表示惊讶,得知她此时已经受到了公正严明的法律制裁都拍手称快。除此之外,在晚餐会议上,小瑞宣布了接下来的比赛都由陆岳上的决定,而童谣会以训练赛和自行RANK的形式代替陆岳履行神圣的看守饮水机的任务。

陆岳一听,激动地多吃了一块红烧肉:"我上位了!"

童谣冷笑着看看他:"上个屁,我的都是我的,连你的亲哥都是我的。"

桌边陷入短暂的沉默,童谣一脸理所当然,并没有觉得自己说的哪里不对。旁边的陆思诚闻言放下筷子,转头扫了两个针锋相对的中单一眼,停顿了下,而后在众人眼巴巴指望看戏的目光里点点头，评价道："说得好。"

童谣一把抓过男人的手臂抱在怀里。

陆岳一脸嫌弃："你拿走，拿走，也就你稀罕，拿走就千万别退回来。"

童谣："就我稀罕？你可以去发微博问问稀罕你哥的小姑娘有多少。"

陆岳："爱上一匹野马，你的家里有草原吗？"

童谣闻言脸色一绷，收紧了抱着男人手臂的力道，同时转过头盯着陆思诚。陆思诚顺势弯下腰在她唇上亲了下："家养马，最大的优点就是温驯。"

童谣满意地放开他，抓过面巾纸亲手给他擦了擦嘴上并不存在的油渍，目光温柔道："吃饱了？"

陆思诚："饱了。"

童谣："跟我打游戏啊，我可以给你打辅……"

陆思诚："我选择拒绝。"

童谣一扔面巾纸："你不爱我。"

"如果这时候说我也爱你打辅助的灵魂，那说明我是个肤浅且谎言张嘴就来的男人，"陆思诚拉着童谣站起来，"走，去睡觉。"

晚上九点半，晚餐会议散会。

童谣走在前面蹦跶着上楼，陆思诚的手被她拽着，真的像是牵着一匹马似的自然而然地牵回了自己房间，剩下基地一层众人看得目瞪口呆，完全没反应过来这两个人到底把基地当成了什么，把一大基地的单身狗当成了什么。

第二十八章

晚上十点半，小瑞心想，你们想美滋滋共度良宵？休想。

于是十分钟后，洗完澡趴在床上刷微博的童谣刷到了一条来自ZGDX战队的官方微博，大概就是宣布了接下来ZGDX战队将实施中单轮换，接下来的三场小组常规赛都由陆岳上场。

一时间，粉丝炸锅。人们纷纷猜测，ZGDX战队首发中单因成队长女友得意忘形，忘记自己的身份，得罪ZGDX战队队长而惨遭雪藏。

而当人们就此脑补八百万字电竞圈狗血文时，他们脑海中冷酷又邪魅、手段残忍的ZGDX战队队长刚从童谣的浴室里走出来，手里拿着浴巾给她擦头发，同时细碎的吻和灼热的呼吸落在她白皙的肩膀上……

"哇，这些人真的厉害了，我上的时候那么嫌弃我，我不上了又来怀念我……唔……"童谣往旁边躲了躲，"痒。"

男人停顿了下，又蹭了蹭那拥有淡淡洗面乳香的光滑脸蛋，才懒洋洋地挪开。

"这里又说ZGDX战队要完的，他们怎么那么喜欢猜测我们要完？"

"还有这里，说觉得陆岳打得确实不错，我可以不用回来了……好气！"

"还是这些哭着求让smiling上场的留言比较赏心悦目，等我换小号去挨个点个赞……"

童谣一条条地念着微博留言："有粉丝说你雪藏我，我是你的禁……哎哟，念不下去了。"

男人声音低沉，带着浅浅笑意回应道："让他们编，编个够，你可以拿来对比，看细节对不对得上。"

"对不上呢？"

"照着剧本，多加练习，以求改进。"

第二十九章

周四是和岚战队的比赛。

岚战队就是那个"老年"全华班队伍,一个队伍五个人哪怕是最新的队员,也跟着一起打了两个半赛季,执行能力超级高,并以此为亮点稳固扎根于HPL。岚战队的执行能力总被人津津乐道,虽然因为队员个人能力有限,队伍成绩并不算好,顶多算是职业联盟中下游水平,但是因为他们的凝聚力和很低的犯错率,也常常出现让上游队伍在他们手上翻车的情况。

提起这支队伍,有很多赛事分析员都是给予肯定的:他们就像是HPL的质检员,任何强队目前的状态如何,只要与他们比赛一场便可知真相——以往比赛尚且看不出来,但是有些队伍还真的就是在和岚战队比赛时,暴露了自己打得一盘散沙,以前期线上个人能力强行Carry赢得比赛的本质。

解说B:"哈哈哈哈哈,在第一轮小组赛里运营商队就是靠着线上优势,双C强行Carry打炸了岚战队。你们猜,今天他们还是会这样吗？"

解说A："这样不行，HPL的夏季赛已经接近尾声，S6就在眼前，到时候韩国表情包队、韩国运营商队还有RP战队，哪个不是队员个人能力顶了天的？到那个时候还想靠线上把人家打爆，这不现实……我说句实话，其实大家心里都清楚，运营商队这一次肯定是要去S6的……"

解说B："哈哈哈哈！"

解说A："你笑什么？"

解说B："笑你是个运营商队脑残粉。"

解说A："不是，我说的有毛病吗？下面的运营商队粉丝朋友告诉我，S6三个名额必有运营商队一席之地这话有毛病吗？"

底下观众哄笑，高声齐呼："没毛病！"

解说A："是吧，你看，没毛病。没毛病那我就继续了，作为今年肯定要征战世界赛的队伍之一，我认为现在运营商队不能再把目光只是放在如何去赢一场小组赛这么简单了，他们真的需要去认真思考世界赛的问题。今年不止韩国赛区，听说中国台湾赛区的队伍竞争也是非常激烈的……"

解说B："你之前不是发微信和我讨论说，运营商队在做战术更改吗？我看了下今天的首发阵容，好吧，不用我看了，现在运营商队的队员已经坐到了比赛席——我们可以看见今天的比赛依然是律选手代替smiling出席比赛，那我是不是可以理解为，新的战术体系中，律选手也是很重要的组成成分呢？"

解说A瞥了眼解说B："ZGDX战队中单一直是轮换制度，这个

第二十九章

赛季明神退役,smiling作为新人需要磨炼,才稳定首发大半个赛季,你再在这儿带容易让媒体跳起来的节奏,我就要把你从解说席上扔下去了……"

解说B和下面的观众一起傻笑,关于今天ZGDX战队首发中单依然是律选手的问题就这么被轻描淡写地带过了。

坐在后台,童谣松了口气。

这一次因为不用担心人身安全,童谣跟着战队一起来到比赛场地。而从到达休息室到比赛开始,坐在休息室里,她就一直在担心——开赛前,官方微博下面问她今天出不出场和观众席举着她应援牌的人数明显增多,看情况,大家好像真的对她得罪了管理层被雪藏这种谣言信以为真,一时间对于ZGDX俱乐部管理层的反感情绪高涨。童谣很怕这种负面情绪的火焰烧到陆岳身上,陆岳虽然人很讨厌,但她经历过的事,她不想看到在陆岳身上重蹈覆辙。

因此刚才介绍今日首发阵容时,童谣难免有些紧张,还好两个解说资历老到,会来事,嘻嘻哈哈也就带过去了。

这会儿比赛开始,进入BAN&PICK环节。自从前一次童谣禁赛,陆岳那次上场亮了一手魔术大师后,但凡有他的比赛,魔术大师必BAN。其实BAN不BAN无所谓,因为这一手魔术大师ZGDX战队也没准备再在HPL里用作资料供对手研究,只有内部一二队对练训练赛时会拿出来。解说说得对,现在的ZGDX战队,确实已经开始为世界赛做准备了。

BAN&PICK环节结束,看得出ZGDX战队这边拿的英雄相比起以前那种偏重线上的前期英雄，现在已经有所改变，像英雄之间技能Combo，如凯南和龙王，就是大面积团控aoe伤害组合。

比赛开始三分钟，童谣盘腿坐在沙发上看得很认真，明神推门走进来，童谣眼睛盯着电视机，只是侧过身同他胡乱摆摆手："真的让陆岳拿龙王了。"

明神在她旁边坐下来："摁着他的头让他选的，老大不情愿，像杀了他一样……这个英雄勺啊，能有你一半英雄池，我做梦都能笑醒。"

童谣："他管这叫少而精。"

明神："屁！到了S6，人家三BAN中单皇帝、魔术大师、时间猎人，就等于直接把我们中单BAN掉了，四打五，这还得了？"

这时候屏幕正好切到一脸凝重加不爽的陆岳，童谣抱着胳膊痴痴傻笑。

今日比赛，陆思诚一改上次打红箭战队一言不发的模样，全程话很多，一直在说话指挥。拿了个轮子妈，线上也不激进了，混得飞起，也不杀人就是补兵，疯狂补兵，一刀不漏，稳如泰山。偶尔再去刷两个老K的野怪美滋滋，对方来GANK，他也是泥鳅一样跑得飞快，搞得对方很气又拿他没什么办法。

解说看得也是大呼神奇，连连感慨今天的诚哥是指挥型的诚哥啊！

解说并没有说错，今天陆思诚的指挥相比之前有了非常大的进步——在岚战队那种超高的执行力和支援速度面前，丝毫不怵，ZGDX战队也完全没有露出一点被动的模样，从始至终从容应对。

第二十九章

《英雄王座》召唤师峡谷对他来说就像是一个可以俯瞰全局的沙盘,男人就站在沙盘边,眼观六路、耳听八方。整个队伍五个人和所有的野区资源如同陆思诚一只手下的模型,他调兵遣将,游刃有余,就像是陆思诚一个人在操作整个队伍的五个号。

比赛第二十分钟,在岚战队的完美伏击下连续三次全身而退,解说A几乎要从解说台上跳起来站到凳子上:"不可思议!我真的觉得自己好像在做梦!刚才那一波的中路伏击,岚战队已经做得很好,真的堪称完美,但是ZGDX战队却做得更好!三次伏击完美解围,我不信这是巧合!这不可能是巧合!"

解说B的语气也是激动的:"可以可以可以,今天的ZGDX战队……哎呀,真的拿出了一点东西的啊!行了行了,反正我是相信这支队伍前段时间状态低迷是真的去研究新东西了……要不你们现在收敛着点,留到世界赛去用吧?"

台下的观众被解说带着气氛,也是笑声不断。第一局比赛结束,直播平台的弹幕刷得白茫茫一片,几乎看不到转播,而所有ZGDX战队粉丝都有一种心落到了踏实地方的感觉。

第二局比赛开始,ZGDX战队依旧维持了第一局的稳健与高决策力、高执行力。整局比赛,坐在第一排的粉丝始终可以听见陆思诚说话的声音,并且在他说完时,无视比赛本身设置的延迟,屏幕上几乎可以看到他指挥下达后,队员立刻做出对应的举动。

当比赛进入后期,ZGDX战队节奏快得仿佛让人窒息,开始疯狂反扑,这样的疯狂反扑又让人看到了以往ZGDX战队以强队姿态支配HPL时的影子!

在所有人没有反应过来的情况下拿下比赛时,全场响起热烈的掌声,坐在ZGDX战队这边的粉丝都跳了起来,"ZGDX战队加油"的呐喊声充满着整个比赛场地!

现场一片和谐,打完比赛站起来,ZGDX战队的所有队员也都是松了一口气的模样。

"完啦完啦,这下子说陆岳打得很好让我不用回来了的留言估计更多了。"童谣抱着腿笑眯眯地调侃道。

明神喝了一口水,也是长出一口气的模样,拍拍童谣的脑袋:"他还嫩。"

两局比赛的MVP都给到陆思诚,看来官方被他鸽了一次以后想要采访他的决心依然很坚定,而这一次,陆思诚大概也是心情好,没有再甩脸子走人,欣然接受了采访。

主持人:"恭喜ZGDX战队再次拿下本场比赛,我们也终于在采访席迎来了阔别许久的Chessman诚哥!"

陆思诚从工作人员手中接过话筒,同观众打了个招呼。

主持人:"今天的比赛可以说得上是非常精彩,我们在比赛中看到了许多我们没想到能在ZGDX战队身上看到的东西,很多人传言这跟ZGDX战队前段时间的低迷有关,请问诚哥这是不是真的呢?"

陆思诚:"低迷不知道,前段时间队内战术调整确实做出了一些变化,队员也需要调整状态的时间。"

主持人:"那看来是真的了。"

陆思诚:"可能吧,我也不是很清楚。"

主持人:"好的,看来诚哥今天的回答能够让我们ZGDX战队大部分的粉丝稍稍放下心。那么我们再来询问一下另外一个大家都很关心的问题,咳,关于这段时间的比赛我们看到都是ZGDX战队的律选手首发登场,请问这是否也是战术调整的一部分呢?"

陆思诚沉默了下。

童谣盯着电视屏幕里主持人那张妆容精致的脸,还有下面观众瞬间瞪大的眼,面无表情地帮忙翻译了下主持人提出的这个问题,通俗一点的意思大概就是:smiling去哪儿啦?smiling被雪藏啦?smiling完啦?

童谣换了个坐姿,微微扬起下巴。只听见男人淡淡道:"世界赛本队会采取中单轮换,这段时间给陆岳练手感,正好前几场smiling没上也是因为手受伤了。"

童谣坐在电视机前一愣。

下面的粉丝炸锅了,通过采音器童谣都能听见粉丝倒吸一口气的担忧声。

主持人也是跟着没反应过来:"受伤?"

陆思诚:"是,不过不是大问题,给我做饭时切了手而已。"在主持人完全没想明白陆思诚这话里的信息量时,陆思诚已经自顾自地继续往下说了,"既然说到这个,我听说最近网上还有一些谣言。首先,哪怕是作为队长及部分投资者,我是没有能力决定要不要雪藏一名队员的;其次,要雪藏也不会雪藏smiling,显然今天让拿个龙王就抗拒到差点跟我们数据分析师吵起来的英雄勺律选手更适合被塞进冰箱里;最后,很感谢大家这么关心我的个人感情生活,只能说关于这部分事情,目前来说,我很满意,顺利程度也就比队伍的进步稍微顺利那么一点点而已——主要是因为她打着灯笼也找不到比我更好的了,而我也是。"

陆思诚将话筒还给呆若木鸡的主持人,长腿一使劲,从椅子上站起来,拍拍屁股走人了。

看得出来,他今天往这个位置上坐,也就是为了说这最后一段话而已,等他找到机会说完,采访就可以结束了。

不意外。

毕竟这就是人们心目中的Chessman,一个不管多少岁始终任性着的男人。

第三十章

做完采访,陆思诚回选手休息室的时候,发现站在门口迎接自己的人眼里有光。他走近门前时,她就像是一只小鸟似的扑打着翅膀一脑袋撞进他的怀里,抱着他的腰,仰着头痴痴地笑:"我没给你做过饭。"

"是啊,"陆思诚点点头,"咱们之间唯一开火的那顿饭还是我给你做的,记得不?"

记得,那次他发烧,她痛经,基地里就他们两个人。她要煮粥,他拖着半死不活的身子挣扎着爬下来抢过她手中的锅子的那次。虽然只是煮个粥而已,但是童谣也记得很清楚——因为之后她再缠着陆思诚煮粥,男人的回答要么是"自己煮",要么就是"叫外卖",直到童谣醒悟过来其实男人那种令少女怦然心动的绅士风度完全就是昙花一现,这辈子看过一次就知足拉倒。

童谣:"那时候你对我真好。"

陆思诚:"我现在对你不好吗?我这个赛季做了几次MVP采

访？不是夸你厉害就是给你表白，光围着你过日子了，哪儿哪儿都是你。"

怀中人片刻沉默后，陆思诚感觉到抱在他腰间的那双手收紧了些："陆思诚，哪怕是打着灯笼能找到比你更好的，我也不找了。"

太阳打西边出来，他家的"闺女"也会说情话了。

孺子可教。

陆思诚面色从容，摸摸她的脑袋，心想你要有胆子找，我就有胆子把做灯笼的生产厂全部一把火烧了。

但是这话说出来好像显得有点幼稚，于是他选择闭上嘴，拖着腰上挂着的那个累赘回到休息室集合，然后准备跟大家伙儿一块上保姆车回基地。大家的心情好像都不错的样子，小胖在哼歌，陆岳在重复看自己的精彩操作，并和明神争吵第一局的MVP应该是自己，不应该是他哥，老K在给老猫的手腕上缠绷带，老猫说你轻点，老K说就你矫情……

今天的比赛虽然不是什么特别强劲的对手，但是首先是赢了比赛，其次是最近的训练赛终于打出了效果——第一轮小组赛的时候，他们偶尔还有被岚战队出其不意地GANK的烦恼，也会为他们惊人的支援速度和决策力头疼，但是今天不会了，他们不仅顺利地赢下了比赛，而且赢得很漂亮，因此，大家都很开心。

晚上叫了外卖，大家围在桌边吃饭，小瑞告诉一队的人二队今年升级HPL也很有希望，大家的心情变得更好，吃完饭便美滋滋地分别去训练了。童谣最近不上比赛，所以俱乐部对她的RANK时间和训练赛参与度都有要求，导致她坐在电脑前看英剧、

第三十章

美剧、泰剧各种剧的时间都少了很多，打开电脑就是打游戏，打到关电脑睡觉为止。

陆岳："毕竟饮水机不是那么好看的，替补选手。"

童谣："你闭嘴，我是为了隐藏实力没那么早拿出来的王牌！"

陆岳："替补选手。"

童谣："是王牌！"

ZGDX战队队长目不转睛地盯着电脑屏幕，这不妨碍他嫌弃旁边这两个人无意义、无营养的对话吵到他的耳朵，于是他面无表情地问："请问二位什么时候才能拿到幼儿园毕业证书？"

童谣想也不想地说："拿不到了，毕竟在你眼里我一辈子都是宝宝。"

陆思诚"咔嚓咔嚓"点着鼠标的声音突然停了下来，然后他慢吞吞地转过头，带着浅浅笑意味深长地瞥了她一眼。

童谣被他看得脸微微泛红，硬着脖子叫了声："怎么了？"

"没什么，"男人收回目光，嘴角微微勾起，"我在直播。"

开陆思诚的直播间看了眼，被满屏的"我举报了""知道你们没分手了，下一对""我只想看打游戏，不想看插播韩剧"及"吐了"等弹幕刷屏。童谣关掉他的直播间。接下来的一个小时，童谣遵循了"陆思诚开直播我必然安静"的自带系统默认模式，老老实实、安安静静地打了一局游戏后，她心想反正都要假装自己是哑巴，要不我也开下直播混时间好了，这么想着，她也把直播打开了。

童谣的直播间人气当然不如陆思诚的，但是跑来凑热闹的人也不少，特别是这几天她没上比赛打首发，直播间喷子数锐减，弹幕里基本都是在问她什么时候回来比赛的,表白说她是姑娘们的骄傲,让她不要放弃的,今天还多了一些其他弹幕——

"手伤严重吗?"

"不严重,都快好了。"童谣竖起包着绷带的手指向摄像头勾了勾,"你们看,可以随意弯屈了,只是怕进水发炎什么的,所以还包着绷带……"

"女神,隔壁有手有脚的,你给他做什么饭?饿死他不知道点外卖啊!"

"刚才听说季后赛会卜的,是真的吗?"

"不管怎么样,在比赛场上等你,你的应援牌永远为你亮着!"

童谣被感动了。不得不说,电竞圈子的疯子和喷子有很多,但是大多数情况下呈现在选手面前的小天使带来的正能量还是能驱除绝大部分的阴暗面……童谣时常会看微博的评论和私信,哪怕只是不同的人在说重复的话,如"加油"或者是"这局打得不错"这样的话语,她也能美滋滋地乐上半天。队友问她,一样的话你看着不腻啊?她觉得并不会腻。

只是单纯地看作是加油的话那当然没什么意思,稍微戏多一点点,认真地一对一对号入座,想象着那个小粉丝怀揣着什么样的心情敲下"加油"这两个字,就能轻而易举地感受到快乐,感觉收到了满满的祝福。

"我这局用什么?龙王?我龙王用得比陆岳好啊,他那是什么东西……我听说今天BAN&PICK的时候让他选龙王,他反抗得那叫一个激烈,说不定要上下个星期的赛时语录——你们不信我

第三十章

用龙王？可以，这个激将法。我虽然知道是激将法，但是也满足你们一次，锁了，龙王,Carry了的话记得给我道歉。"

切出去看着满屏的弹幕和刷得飞快的小礼物，童谣笑了笑。

她真的很高兴半年前没有把那个深夜给她发来打职业邀请的小瑞当作骗子，也很感谢当时恨不得用棍棒将她赶来上海的母后大人。这半年里，她真的经历了很多以前想都不敢想，从未感受到的东西。

惊喜大于失望。

快乐胜过悲伤。

成长快于懦弱。

收获多于虚度。

就好像她曾经在MVP采访里说过的那样，她不后悔，从未后悔亲身来到这个圈子。

2016年8月7日，伴随着CK战队与DQWL战队最后的一场BO3以CK战队胜利作为落幕，2016年《英雄王座》职业联赛夏季赛的小组循环赛也正式落下帷幕。

ZGDX战队以仅仅一次落败的A组小组第一的成绩顺利进入季后赛，根据今年的赛制规定，小组第一的战队将直接晋级季后赛四强。

今年中国大陆赛区进入S6世界总决赛的名额依然是三个，第一个名额为夏季赛总冠军队伍，第二个名额为全年总积分最高队伍（根据春季赛和夏季赛排名对应积分相加获得），第三个名额是由积分靠前的队伍进行门票争夺冒泡赛决定。

辛苦一年,只为一张S6全球总决赛门票,HPL赛区季后赛八支队伍,摩拳擦掌,纷纷准备祭出真正的实力。正如英雄伊泽的登场台词:是时候登台了!

第三十一章

2016年《英雄王座》职业联赛大陆赛区的循环赛排名顺序最终确定——

A组：第一ZGDX；第二红箭；第三HW；第四KING。

B组：第一YQCB；第二CK；第三阿尔法；第四DQWL。

小组第一积分的队伍在季后赛中是直接占据了一个四强名额的，所以，在童谣看来，常规赛小组第一出线的优惠政策就是小组第三、第四名在打八进六，争取六强名额争得头破血流的时候，小组第一可以跷着二郎腿在基地嗑瓜子。等六强决定了，杀上来的队伍跟常规赛小组第二名打六进四，争取四强名额争得持续头破血流的时候，小组第一……他们还是跷着二郎腿在基地嗑瓜子。

童谣就是这么嗑着瓜子，开着直播和千千万万的观众一起强势围观了CK战队和HW战队的四强争夺赛。

这一场比赛结束后，胜利的队伍将会与ZGDX战队一战，争夺夏季赛总决赛席位。

相比官方解说，职业选手的赛事解说其实会显得更加专业、详细——至少原本大家真的都是奔着这么朴实的理由来和童谣一起看季后赛直播的，直到比赛开始大概第二十分钟，他们发现在电脑跟前"咔嚓咔嚓"嗑瓜子的这位解说比业余解说还要业余。

比如，比赛进行到第二十分钟，CK战队经济领先，推掉了HW战队上中下三路的第一座防御塔，反而是HW战队未得一塔。

此时大龙刷新，CK战队打野、AD、辅助抱团入侵HW战队上半野区，消失在HW战队的视野范围内，而此时HW战队却在击杀了CK战队中单之后，迅速推掉中路一塔，并五人抱团直奔下路，先拿了一条元素水龙，然后继续推进准备推掉CK战队的下路一塔，企图用防御塔的经济来弥补团队经济劣势。

在这争分夺秒的紧张关头，直播间的官方解说激动得说话都快不利索了，然而ZGDX战队基地里，"咔嚓咔嚓"的嗑瓜子声依旧淡定——

"这一波HW战队在大龙没视野且不清楚CK战队AD、辅助还有打野三个人动态的情况下突然转战下路，是真的冒失了。拿了个人头，拿了个中路一塔，还拿了条元素龙，见好就收吧，真的，还不回防大龙，我要是CK战队，这时候我就去偷龙了啊……偷龙是挺危险的，偷龙当然危险啊，不然怎么叫偷呢？偷成功了那叫一个兴高采烈，比偷了对方基地还高兴，当然没偷成功也算惊险刺激——可惜我们队长是求稳的老年人，一般我说月黑风高，队长我们去偷个龙吧，他会问我睡醒了没。"

咔嚓咔嚓。

第三十一章

"我知道二十分钟去偷龙太冒险啊,但是我想看阳神被抢龙时小脸煞白的样子,想看他被抢龙的前提当然是CK战队主动去开龙,嘻嘻嘻。"

咔嚓咔嚓。

"李恒硕抢龙技术还是可以的,那可是李恒硕。"

咔嚓咔嚓。

"这两个队伍?算四六开吧,CK战队还是强一点,不算打野的话就五五开了,因为阳神和李恒硕在野区一九开,阳神拉低了整体水平。"

童谣放下手中的瓜子,拍拍手,切出来看了眼弹幕——

"哈哈哈哈哈,你给我好好解说,这种充满了主观色彩的解说申请一个下课!"

"你这么埋汰阳神,阳神知道吗?"

"心疼阳神!现在的小姑娘可真记仇,说错一句话、做错一件事要被惦记一万年。"

"我不报警,我就@诚哥!"

童谣笑了笑。

"以上言论不代表ZGDX战队官方态度。贴吧大兄弟,你们别去散播谣言,害我又被扣工资。"

童谣语气淡定,一副"知道你们又想干吗"的老司机模样,同半年前刚入圈时说什么都小心翼翼的模样完全判若两人,现在是兵来将挡,水来土掩。

此时她一边说着一边切回去继续和观众看比赛,除了继续调侃简阳和李恒硕，偶尔也会正经地和观众说一下现在流行的出装顺序，以及两方选手出某个装备是为了什么，如果不是现在这种战局他们又会出些什么……但是此时的直播间已经和一开始嚷嚷着让她好好解说的画风并不一致了，直播间人数剧增，相比看比赛，观众更想听她结合着比赛解密电竞圈的那些爱恨情仇——

"ZGDX战队更想和哪支队伍打季后赛？"童谣想了想，"都差不多的吧，也就是握手对象不一样……说到握手，同阳神分手以后以前女友的身份，我和他牵过一次手，就是在夏季赛开幕式那天，当时场面非常和谐友爱。"

"诚哥还没睡醒是吧？看你嚣张的。"

"啧啧啧。"

"胡话一箩筐。"

"哈哈哈哈，和谐友爱？你能不能闭嘴？"

"哈哈哈哈！"

"你家冰原射手呢？这里有人要上天了。"

"化身窜天猴！"

"阳神要是听见你的解说，估计要被气得比赛都不想打了。"

"膨胀了，膨胀了，挂贴吧墙头挂成'干尸'，标题就是'ZGDX战队替补中单口出狂言——打谁都一样，反正都是赢'。"

"什么替补中单？那个弹幕你好好说话！"童谣抱着腿，已经去掉绷带的手指敲了敲膝盖，原本深可见肉的长长一道伤口现在只留下一道淡粉色的浅痕，"都说了我是王牌，才不是替补，秘密武器，秘密武器你懂吗？！"

第三十一章

童谣闲扯的时候,CK战队已经推上HW战队一路高地,CK战队真的拿了大龙,李恒硕也确实去抢了,然而并没有抢到——剧本正常得正如并没有什么野区阳神和李恒硕一九开一样。

童谣漫不经心地看着,也不觉得自己被打脸了,偶尔调侃,满脸不正经,只有细心的观众才会发现,她偶尔会坐起来,时不时把手从膝盖上挪开,在直播比赛的某个节点,抓过笔,飞快地在某个他们看不见是什么的东西上做记录。

短短二十多分钟的比赛,童谣凌乱的字体和乱七八糟的数字外加鬼画符已经塞满了大半张纸,正当她"唰唰"地记录下这一局比赛当前的经济总数和对方双C位补刀数字时,听见身后响起了脚步声,余光瞥见弹幕变得更热闹了些。

童谣抬头看了眼弹幕,清一色都是"冰原射手来了""阎王爷来了""你主子来了还不跪安"……

坐在椅子上的少女扔了手中的笔向椅子靠背倒了倒,就着坐在椅子上的姿势扬着脸去看站在自己身后的男人——后者大概是刚睡醒,洗了澡,头发湿漉漉的,脑袋上还盖着一块黑色的毛巾,此时仿佛感觉到了童谣的目光,他低下头,一滴水滴落在童谣的额头上。

童谣缩了缩脖子。

身后的人动作自然地抬手替她擦去额上的水珠。

"在看比赛?"

"是啊。"

"谁的?"

"阳神和李恒硕。"

"嗯，"陆思诚应了声，抬头看了看电脑屏幕，确实是CK战队正和HW战队打得火热，停顿了下，他问，"好看吗？"

童谣笑了："没你好看。"

童谣答得无比顺口，男人眼珠子转了下，又惜字如金地"嗯"了声，好像也不太动心的样子。虽然对这场比赛不算太关心，但是他没有立刻走开，小山似的立在童谣身后。童谣也不赶他，两个人一个站在椅子后看比赛，另外一个坐在椅子上看站在椅子后看比赛的人。

良久，当童谣觉得自己的脖子都快仰断了，陆思诚这才动了下，大手捏住她的下巴往后挑了挑，而后俯身含住她的唇瓣——感觉到视线被阴影笼罩，随即唇瓣触碰到了两片冰凉柔软，男人身上的香皂味钻入鼻中，她放在膝盖上的手指动了动，却没有推开他。

这么一番说不上是香艳甚至可以说是有点顺其自然，一看就是两个人习惯的动作，通过摄像头直播出来，哪里还有人顾得上正在打的比赛。

围观群众相当激动——果然这个直播间比官方比赛直播间好看多了，哈哈哈哈！

直播平台的超级管理员也是相当激动——一个激动就以"不良直播内容"强行把童谣的直播间给关了。

陆思诚放开童谣直起身时，扫了眼她一片黑只有观众在疯狂刷问号的直播间，大手拂过她的唇瓣，笑意深深地藏在那深色的

第三十一章

瞳眸之后:"你直播间被超管封了。"

童谣看了眼弹幕,瞪了他一眼,站起来转头去找小瑞这个擦屁股的公关佬负荆请罪。

陆思诚在自己的座位坐下,打开直播间,把直播间改名为"拖家带口解说混个直播时间",然后把童谣叫回来,两个人继续一起边看比赛边直播。

观众对于童谣又出现在陆思诚的直播间并不意外,也没空理她,因为此时此刻他们正忙着上蹿下跳给陆思诚告童谣的状,具体就是"smiling夸李恒硕打野厉害,其心可诛""你老婆号称和前男友握手感觉良好,想再来一次""童谣说你的指挥风格老了,缺少冒险精神""还我们一个正常的解说,而不是解说认为他会被抢龙是因为他长得丑"之类的。

陆思诚一只手揽在童谣的肩上,面无波澜地把弹幕一一看过,还没来得及做出评价,靠在他怀里的人打了个哈欠,语气淡定道:"我没说,他们诽谤。"

陆思诚低头看了她一眼,从他的角度可以看见她白皙的面颊、轻轻颤动的睫毛和眼底明显是因为昨晚"操劳过度"而染上的淡淡青色。男人用略微粗糙的食指侧在她眼底轻轻碰了碰,"嗯"了声,然后抬起头警告弹幕:"她说她没说,你们注意点。"

疯狂刷屏的弹幕停顿了大概一秒,完美地展现出现场观众朋友们的茫然。

然后陆思诚的直播间被如海浪般的"童妲己"三个字弹幕完全霸占。

最终的比赛结果是CK战队以3:1的成绩战胜HW战队挺进四强,将在下周应战ZGDX战队,争夺2016年HPL夏季赛总决赛名额。

呃,虽然这好像已经不是重点了。

第三十二章

在确定下来ZGDX战队半决赛遭遇CK战队的同时,隔壁YQCB战队也定下半决赛将对抗红箭战队,决定挺入决赛的名额。虽然红箭战队是连续几年与S系总决赛擦肩而过错失良机的强队,但如今的YQCB战队已经不是春季赛里的那个保级队,而是能把运营商队摁住摩擦两下的队伍,所以人们理所当然地认为红箭战队对他们来说不足为患,大家把争论的重点都放在了运营商队和CK战队的这一场半决赛上。

至少人民群众普遍认为这场半决赛的看点挺多的。

首先是下路,好歹CK战队是个磨合了两个赛季、五个位置普遍都不弱的队伍,AD蝴蝶虽然比陆思诚差了那么一点点,勉强算三七开,但是如果拿到强势一些的版本英雄下路组合,未必会输给ZGDX战队的下路组合。

中路,童谣对战小花的话,两个人都是擅长刺客型英雄,小花的英雄池不太喜欢跟版本走,所以英雄池更深的童谣大概是厉害点，算六四开。

上路，CK战队的好运来擅长坦克型英雄，操作更加细腻，而老猫则是万金油，啥都会一点，啥都玩得不错，不说Carry比赛，至少如果不是老猫和老K吵架吵到在比赛里还要继续鸡飞狗跳，ZGDX战队的上路很少崩盘，稳如泰山。所以几几开就不说了，上单这位置，有时候同时拿了坦克英雄，能互相对线一分钟，大家的血条都还剩三分之二。

在野区问题上，童谣认为老K和阳神十零开，大众普遍认为五五开，甚至四六开，阳神在入侵野区方面打得更加血性一些。

HPL一直是很著名的打架赛区，国服画风就是"运营个屁，来打架"。

这么一分析，大家未免有点慌：如果ZGDX战队下路组合状态不好，不能压制住CK战队的蝴蝶和老王，中单又上的是稳健型选手陆岳的话，他们真的很担心比赛开始前二十分钟双方不过河界线，一个人头都不会产生。

这样不行啊。

不仅HPL喜欢打架，HPL的观众也是喜欢看打架。

于是临近比赛的那几天，要童谣上场的呼声有点高，陆岳对此十分不服气，天天在直播间怼粉丝。比赛的前一天晚上，童谣端着一杯牛奶从陆岳身后飘过时，还听见他在和直播间里的粉丝吵闹——

"明天我上不上说不好……什么叫我别上了？我也是会用输出英雄的，上一周用的龙王你们看不见吗？还记不记得那个魔术

第三十二章

大师,HPL的最后一张牌……"

"HPL的最后一张牌难道不是smiling?"

"抢人家首发位置还要抢人家的称号?"

"电竞绿茶律选手。"

"诚哥说那个龙王是摁着你的脑袋选出来的,现在也能拿出来吹啦?"

"抢她个称号怎么啦?她还把我哥抢了呢,我朝夕相处看着长大十九年的亲哥!"陆岳"啪啪"地拍桌子,跟弹幕吵架怼粉丝,那嗓门嚷嚷得整个基地都能听见,"现在官方微博下面全部都是嚷嚷让那个矮子上比赛的呼声,我的粉丝呢?你们就不知道上去跟他们大吵一架,坚持认为我比那个矮子更强吗?就看着我被那个矮子的粉丝欺负,还说是我的粉丝?都走都走,我不信!"

童谣:"我没有粉丝。"

陆岳:"我也没有,ZGDX战队的中单都没有粉丝。"

童谣端着牛奶坐回自己的位置上。见陆思诚坐在自己的位置上低头在看数据分析,童谣将牛奶杯子伸到陆思诚的鼻子底下。陆思诚嗅了嗅,头也不抬道:"拿开,自己喝,我就不阻拦你冲刺身高一米六的光明前途了。"

童谣缩回手,看陆思诚抓过草稿纸在算什么,她喝了口牛奶,问:"在算什么?"

"算明天比赛的重要性——春季赛第一名记三百分,第二名记二百分;夏季赛第一名直接晋级S系总决赛,第二名记三百分,第三名记二百分。也就是说,如果明天我们赢了CK战队,进夏季赛总决赛,哪怕是最差的情况输给YQCB战队,拿了个第二名的三百积分,加上春季赛的积分,一共是五百分,然后CK战队又打败HW战队拿了第三名的二百积分,我们就和CK战队同积分打加赛争取总积分第一的这个名额,这样就比光打冒泡赛多一个机会争取名额。但是如果明天输了,我们就只能指望CK战队打败YQCB战队夺冠,我们以全年总积分最高的方式进入S系全球总决赛,否则我们就只能去打冒泡赛……"

童谣端着牛奶杯子,一脸认真地听了半天,抬起眼看见小胖也扔了鼠标,一脸茫然地看着陆思诚这边。童谣眼晕地摆摆手:"就是明天必须赢不能输的意思,对吧?"

陆思诚:"我不喜欢把决定自己命运的机会交到别的队手里。"

童谣"哦"了声,坐下来,陆思诚又问:"我算半天,你听懂了吗?"

童谣诚实地说:"没有。"

童谣坐下来后,看看时间都十点半了,于是也不打RANK训练了,就光翻翻笔记顺便复盘一下CK战队最近的比赛,研究一下阳神的刷野路线。

陆思诚伸脖子过来看了眼,发现童谣的眼睛一直盯着比赛时右下方的小地图,手上的本子写的全部都是"×分×秒,刷三狼""×分×秒,刷F4"这种东西,于是微微蹙眉,将手中在看的文件夹一扔,伸手捏住身边人的下巴,把她的脸扭向自己:"在看什么?"

"比赛复盘啊,"童谣的眼睛转到眼眶边缘,始终盯着电脑,还伸手拍拍陆思诚的手,"你放开,我看不到了……"

陆思诚松开手,垂下眼盯着那揉着下巴又把眼睛黏在电脑屏幕上的人:"这么好看?"

"挺好看的,这局CK战队打红箭战队,红箭战队野区被阳神支配得稀巴烂,是一局赢在野区的比赛,所以我想看看这局阳神怎么打的……"

陆思诚挑起眉,他发现一个句子里"阳神"这个词出现频率超过一次就变得刺耳得很,而童谣那种无意中真心实意夸奖阳神的模样更是——很碍眼。

于是在他反应过来自己做了什么之前,他已经伸手摁下了童谣电脑的电源键。

童谣见电脑屏幕一黑还猛地愣了下,随即反应过来"嘶"了声,转过头瞪身边的人——然而此时男人已经一脸若无其事地转过头继续低头看他的文件夹,感觉到她的怒目而视,还一脸从容淡定,头也不抬,伸手胡乱摸摸她的头:"早点回房睡,我看完这个一会儿就来。"

童谣愣了下:"明天比赛啊,你自己说很重要,不喜欢把命运交到别的队手里……"

陆思诚在文件夹上写写画画的笔一顿:"不行?"

童谣想了下,又"哦"了声,坐回去抱着膝盖翻自己的小本子。只剩下持续一脸茫然的小胖眨眨眼:"什么意思?"

诡异的沉默持续了五秒。

陆思诚突然的嗤笑打破了沉默,童谣"唰"地从自己的座位上站起来，愤怒地用手中的小本子拍了下男人的脑袋，"噔噔噔"冲上楼并"哐"地摔上门。

基地陷入片刻的死寂，在众人注视的目光下，男人淡定从容地端起童谣喝了一半的牛奶一口气喝光，然后也跟着站起来，走到厨房，洗杯子，放回杯架，转身对着一基地的单身狗扬扬手中的文件夹："我睡觉去了，你们都早点睡。"

说罢扬长而去。

就这样，ZGDX战队队长口中那个"貌似比决赛更至关重要"的半决赛开赛前夜，ZGDX战队基地上下充满了和谐欢快的气氛。

陆思诚这个人，套路很多，心眼更多，唯一的优点大概就是说话算话——当天晚上说什么也不干就真的什么也没干，晚上爬上童谣的床，跟她闲聊了一会儿，就抱着她睡了。

童谣好久没有这种"浅浅入眠"的安逸，所以难得一夜好眠，第二天总觉得格外神清气爽。

除了在换队服的时候，在脖子上、耳下等不明显处发现了可疑红痕，估计是某人趁着她睡着时弄的——而在童谣淡定地想用遮瑕膏把它们遮住时，还被某人一把拉住了手："蚊子包，你遮它干吗？"

童谣："你当我傻啊？"

陆思诚："欲盖弥彰是不对的。"

童谣："什么东西？"

陆思诚："还是你怕被CK战队家的打野看见？"

第三十二章

童谣放下手,这才反应过来某人的醋意一来就是一整夜,记仇记得像个天蝎座。童谣放下手,看着镜子里自己身后的人问:"你天蝎座的啊?"

陆思诚抖开队服的动作一顿:"你怎么知道?"

童谣掀了掀嘴角:"像。"

记仇,好斗,很少放飞自我的抑制,一旦放飞自我,八匹马拽都拽不回来。

"你们小姑娘就喜欢看这种无聊的东西,"陆思诚"哼"了声穿上队服,"按照这么划分,世界上的人群就分十二种?"

"至少你是那标准的十二分之一。"

童谣面无表情地说着,站起来,同她家队长一边讨论星座命理学,一边走下楼,胡乱吃了两口阿姨准备好的早餐,然后和队友一起爬上保姆车。

两个人继续争论——

"照你这么说,我这么爱干净又长得好的男人也符合处女座。"

"说不定你的上升星座就是处女座呢?你别说,你婆婆妈妈、唠唠叨叨招人嫌时还真挺像的,你生日几号啊,我给你算算?"

"你这样黑处女座是要被打死的。"

"我在夸你,你说自己长得好,我反驳你了吗?"

两个人一边争论,一边双双动作整齐划一地走到保姆车最后一排坐下。小胖回头看了眼本队双C,沉默了下,问:"恋爱就是这样吗?"

童谣愣了下,拍开陆思诚伸过来摸她脸的手,问:"怎么样?"

小胖:"无营养废话一大堆,还说得特别起劲。"

童谣:"是的。"

小胖将"恋爱"和"浪费生命"完美画上等号。

一个小时后到达比赛场地,上交设备做检查,后台化妆等待比赛开始——童谣有一段时间没上比赛,这会儿有点紧张,一改路上和陆思诚废话连篇的模样,变得比较沉默。

陆思诚看在眼里也没说什么,临上比赛台的时候,他牵住童谣的手:"紧张啊?"

童谣绷着脸回头看了他一眼:"嗯。"

陆思诚:"腿软不?"

童谣:"啊?"

陆思诚:"我抱你上去?"

童谣无视男人微翘起嘴角里的调侃,默默地甩开男人的手,生怕他强行加戏真的把她抱起来抱上比赛台一般,三步并作两步跳上比赛台,冲到自己的位置上坐下。

坐稳了拍拍胸口,童谣下意识地抬起头,随即发现自己的正前方——完全的正前方平视的位置,巨大的荧光应援牌上有"smiling加油,以微笑之名"的字样,粉丝们正将它高高举起。童谣微微眯起眼,看见了那黑色的应援牌下,小姑娘们脸上清晰的笑容和映着舞台灯光的眼睛。

眼中仿佛有星辰,就像她们曾经给予她的承诺:无论你在哪儿,上不上比赛,我们一直在那儿。

第三十二章

童谣面色沉静,却感觉到心脏在胸膛之中剧烈鼓动,她低下头,看了眼摆在自己面前的键盘,戴上耳机,说出一句话,然后进入今日第一局比赛的BAN&PICK。

紧张的情绪不知道什么时候平静了下来,反应过来的时候,听着耳机里队友和明神的商讨,整个人已经淡定得不像话。

"对方拿了妖姬。哎哟,可以啊,这个小花!童谣,对方小花这是要打你脸了,看见没?这能忍?"

"暗黑球女放了,把暗黑球女拿了吧,我都没注意对方居然没BAN妖姬……"

"阳神拿了个双生玉,可以,这很怕死,这是什么星座的?"

"能不能先把星座的问题放下啊,队长?吃醋分场合,暗黑球女能不能打妖姬啊?"

"暗黑球女的ID是smiling就能啊。"

"哇,这话说得很膨胀!童谣,你这是要被我们队长逼上梁山了!来一首《好汉歌》,一二三走——大河向东流啊……"

"天上的星星参北斗哇!"

"你们这是又想上赛时语录了。"

七嘴八舌的声音在耳边嗡嗡作响的同时,BAN&PICK环节也结束了——

ZGDX战队PICK:机械爵士、钻地、暗黑球女、轮子妈、亡灵之灯。

CK战队PICK:远古恐龙、双生玉、妖姬、黑枪、牛首酋长。

双方进入召唤师峡谷。

比赛场地中,解说就位,整齐划一、如雷般的加油声响起!

至此,2016年《英雄王座》职业联赛夏季赛四进二半决赛,ZGDX战队对战CK战队,正式开始。

第三十三章

比赛开始,因为版本问题,换路套路已经很久不再流行,双方规规矩矩进入正常对线期。童谣虽然已经很久没有在正式比赛及训练赛里拿过妖姬,但是她平日自己打RANK一般都能拿到,所以对这个英雄也没有太久不玩而陌生的说法。此时看一眼对方的出装,再看看他的补刀数,童谣对于他目前的经济、平A伤害及技能伤害可谓了若指掌。

再加上她对妖姬的用法和走位了然于心,前期换血补兵,小花在她这儿根本占不到多少便宜——至于突袭拼手速什么的,那更是想也不要想,基本是小花这边一个走位刚刚抬手暴露杀心,童谣那边就像是泥鳅似的跑了,小花也是拿她完全无可奈何。

比赛进行到第三分钟,差不多是一大组野怪刷完,童谣看了眼时间正想开口,就听见陆思诚问老K:"刷够了没?刷够了来下路蹲一下,我觉得阳神要来了。"

根据复盘的CK战队录像,简阳第一波GANK一般喜欢去下路——这倒不是什么胡乱猜测，只是每个选手有每个选手的习惯和偏好，就像是教皇只要不是被压得太惨，四级之前死活都要越塔一波才舒服，有时候大概就连选手自己都没意识到自己有这个习惯。

此时听了陆思诚的指挥，老K"哦"了声，刷完手上的那组F4，尽管有惩戒在手，也没再留恋别的野怪，第四分钟时，一头钻进下路草丛。

第四分二十秒，阳神的双生玉果然跳入下路组合范围内，与对方下路组合形成三打二优势——然而早就料到阳神会来的陆思诚和小胖不急不缓、且战且退，一边消耗冲在前面的阳神，一边往自家防御塔退后。

当整个战线被拉回己方，老K突然出现，直接钻洞顶起了双生玉！

小胖："啊！"

老K："啊！看我千斤顶！"

小胖："此时的阳神在我眼中已经是一具'尸体'。"

两人咋咋呼呼之间，原本还在往后退的陆思诚反手狂A，阳神落地的第一秒被小胖的亡灵之灯Q钩中，拖行第二下时，小胖触发二段Q再接E技能反手一钩！阳神来不及做出任何反抗，便被天衣无缝的控制连控致死！

一血！

现场的ZGDX战队粉丝沸腾，还没有等他们为小胖和老K的野辅配合欢呼完毕，这时候，屏幕上方突然又跳出一行提示，中路

第三十三章

暗黑球女单杀妖姬!

全场茫然。

解说A:"哈哈哈哈,等等,我们错过了什么?"

解说B:"中路怎么就单杀了?导播呢?快来人,把导播扶起来给个回放!"

解说A:"让我们看看刚才中路的回放……讲道理,我刚才真的一直在看下路,还真没注意中路怎么回事。"

不仅仅是解说,众人也愣了下,惊喜来得太突然,他们甚至没反应过来发生了什么。美丽的导播好心地给了个中路回放,人们这才知道,原来就在下路三打三表演完美"宫心计"时,中路这边也在同一时间对拼起来——

事情开始于小花的妖姬在假装补兵的时候,一个W上前,踩到smiling的暗黑球女脸上打了一套技能,打完后立刻W瞬移回去,smiling此时血线并不健康,开始后退。

就在此时,同下路刚才那一幕几乎相同的事情发生了,小花看见smiling后退,便想乘胜追击,表演手速,当即交二段W上去稳稳链住smiling,没想到她退至兵线之后突然停下不再后退。这时smiling一番QWQEQR加灼烧,一套爆发伤害呼来,小花甚至来不及反应,瞬间被反打,smiling的暗黑球女完成单杀!

录像回放完,全场观众哗然。

解说A:"哇,smiling这手速啊!单身二十年!"

解说B:"噗,过了过了啊,你说这话先问问人家诚哥同意不同意……"

解说A:"看到这一幕!我猜想现在不论是在看直播的还是在现场的运营商队粉丝都可以放心了,前段时间没比赛丝毫没有给smiling的状态造成影响,她的凶狠及果断依然如人们所熟悉的那样!"

比赛开始仅仅七分钟,下路、上路两路连续开张,双C位这样至关重要的位置各拿一个人头,稳定了自己这条路的优势。

ZGDX战队是一个很会滚雪球的队伍,一旦在某条路被他们拿到优势,除非从那一刻开始打野愿意放弃野区、放弃发育,死抓那一路,否则这样的优势在多数情况下都会被他们无限扩大,直到这一路足够强大到最后能接管比赛,拟定胜局!

游戏初期就被童谣和陆思诚同时拿到人头形成优势局面是CK战队绝对不想看到的,而老K又是一个具有入侵意识的打野,一旦野区资源没有守护好,便会被他掠夺一空!

此时,CK战队这边,阳神一时间分身乏术,只能带着辅助老王游走起来,将保护的眼位插满了自家野区和河道,只求能尽量保护自家中下二路,不要再被老K跑来GANK,继续扩大当前路的差距,直到对线期结束。

"对方的装备钱都拿来买眼了,这无私奉献的精神你们咋就没有呢?"童谣嘟囔道,"我中路草丛都快被他们的眼插成筛子了,小胖你倒是也给我插两个!"

小胖:"你别吵,让你胖爷先把鞋做好……你慌啥啊?人家那都是保护眼,大不了就是老K死抓上路,不去中路了,毕竟阳神又舍不得抓你。"

第三十三章

陆思诚闻言,似笑非笑地瞥了小胖一眼,没说话。

倒是老K调侃道:"你很敢讲吗?你又不想要诚哥的治疗了,是吧?"

小胖:"你话那么多你倒是去出个眼石给她插两个。"

老K:"我不。"

童谣听着这野、辅抠门二人组的对话,哭笑不得:"一个眼才几毛钱?怎么优势局你们也这么小气?这要是劣势局还能不能往下打了?还说阳神不会来中路,我看他怎么也不像是——啊!"

话音未落,童谣就被对方的妖姬直接链上了,这时大家都有大招,链上了不是死也要交凌波,童谣当然不想死,果断就想交凌波跑路——然而还没等她来得及动作,从河道草丛里就跳出了小胖口中那个所谓"舍不得抓你"的双生玉,在童谣受到惊吓的尖叫声中,简阳丝毫没有表现出任何"舍不得",直接踩在童谣脸上,一套技能跳啊跳,直接收走童谣人头!

童谣狠狠砸了下鼠标,被突然冒出来的阳神吓得现在心脏还怦怦乱跳,直到耳机中传来陆思诚愉快的笑声。

童谣气急败坏:"笑什么笑!"

陆思诚慢悠悠地说:"你刚才那声尖叫估计连坐在最后一排的观众都能听见。"

童谣一顿,随即脸一红:"不可能!"

在童谣大声反驳之时,却不知道隔音耳机之外,此时现场的观众包括解说真的都已经笑倒一片——几秒前,那声真心实意被吓了一跳的尖叫打断了解说的解说声,传递到现场每一个人的耳朵里。而此时此刻,坐在更前排的粉丝还能听见童谣和陆思诚后续的顶嘴,更是笑得前俯后仰,难以自持。

此时比赛进行到约第十五分钟,有了这样诙谐的开幕,注定了这局比赛就在这样大呼小叫的欢快气氛中度过。

虽然前期童谣单杀对方中单小花,但是因为几分钟后又被阳神GANK成功,拉小了一点差距,所以直到结束对线期也再没有从小花身上讨着什么便宜。

还好陆思诚的下路优势一直还在,再加上团战中,上路的老猫机械爵士Counter好运来的远古恐龙,最终于比赛的第三十九分钟争夺大龙中,ZGDX战队率先开龙,被随后赶到的CK战队截和,陆思诚果断下令放弃大龙,队员毫不犹豫地放弃了还有一半血的大龙,直接与CK战队拉扯着后退……

双方拉锯之中进入野区狭窄的地形,CK战队心中一惊,高呼上当,此时却已经来不及后撤!

只见老猫的机械爵士始终捏在手里的大招稳稳落下,火烤CK战队挤在野区的四人,直接将对方后排AD烧残!童谣再跟上将他推回,陆思诚上前两发暴击,将原本就被老猫烧得血线不健康的众人刮至残血,最后再由童谣、老猫用其他技能收割残局!

第四十一分二十秒,ZGDX战队推上高地,结束第一局比赛!

队员摘下耳机站起来时,现场欢呼声响起,掌声几乎要将他们的对话声淹没!

此时,输了第一局,CK战队众人情绪倒也还稳定。

第三十三章

首先,他们事先就知道ZGDX战队是块硬骨头,难啃,再加上《英雄王座》职业联赛的季后赛向来是BO5(五局三胜制),所以先失一个小分,也没有什么大不了的。

简阳从比赛台下来以后,没去选手休息室,而是直接去选手专用的洗手间洗了把脸——洗手的时候电话响了,还是习惯性地接了,直接按免提就扔在台子上,一边讲电话,一边洗手,然后随意甩甩水。手洗完了,电话也言简意赅地说完了,简阳将电话抓了起来。

与此同时,最后一个隔间的门被人从里面打开,没有抽水声,里面的人只是叼着一根烟懒洋洋地走出来,与简阳打了个照面。

陆思诚微微眯起眼。

这一幕,真的有点似曾相识。

简阳将刚刚挂断通话的手机塞进口袋里,沉默了一下,唇边露出不尴不尬的笑:"诚哥。"

"嗯,"陆思诚应了声,扔了烟,走到洗手台旁,仔仔细细地用洗手液洗了手,抬头从镜子里扫了眼愣愣地看着自己的简阳,"今天起太早了,提提神。"

语气还算温和。

简阳点点头搭话:"是啊,一天就一场比赛,还安排这么早,不知道主办方怎么想的。"

说完了,又相对无言。

尴尬。忒尴尬了。

简阳眼睁睁看着陆思诚做贼似的,仔细洗完手以后又抬起手嗅嗅有没有残留的味道，转身去烘干机下面吹干手，又弯腰干脆把脑袋也递过去吹了吹，然后在简阳无语的注视中，他凑过来稍稍倾斜了下身子："有味不？"

见简阳愣着没动，陆思诚直起腰，开始满地找厕所会放的空气清新喷剂，一边四处张望，一边说："我记得上次在厕所遇见你还是春季赛决赛那次，当时你也是在打电话……"

最后他在厕所门背后的大理石凹槽里找到了想要找的东西，走过去，拿起来喷香水似的喷了两喷——停顿了下，想了想，露出略有些怀念的表情，说："和我家那个打电话是吧？嗯，我当时还琢磨哪家姑娘这么横。"

陆思诚笑了下："没想到后来成了队友。"

还成了媳妇。

最后这半句陆思诚体贴地没说出来，他就是单纯怀念。

简阳："嗯，当时……我也是刚知道她要打职业，太惊讶，其实分手之后很久没联系了，没想到她居然跑来打职业了，就给她打了个电话问问什么情况。"

陆思诚垂下眼，"嗯"了声，想了想，笑着说："对了，你刚才第一波GANK把她吓得够呛，尖叫声差点把我们震得鼠标都扔了。"

简阳看着陆思诚笑，丝毫没有对刚才那一波GANK成功感到自豪，反而越发不是滋味，也不知道是不是脑子短路了，盯着陆思诚的脸突然蹦出一句："其实，我当时就没想过和她分手。"

陆思诚抬起眼扫了他一眼，像是不怎么意外他会这么说，也没多大反应，就是笑了笑："那谢你高抬贵手啊，不然哪能有我乘虚而入的份儿？"

简阳的脸色僵了下，看上去想要把陆思诚手里那个喷罐抢下来，对着他那张写满了从容淡定的俊脸狂喷三下——当然他并没有那么做，而是干笑了笑："是啊，都过去那么久了……这干吗呢？又是洗手又是空气清新剂的，我记得之前好像谁说过你戒烟了啊。"

"半戒吧，反正在基地抽得少，"陆思诚把空气清新剂放回去，"主要是家教严。"

陆思诚又晃悠了一下，确定自己没味了，拉开洗手间的门，冲着阳神摆摆手："下局比赛加油，虽然我春季赛输给你们一回，但今年就没准备再输了……啊，对了，别给她告状我抽烟啊，我知道你还有她微信。"

言罢，洗手间的门被拉开又关上，站在门边的人走开了——男人那潇洒离去的背影当然也是非常似曾相识，分分钟提醒简阳当时同样的情况下，心中浮上的不祥预感……

如今完美应验。

简阳盯着门背后那个刚被放下的空气清新剂沉默了大约三十秒，然后他走向前，一巴掌将它狠狠呼进垃圾桶里，方才泄愤一般，拉了拉身上的队服，面无表情地走出了洗手间。

简阳走向CK战队的选手休息室时，路过ZGDX战队的休息室，隐约听见里面传来对话——

一个女声问："陆思诚，你是不是偷偷抽烟啦？"

几秒的沉默后，男声响起："没有，你少冤枉人。"

简阳脚下一顿。

然而只是稍稍一顿，片刻后便像是来不及也不愿意再听接下来他们还说了什么，他抬脚加快步伐离开。

时间就是这么奇妙的东西，而洗手间的偶遇就像是一场被安排好的闹剧。短短半年，原本应该更亲近的，已经背道而驰，而陌生与陌生之间却反而变得亲密无间，就连简阳也想不明白这是为什么。

简阳推开CK战队的休息室大门，队员们抬起头招呼他过去看一眼上一局的数据，商量下一局打野路线。简阳一顿，调整好脸上的表情，脸色自然地加入讨论，谁也不知道刚才发生过什么。

就好像刚才真的不曾发生过任何事一般，没有偶遇，没有片刻的失心，什么都没有发生。

小花："刚才这波下路第一次GANK，陆思诚这个演技真的可以啊，明显早就叫了老K来反蹲，演得还真像那么回事……嘶，我总觉得对方摸清楚你打野套路了啊阳神，要不你下局先来GANK中路吧？"

简阳："早知道刚才憋死也不去厕所了。"

小花："啊？"

第三十四章

第二局比赛马上开始,选手们坐回椅子上戴上耳机,开始新的一轮BAN&PICK,是否要上下一期的赛时语录这种事好像已经完全不足为惧了。

上,那肯定是上定了——现在摆在ZGDX战队众人面前的唯一难点就是:要不要把下期的赛时语录活生生搞成他们战队的专场呢?

童谣觉得,是有必要的。

比如现在——

CK战队上来直接把陆思诚上一局相当讨人厌的轮子妈给BAN了,明神问:"这一局轮子妈让BAN了,诚哥拿个什么好呢?"

陆思诚动了动唇,正想说拿什么都行,坐在他旁边的人突然插嘴说了句:"拿刀斧手啊。"

陆思诚转过头看了她一眼,心想拿什么刀斧手?放眼召唤师峡谷,AD英雄千千万,你非要提我唯一不会的那个出来,是想奚落谁啊？

然而没等他开口问童谣是不是找事，童谣已经调整坐姿，一脸淡定，凉飕飕道："不然拿什么？伊泽？灵魂射手卡莉？黑枪？老鼠？大嘴？爱神射手？撒谎的人不配拿这些英雄。"

陆思诚"嗯"了声："我怎么撒谎了？"

童谣："你说你戒烟了。"

陆思诚叹了口气："我刚才没抽烟。"

童谣翻了翻白眼："陆思诚，你家男士香水是空气清新剂味的啊？还不如说蹲厕所的时候隔壁间在抽烟沾到了味道呢，你哪来那么多强行加戏，戏精？"

陆思诚哑口无言低头挨训，其他队友包括明神已经集体笑喷。老猫一边笑，一边手抖着给他家队长好心锁了个伊泽，这AD位置就算是定下来了——全程陆思诚并没有提出要求及建议的发言时间，只有挨训的时间。如果此时小瑞在场，大概会奋笔疾书记录下这"又一次巩固及强调了队霸已经成为过去"的重要历史时刻。

BAN&PICK环节还在继续，当大家正热烈讨论下一个先拿什么位置比较好时，陆思诚想了想，突然说："后台采音大哥，这段就不要放进赛时语录里了。"

童谣一愣："为什么？"

维护自身形象？陆思诚以前也抽烟，这点小毛病一点也不影响他成为人们心中的男神。

童谣正琢磨着，没想到陆思诚瞥了她一眼："怕你这新任队霸又收刀片。"

第三十四章

男人说话三分真三分假,童谣一听,觉得自己该发火,仔细一想,又诡异地觉得居然有点体贴——这体贴在哪儿了她自己都没想明白,只是那心中一暖来得如此猛烈,她莫名其妙且拦都拦不住,于是只能干咳一声,讪笑道:"真体贴啊。"

陆思诚点点头,一本正经道:"那是。"

在双C位忙着说闲话时,明神已经指挥着老K帮老猫拿了机械爵士,正狂踢陆思诚,意思提醒他少撩妹干正事,就在这时,却没想到对方反手掏出个女刀剑!

全场哗然!

同风男一样,女刀剑这个英雄平日里RANK玩的人不少,坑货也是一大堆,而在正规职业比赛场上,却基本没有职业选手会拿,所以好运来拿了确实让人惊讶。

"CK战队的好运来不是擅长坦克型英雄吗?怎么掏出个女刀剑来吓唬宝宝?"小胖一脸茫然。

"陆岳也能掏出一手魔术大师了。"陆思诚一脸平静地好心提醒着。

全队沉默,然后众人脸上露出了统一的释然。

明神拿着文件夹扶着陆思诚的椅子靠背笑得直不起腰——虽然平日里陆岳可能是出于某种心虚之类的情绪,可劲儿黏着明神做牛做马,但可怜的是明神好像也不怎么买他的账,至少每次埋汰陆岳的时候,温润如玉的明神总是笑得特别开心。

想到这儿,童谣忍不住都要开始同情陆岳了。

而此时,在嘻嘻哈哈的调笑之间,BAN&PICK环节终于结束,

ZGDX战队被CK战队一手女刀剑镇住。大家正式进入游戏的时候，童谣就隐约觉得这女刀剑要出问题。

事实证明，女人的第六感总是很准的，尤其是在不好的事上。

因为女刀剑这英雄登场概率太低，平日里不论是训练赛还是数据分析，会去针对这个英雄做功课的真的不多，等它真的被拿出来，众人想了想它的技能和英雄机制，随即反应过来，这个英雄真的算Counter版本英雄机械爵士的一招奇兵。

CK战队是有备而来的，现在他们在率先失去了一个小分的情况下动起了真格。

思及此，进游戏的时候童谣想了想，还是忍不住说："这局老K你还是看着点上路，总觉得好运来这手女刀剑真不是乱拿的，上路感觉要出事。"

老K也答应了。

果真开局七八分钟，老K第一次GANK就去了上路，结果就是被传说中擅长坦克型英雄的好运来秀成一朵花，老猫看着二打一啊，捏死你个脆皮女刀剑还不是分分钟？于是自信地捏着机械爵士大招不放，一路撞进塔里，结果没来得及走被女刀剑换掉！

CK战队顺利拿下一血！

此时情况已经不妙，女刀剑又拖着老K的钻地不让他钻洞走，其间童谣拼命点地板打信号并提醒小花不见了，老K心里知道，这时候不见了，不是来上路难道还是回城不成？然而那女刀剑蹦蹦跳跳，愣是拖住了心急如焚的老K，一直拖到小花出现，从后面包抄老K，由小花拿下了本局的第二个人头。

第三十四章

本来小花的冰之精灵就克制童谣拿的深渊卡萨,现在冰之精灵还拿了个人头发育一波,于是这一崩,就直接崩了中上两路。

游戏版本决定,现在的比赛如果不是AD强无敌到能压着对方打,中上二路前期崩盘,基本上这局游戏就等于走远了。此时的陆思诚还在正常对线,优势是有,陆思诚也算得上是强无敌,但是蝴蝶和老王的下路组合,好歹也是拿过春季赛冠军的。此时哪怕陆思诚拿得到优势,他们也不会放任陆思诚起飞Carry比赛。

一时间,整场比赛便被起飞的女刀剑支配。

大概在第二十五分钟的时候,双方经济差距快到八千,童谣觉得这局游戏已经差不多可以结束了,又考虑了下陆思诚的手能不能撑完完整的BO5,她就有了点想放弃这一局、下一局继续的意思。

这没什么,又不是热血漫画,并不是每一局游戏都值得白白投入时间、精力去翻盘的——好在像她一样想得开的不止一个,这局游戏三十多分钟就早早结束,基地被推掉的那一刻,童谣摘下耳机,看了眼自己身后屏幕亮起了象征着失败的红色灯光。

此时场上比分回到1:1平。

CK战队确实不是一个任人捏扁搓圆的队伍。

然而此时,童谣心情意外地平静,并没有那时候输给YQCB战队那样不安——一般情况下,像这种特殊的、出乎意料的套路,一个队伍很难准备太多,这局CK战队的女刀剑确实拿得漂亮,拿得出人意料,但是,下一局BAN了或者不拿机械爵士也就完了,不足为惧。

还能赢。

童谣深呼吸一口气，正感慨那一番挫折反而把她锻炼成了金刚不坏的大心脏，这时突然听见陆思诚在她旁边特别委屈地说了句："我刚在阳神那儿放了话，这场BO5必不可能输。"

看来她的心脏大概和她家AD一不小心形成了能量守恒，她的倒是变成大心脏了，某人的却变成了针尖那样小。

童谣抬起头看了身边那就差噘嘴跺脚的男人一眼："虽然想提醒你这才1:1，我们还没输呢，不过这放话又是什么鬼？你什么时候遇见简阳的？"

陆思诚想了下，不顾身后粉丝干干万，顺手牵起童谣的手往后台走，同时淡定道："之前休息时，厕所啊。"

童谣就闹不明白一个破厕所怎么就成了一个正儿八经的各种事件集中发生地，她抬起手拉扯下陆思诚的衣服下摆："以后厕所不许瞎去，打报告，批准了才让去。"

陆思诚："哦。"

陆思诚："报告。"

童谣："干吗？"

陆思诚："尿急。"

陆思诚："好运来的女刀剑气得我膀胱痛。"

此时二人已经走回了ZGDX战队的队员休息室，陆思诚转向老猫："之前训练赛你老嚷嚷着机械爵士肥了就无解了，无解个鬼，这不是还有女刀剑？看看人家好运来的女刀剑，你为什么不会女刀剑？"

第三十四章

老猫放下可能作为凶器砸过来的水杯，一脸头疼地看着童谣："你倒是让他去厕所！"

在老猫无辜的怨气冲天中，童谣挥挥手准备将这个板着脸、号称被人家一手女刀剑气得膀胱痛的家伙赶走——临走前将他拖到角落里搜身，掏出几支事先藏好的烟。陆思诚靠在角落里，好整以暇地看着面前的人像警察搜身似的搜他的身，在童谣皱着眉考虑要不要让他脱鞋接受检查时，他低头盯着捏着几根烟皱眉沉思的小姑娘，突然嘴角一勾，棺材脸不见了，俯身凑到她耳边问："搜完了？"

五秒后，众人一脸茫然地看着迈着轻快步伐走出去的他们队长，以及满脸通红站在原地、瞪着男人离开的他们中单，耳边还是他们中单方才那瞬间爆发的、咆哮得大概连隔壁休息室都能听见的"臭流氓"三个字。

并不明白为什么明明是童谣在搜身，陆思诚举着手动都没动也能耍流氓。

几秒的沉默后，小胖盯着陆思诚离开的方向，突然松了口气："我刚才还不敢大声说话，以前输了比赛，队长总是板着脸啊，谁敢话多就是不知反省，拖过来当场军前杖毙。"

"那你现在不用担心了，"童谣指着半掩着的休息室门，"他心情多好啊，跟CK战队给他打的一百万假赛费到账了似的。"

小胖盯着童谣的脸看了一会儿，见她刚气吞山河骂完流氓的血色还未褪去，顿时像是明白了七八分，不由叹息道："你辛苦了。"

童谣一点也没和他客气，点点头，道："我也觉得。"

第三十五章

第三局比赛,ZGDX战队BAN了女刀剑,此时CK战队好像也没有什么特殊套路可以拿了,在ZGDX战队的硬实力碾压下输掉了比赛。

此时比分来到2:1,加上休息时间,比赛前后用了三个小时左右,童谣是第一次亲自上场打五局三胜制,虽然第三局是赢了,但未免觉得有些疲惫。

解说A:"第四局比赛即将开始,这对CK战队来说将会是生死局。赢,还能继续挣扎;输,无缘决赛,只能祈祷自己拿到夏季赛季军,ZGDX战队拿到夏季赛冠军,以全年最高积分保送一个S6名额……而此时我们可以看到,ZGDX战队队员并不是很兴奋。"

解说B:"尽管这个时候CK战队已经被他们逼到了悬崖的边缘……这就很气人了,你赢了比赛还这么一脸面瘫,你让我即将面对生死局的怎么办啊?"

解说A:"五局三胜制真的非常考验选手的体力,所以在这里我提倡大家平常也不要光玩游戏，有时间多出去运动，劳逸结合，加强身体素质……我记得每个俱乐部基本都有配备健身房的，那跑步机大概都落灰了吧？"

解说B："哈哈哈哈哈！"

在解说的调侃中，第四局比赛开始。童谣在位置上坐下的时候，发现下面粉丝的应援牌都没刚开始举得那么高了，估计也是手酸嗓子哑的状态，忍不住感慨一句长时间战斗真是折磨人，这才慢吞吞重新戴上耳机。上来的第一个BAN位依然赏给了CK战队上单好运来的女刀剑，美其名曰给予足够的尊重，实际上则是——知道你女刀剑很厉害，你有好好练过它，然而我再也不想看见它，谢谢。

童谣满世界找女刀剑的头像准备BAN时，陆思诚在她旁边掰手腕，当童谣禁掉女刀剑，对方BAN掉童谣的暗黑球女后，陆思诚想了想，突然用轻描淡写的语气说："手有点疼。"

童谣立刻放开鼠标看着他。

小胖在旁边解说："诚哥的意思是，这场比赛打四局就行了，大家打起精神来速战速决，用不着打满五局。"

明神："机械爵士对方BAN了，远古恐龙可能要放，要不要一抢？老猫的远古恐龙也玩得不错的吧，见你训练赛如来神掌一个拍四个……"

童谣："你们的黑话怎么这么多？"

明神："童谣你拿什么啊？冰之精灵咋样，你看上一局人家的冰之精灵把你揍得鼻青脸肿的，你就不心动吗？这一局你也可以

第三十五章

把他揍得鼻青脸肿的,还是你要拿妖姬?啊,妖姬放出来了哦。"

陆思诚:"怕被后台放进赛时语录播出去,又要被说膨胀了,所以设计一点别人听不出来的暗语啊!"

老K:"下一期的赛时语录就是我们的专辑无误。"

童谣笑了下正想说什么,然而这时站在他们身后的明神爆发了——手中的文件夹"啪啪啪啪啪"从老猫开始一路敲到小胖:"你们哪来那么多闲话!能不能好好BAN&PICK了!都闭嘴!"

众人沉默下来,唯独老猫在碎碎念:"我一个字没说也挨打,我一个字都没说!也要挨打!"

被明神一套爆发拿到五杀,众人再也不敢闲聊,老老实实闭上嘴回归BAN&PICK,七嘴八舌商量着阵容拿得还可以,结束时,选择情况如下。

ZGDX战队PICK:远古恐龙、马人、冰之精灵、伊泽、亡灵之灯。

CK战队PICK:大树、钻地、魔术大师、轮子妈、吹笛神。

童谣吸了吸鼻子大呼上当:"说好的让我选冰之精灵把对方揍得鼻青脸肿呢?人家反手掏出个魔术大师,又Counter我了!"

明神:"嘿嘿,他魔术大师用得不好,别怕,真的。"

童谣:"真个鬼,都是骗子!"

比赛正式开始。

前期还是正常对线,就连解说都找不到什么话可以说,索性闲聊之中偶尔加一句:"冰之精灵上前换了一套血,魔术大师后退了。啊,打得挺激烈的,一顿操作然而什么都没有发生……"

就在两名解说闲得恨不得讨论一下今晚吃什么时,阳神终于不再刷野,有了动作,跑到上路去想要抓一波老猫的远古恐龙。远古恐龙一蹦一跳地跑走了,这时老K的护草使者马人及时赶到,一蹄子踩碎了钻地的地洞,直奔阳神脸上!

与此同时,作势后退的远古恐龙也不退了,重新跟上来,而中路童谣正好也清了兵线,往上路走已经路过河道蟹了,如果童谣赶到,上野必死,GANK不成的阳神和好运来被逼无奈,只能双双交出凌波!

童谣见他们跑了也不深追,随便找个草丛一猫,回城。

此时上路一波兵线正好推进塔里,如果好运来想要吃这一波兵,就必须要连另外一个召唤师技能"传送"一起交了;如果不吃,那这一波他经验血亏,接下来都会被老猫压着打!换言之,这是个不错的开局,ZGDX战队不费一兵一卒,活生生坑了CK战队两个召唤师技能。没有凌波,就可以不用担心阳神短期内GANK及好运来短期内的传送支援。

陆思诚:"可以,这样我就可以很舒服。"

童谣:"打着比赛要什么流氓?"

陆思诚:"我就是在很正常地说话而已。"

童谣:"那只能怪你长着一张流氓的脸,说什么都像耍流氓,不说话的时候像在蓄意耍流氓。"

童谣跟陆思诚废话的时候,也时时刻刻打开双方阵容面板看着,一个个地数着小花魔术大师的补刀数字和经验,万分不敢掉以轻心——直到数着数着,她自己的经验条过了五级又多四分之

第三十五章

三,她给上下二路分别打了信号:"魔术大师快六级了,你们自己小心。"

魔术大师一旦到六级,大招自带传送技能。通常来说,比赛里魔术大师飞第一波的节奏非常重要——第八分十一秒,魔术大师到六级,直接飞下路,落地凌波向前黄牌,配合辅助吹笛神,还有蓄谋已久的简阳的钻地一通连环控制,留下辅助小胖,爆发本场比赛一血!

八分钟终于有第一个人头,全场欢呼!

而同时,童谣赶到上路,在魔术大师下路收获辅助人头的时候,配合着老猫一起,将目前还不那么"肉"的好运来收掉——

收得比较勉强,差点被好运来困在塔下换掉,童谣堪堪交了个凌波,丝血逃生,不亏不赚。

只不过对方抓小胖也交了很多技能就是了,辅助换上单,这一波好运来传送也没转好,冷却时间要亏兵,琢磨一下,好像反倒是CK战队亏一些的样子?

童谣在心中合计着,沉下心思继续淡定面对比赛。

到了第十七分钟左右,CK战队再次抱团,五人抓死上单老猫,原本是想杀了他快速拿塔,但是因为本身就是越塔,老猫能量够了又正好变大,就将他们一巴掌拍了三个定在塔下墙边,蝴蝶活生生吃了几下塔伤,扛塔扛死。同时童谣、陆思诚、小胖赶到,躲过了吹笛神的大招,又杀了中单小花和辅助老王,只留下一个阳神钻地道跑走。

此时场上人头比为4:2,ZGDX战队领先两个人头,又因为CK

战队频繁抱团搞事,兵线亏了一些,场上的经济差距差了快两千五百块。

解说A:"这样看来,虽然CK战队一直在找机会主动出击,但是比赛节奏却不如ZGDX战队……说实话,你拿着一个轮子妈和大树啊,在对方的阵容又不太算大前期的情况下,我觉得打得太着急了。"

解说B:"是打急了,刚才那波远古恐龙能量快够变大时你就该撤了,总不能说'来都来了,还是杀一下吧'强行上……"

在解说的碎碎念中,CK战队似乎也意识到自己这么盲目上不科学,于是不再主动出击,想要安心补发育,但是这时候,已经有不错的经济优势在手的ZGDX战队当然不会如他们所愿,直接吹起了反攻号角!

第二十五分三十秒,ZGDX战队去拿第二条元素土龙。CK战队见状,两个人推ZGDX战队中路一塔,三个人抱团打大龙,魔术大师推完中路一塔第一时间飞大龙,而此时ZGDX战队的上野AD三人组见他们动作,第一时间离开小龙,往大龙移动。

老猫到了大龙坑第一时间变大拍晕阳神,陆思诚上前交出所有技能将其一套带走,此时大龙只剩下三分之一的血量!见打野死了,CK战队稍有犹豫,却在这犹豫的瞬间被ZGDX战队即刻赶到的童谣的冰之精灵入场,继续顶住对方想要开溜的魔术大师,又是一套爆发将其击杀!剩下唯一的输出轮子妈在大树的掩护下逃走,ZGDX战队顺利接手大龙!

此时此刻,场下一片热血沸腾的欢呼声!比赛直播平台上,

第三十五章

一大串的弹幕飘过,贴吧中更是瞬间冒出各种帖子——

"CK战队这波转线做得可以了,但是道高一尺魔高一丈。"

"ZGDX战队还是强,这配合……"

"看了今天的CK战队和ZGDX战队,隔壁YQCB战队也是起飞暴揍红箭战队,就这状态,突然觉得今年的S6好像也是可以和韩国人打一下的。"

"ZGDX战队强无敌!"

"这配合,看得我目瞪口呆。"

而此时比赛现场热烈的气氛中,解说A激动的声音也掩盖了大多数人的声音:"这是一流的团队配合!不论是CK战队中路转大龙,还是ZGDX战队的分流抢资源!非常精彩!真的精彩!谁说今年HPL不行,我看真的可以啊!"

接下来的比赛中,CK战队奋力抵抗,阳神又在第四十分钟时,从老K手中把自己之前遗失的大龙抢回,连推ZGDX战队三座外塔,扳回四千五百的经济落差,强行续命。

第四十五分三十秒,远古龙争夺中,双方团战实力差距减小,ZGDX战队二换三,折损中单和辅助,换掉对方中单、上单和辅助。又到了老K和阳神一较高下的时候。这一次,老K稳稳惩戒,拿下远古龙!

第五十分十一秒,ZGDX战队终于推掉CK战队中路高地。

第五十二分十八秒,CK战队大树传送,断兵线绕后,队友抓住机会从泉水出来,抓死状态不佳的ZGDX战队双C和辅助亡灵之灯,留下上单远古恐龙、打野马人逃亡,CK战队反推一路中路高地。

第五十五分三十秒,CK战队终于因为撤退不及,被抓住错误,ZGDX战队再也没有给他们喘息的机会,此时远古恐龙还差一点能量变大,而CK战队显然是计算着这个,准备压着死线撤退!

不能让他们跑!

在众人的目瞪口呆之中,只见童谣的中单冰之精灵率先凌波接E技能开团,直接切入敌方后排,切残AD蝴蝶的轮子妈,此时上单远古恐龙终于变大,猛扑一换五,在牺牲中单冰之精灵后,将CK战队打出团灭!

兵线推出,一波上高,推掉基地,ZGDX战队不负众望挺入夏季赛总决赛!一只脚已经迈入S6世界赛门槛!

摘掉耳机站起来的那一刻,听着耳边呐喊着"ZGDX战队加油"的声音,童谣越发心潮澎湃,扔了耳机看了看四周,一眼就看见了翘起嘴角的她家队长正拿起水杯作势要喝,以掩饰唇边的笑意。

她大脑一个劈叉式短路,反应过来时已经劈手抢过他手中的纸杯,捧起那张被抢了杯子有些惊讶的俊脸,"吧唧"一下在他脸上亲了一口!

因为电脑挡着,除了坐在前排侧面的粉丝,没人看清楚童谣干了什么,只是看见她突然往陆思诚那边弯了下腰。倒是举着相机站在侧面拍的粉丝妹子看得清楚,尖叫了声,手抖着,昂贵的单反差点砸在地上!

这边,陆思诚抬起手用手背擦了下脸,对视上面前那双比比赛台上激光灯还明亮的笑眼,便也忍不住跟着比刚才更高兴起来,抬起手,拍拍她的脑袋夸奖道:"最后那个凌波开团,打得好。"

第三十五章

童谣的眼都笑成了月牙状。

握手的时候,CK战队众人脸上难免悻悻,辅助老王也是个乐观派,老王抓着ZGDX战队乐观派小胖的手笑着说:"你们要加油啊,拿个冠军?拿了冠军保送S6,我们再拿个季军也保送S6,很完美。"

小胖哈哈哈地笑。

陆思诚走在童谣前面,同简阳轻描淡写地握完手后,稍稍侧身看身后的童谣,然后就看见这矮子看都不看他一眼,低着头,爪子就大大方方地和前男友黏糊上了。

陆思诚挑挑眉,同时听见童谣笑着对简阳说:"说了还要再来握手的,你看真的来了吧?季军争夺赛加油啊,S6见。"

语气坦然,同夏季赛开幕式那天仿佛牙痒痒地说着什么"撒手了以后握手的机会多着呢"的语气截然不同,那一句"加油"里,居然有真诚的祝福。

简阳微微一愣,抬起头,见眼前少女的瞳眸之中有星光璀璨,心知眼前之人或许是真的放下了,从此之后再也不会因为从前的过往有所顾忌,他本应该欣慰,却不知道为何,心中突然觉得稍许酸涩。

尽管如此,年轻的打野选手却还是笑了笑,点点头,哑着嗓子轻声说:"好,S6见,一言为定。"

第三十六章

从比赛台前鞠躬下来,老猫去做MVP采访,因为最后一局远古恐龙塔下被抓"打麻将",变大反秀带走AD的操作,打出了当年世界第一上单Marin选手在HPL时被疯狂支配针对也宁死不屈的风采,着实亮眼。

大概是因为ZGDX战队的双C位一向耀眼,所以老猫这个时常充当蓝领上单角色的上单总是被人忽略,大多数情况下都是战战兢兢发育,稳住队伍前期节奏,等待中单和AD发育起来接管比赛。因此,在风平浪静之下,老猫就显得不那么亮眼,甚至偶尔坑了没稳住,还会被说是ZGDX战队的短板。

实际上像老猫这样基本能稳得住,该站出来时站得出来,英雄池深的上单选手,在整个HPL都是相当难得的。

"老猫这赛季好像头一次做MVP采访?"童谣问。

"打得差,拿不到MVP怪谁啊?"老K翻了翻白眼。

童谣笑着摇摇头:"你又想和他吵架,是不是?"

小胖："老K的语气其实是那种——我儿子今年高考没考好，清华差一点，勉强去了北大，回来把他打一顿，让他不好好学习。"

童谣一边收拾外设包，一边看了看采访席那边。此时，主持人正在问他最后一局BAN&PICK的时候他们为什么被明神揍了，老猫想了下，说："因为BAN&PICK的时候他们都在说废话，就明神一个人在认真干活，没人理他，他很气，然后我们就挨打了……其实我是唯一没有说废话的那个，也挨打了，很无辜。"

观众和主持人都在笑，采访席气氛挺好的。

童谣收回目光，还想说些什么，这时却发现好像哪里不太对劲。比如从刚才开始，她家队长就一直显得很沉默。

这会儿在其他人都嘻嘻哈哈地调侃老猫的本赛季首次MVP采访时，陆思诚一言不发地收拾完自己的外设包，往肩膀上一甩，迈开长腿往外走了两步，又倒退回来，弯腰将童谣的外设包拎上，然后无视了外设包的主人，大步走下比赛台。

童谣三步并作两步小跑跟上，伸手一把扯住男人的背包带子："慢点。"陆思诚一顿，回头看了她一眼，什么也没说，又冷漠地别开脸，只是接下来走路的步伐确实变小了些。走回休息室，他喝了口水，然后又板着脸，持续一言不发，离开休息室往停车场走去，画风和一派喜气洋洋的选手休息室格外不同。

小瑞看着那消失在门后的高大身影，一脸茫然："咋了这是？"

不是赢了比赛吗？还赢得挺漂亮。这又摆上棺材脸了是什么意思？

此时童谣正急急忙忙问工作人员绷带放哪儿去了，得了指示后，在桌子一堆文件夹下面掏出抓过来塞进口袋，正要跟上陆思诚，听见小瑞提问，好心地停顿了下，扔下两个字："醋了。"

然后也跟着火烧屁股似的消失在了门外。

童谣："选手打完比赛握手是礼仪，这礼仪还不是我定下来的，握个手而已，都握了一个赛季了。放眼HPL，除了队友的手，我还有谁的手没摸过？难不成我还要握完手就地酒精消毒啊？你这没道理。"

童谣："就握个手而已。你不也握了吗？醋什么醋？"

童谣："乐观点。"

童谣："哎呀，其实这么久了，我虽然嘴巴上喜欢怼阳神，但我心里也没其他想法了——气也不气，留恋也不留恋，平日里说说也就是好玩而已，别说是阳神了，就连粉丝都知道我就是这臭德行——你没听人说一句话吗？分手之后，当某一天能把删掉的电话号码重新存好，删掉的微信重新加回，再心平气和地坐下来开下朋友间的玩笑，那才是真的放下了。"

童谣："我说得是不是很有道理？"

童谣："队长。"

童谣："诚哥。"

童谣："夫君。"

童谣："宝贝。"

童谣："陆思诚！"

童谣："你还去相亲呢！"

童谣："你微信朋友圈里肯定还有很多漂亮的年轻小姑娘！天

天偷看人家的照片！"

童谣："你相亲对象的微信删了没？手机拿来我检查下！"

童谣连蹦带跳地跟在男人身后，说到最后就要动手动脚去抢他的手机——猫下腰，那爪子探进男人裤子口袋时，童谣听见他"嘶"了声，那张冰棺脸终于没绷住，皱起眉躲了躲，想了想，好像没什么好躲的，又稍微拿开手，让童谣伸手进他的裤兜里将他的手机往外掏。

队服裤子口袋挺深的，童谣伸手摸了两把，就听见脑袋顶上男人冷冰冰地说："拿手机就拿，乱摸什么？"

童谣用两根手指夹着他的手机拽出来，直接用自己的指纹解了锁，在陆思诚眼皮底下检查他的微信，最暧昧的对话内容是有个人昨晚问他"陛下今晚睡正宫娘娘那儿还是妾身这儿"，发信人是小胖。童谣又去翻陆思诚的微信通讯录，指望随便找个躺枪的漂亮小姑娘，说你看你，就是在天天偷看人家小姑娘的照片，虽然不厚道，但是好歹能解燃眉之急——翻啊翻，好不容易见到一个长得好看的小姑娘，好像是哪个平台的女主播，于是就戳进去看朋友圈，人家小姑娘自拍倒是天天都在发的，只是朋友圈被设置成了"不看她的朋友圈"，直接屏蔽了内容。

陆思诚冷笑一声，以示嘲讽。

陆思诚身家清白，清白到童谣完全无法吹响反击的号角。

"看够了？"此时陆思诚劈手把手机抢回来，"遇见你之前我是电竞法海行了吧？我也没跟相亲对象约定两个月后相约比尔·格雷厄姆市政礼堂，还不见不散，一言为定。"

第三十六章

"啥玩意儿?"

陆思诚从鼻腔里轻"哼"了一声,面露不屑。

童谣决定暂时不嘲笑他的什么"电竞法海",掏出手机出来搜了搜,发现这什么礼堂是今年S系全球总决赛小组赛的比赛场地,坐标旧金山。

童谣收起手机:"你讲点道理,我们肯定是要奔着夏季赛总决赛去的,CK战队打红箭战队,不说稳操胜券,百分之八十的胜率也是有的,我只是就事论事,礼貌性表达一下衷心而美好的祝福。"

陆思诚脚下一顿:"衷心而美好的祝福?"

童谣:"虚伪,虚伪而世俗的祝福,行了吧?"

陆思诚低下头看了她一眼,不说话了——这是他打完比赛到现在第一次正眼看童谣。童谣松了一口气,拖着他走到角落里,将他手上拎着的外设包拿下来往脚边一扔,抓过他的手,从口袋里掏出绷带给他缠好。

因为陆思诚走得太快,司机都没下来,没人给他们开门上车,所以他们只好找个角落躲着,免得一会儿被粉丝围追堵截。童谣低着头,很认真地给陆思诚手腕上缠绷带,小心翼翼得像是对待什么易碎品。陆思诚低下头时,能看见她垂着眼,睫毛轻轻颤动。

想了想,他仿佛要确定什么似的,干巴巴地问:"你对阳神真没想法了,是吧?"

"唯一的想法是感谢他教我《英雄王座》,带我入坑,"童谣头也不抬地说,"不然上哪儿俘获你这种大男神的芳心?"

陆思诚又"哼"了一声,听得出来,这马屁还是受用的,只是嘴巴上还硬着:"花言巧语。"

童谣指尖停顿,翘起嘴角:"我花言巧语,你爱不爱听吧?"

陆思诚盯着她看了一会儿,没忍住,还是妥协似的叹了口气,低下头亲了下她唇边的笑容:"不爱听,滚。"

一边说着,一边让童谣给他把绷带系好,言行相当不一致地伸手将她抱进怀里。此时大部队正好从楼上拖拖拉拉下来了,小瑞走在最前面,一眼就看见牛皮糖似的黏糊在一起的自家中单和AD,"啧啧"两声,翻了个白眼:"抱那么紧干吗,谁和你抢似的!"

陆思诚抬起头看了他一眼,面无表情道:"HPL十二支队伍一半的打野。"

小瑞一愣:"啥?"

"和我抢。"言简意赅地说完,队长抬了抬下巴,满脸大写的骄傲——我说的是事实。

小瑞看看陆思诚,又看看他怀里那个努力一把再矮一点、牵出去人家能说"哟,带你闺女来买零食啊"的小姑娘:"我就欣赏你们这种热恋之中啥也不顾,非要把对方当宝贝还强行认为全世界都觉得她(他)是宝贝的执着,眼瞎程度,令人沉醉。"

车门开了,陆思诚牵着童谣往车上走:"你没看见她跟CK战队打野握着手约定S6见时,他眼泪都要掉下来了,手背青筋凸起。"

小瑞:"那么气,你去剁了他的手啊?"

陆思诚:"正有此意。"

童谣伸手拍了下陆思诚的背,回过头冲着小瑞做了个鬼脸。

众人陆续上车,打道回府。

第三十七章

2016年8月14日。

B组的半决赛已经结束,YQCB战队以3:0的成绩击败红箭战队,拿到了夏季赛总决赛的门票。当天下午,隔壁战队的气氛就像过年似的,童谣在院子里遛猫的时候亲眼看见比赛结束时,隔壁战队的老板站在院子门口,手上拿了一大沓红包,队员们一个个从车上下来就领红包,红包很厚,厚到童谣几乎快要怀疑人生。

"同样是进了总决赛,为什么隔壁队发红包,我们连一餐好吃的都没有?"童谣抱着猫,站在窗边,望着窗子里躺在沙发上玩手机的男人。

躺在沙发上玩手机的男人说:"期中考试考全班第二,现在期末考试要争二保一的比较稀罕,还是期中考试考全班倒数,几乎要被留级,现在也能争二保一的比较稀罕?"

童谣低下头刷了刷贴吧,发现人民群众对YQCB战队的呼声也是很高,一时间风头无两,很是令人羡慕嫉妒。

童谣又抬头看了眼隔壁战队队长手中那肉眼目测里面少说也塞了三四千块的红包，面无表情道："我们的老板没有电竞梦。"

躺在沙发上玩手机的男人说："我就是老板。"

童谣将十几斤的猫往男人的肚子上一扔，后者被砸得"嘶"了声，身体弓起抽搐了下——大饼稳稳落在他的肚子上，踩了几脚，然后在他平坦的小腹上一屁股蹲坐下来。

2016年8月15日，落入败者组的CK战队和红箭战队之间展开季军争夺赛。历时七个小时，在局局比赛打满五十分钟的情况下，最终以CK战队上演落后一力经济惊天翻盘，拿下决胜局，勇夺夏季赛季军落下帷幕。

至此，CK战队也彻底成为ZGDX战队的小粉丝——因为YQCB战队春季赛是保级成绩，积分基本可以忽略不计，所以只要ZGDX战队以冠军身份晋级S6全球总决赛，那么与此同时，CK战队也将以全年最高总积分拿到另外一张S6门票。

CK战队拿下季军的当晚，大批CK战队粉丝涌入ZGDX战队官方微博，为ZGDX战队摇旗助威，一时间场面极其混乱且壮观。

网友戏称："以前总是一山不容二虎，CK战队粉丝和ZGDX战队粉丝从未如此和谐相处，如今'亲如一家人，我们不要脸，只要S6门票'的盛况，果然令人叹为观止。"

2016年HPL夏季赛总决赛的时间被定在8月26日，于杭州某体育馆隆重举办。

休息的这十一天，两家就相隔一个篱笆的俱乐部各自展开了封闭式训练，封闭的程度就是两家都像是防特务似的防着对面，不仅俱乐部一向哥俩好的老板已经连续几天没凑在一起鬼混喝酒，连大饼都被禁足，禁止与隔壁艾佳养的阿毛产生过多来往。

"猫背上还能画着召唤师峡谷地图啊？"童谣十分无语，"你们不如在中间砌个水泥墙算了，要厚实，防窃听。"

小瑞："如果中间间隔的时间不是短短十一天而是三个月，你会见到那堵墙的。"

童谣："都做邻居那么久了，你们才反应过来？"

小瑞："以前他们是保级队啊，跟保级队计较什么？现在不一样了，我总觉得不仅夏季赛决赛会和他们打，万一S6总决赛也还是和他们打，怎么办？"

童谣："膨胀了，去挂墙头，'ZGDX战队经理直言，今年S6全球总决赛将会是中国大陆赛区内战，韩国赛区不值一提'。"

小胖："可以，明天来外宣部上班。"

小瑞："你们懂啥？这是男人的第六感。"

小瑞摸摸头，对自己的说法深信不疑，深深觉得这感觉来得过于强烈，转身惦记着去联系水泥工来砌墙了。

2016年8月23日，ZGDX战队出发前往杭州。

2016年8月26日，杭州，2016年HPL夏季赛总决赛现场。

夜幕降临之时，体育馆内观众们已经陆续进场，上万座位全部满座，放眼望去都是黑压压的人群，只能看见各个战队粉丝手中应援牌的荧光，还有他们手上戴着的战队手环亮起，如黑暗中的萤火。

远远地站在后台,童谣看不清那人山人海之中的任何一张面容,然而,她却可以看见那高高被举起的应援牌,上面闪烁着的"ZGDX战队加油""Chessman""smiling",还有大大的微笑表情符号。她的前方就是夏季赛总决赛会使用到的比赛隔音玻璃房。隔着玻璃房,她听不太清观众席上的人们在说什么,解说在说什么,她只能听见模糊的声声呐喊,呐喊着谁的ID,呐喊着某个战队的名字。很奇妙的感觉。

半年前,她还是他们其中的一员,就那样远远地坐着,仰着头眼巴巴地看着空荡荡的比赛台,期望的目光始终放在选手通道入口,怀着激动的心情等待着喜欢的战队、喜欢的队员从那里出现。而现在……

童谣收回目光,转过身,身后是奔跑的工作人员,人们嚷嚷着"快开始啦,准备好了没""队员都到齐了吗""替补选手也要上,替补选手也要上,说了多少次的问题还来问我,是要气死谁""斗篷都发好了吗?队员穿一下,总决赛开幕式马上开始了啊"……

混乱之间,童谣敏锐地捕捉到了"斗篷"这个关键词。她抽了抽嘴角,低头看了下手肘上挂着的黑色斗篷,在她的另外一只手上,还捏着一个狐狸模样的面具,面具做得挺精致,小小的一块,红色的眼眶,红色勾起的嘴,眉心中间有花钿。在她以抗拒的目光看着这两样东西时,斗篷被抽走了,站在她身后的高大男人抖开那斗篷给她披上:"那些工作人员都快忙得跳楼了,你能不能自觉点把东西穿上?"

第三十七章

抬起头，看着身后面无表情低头给她系斗篷的人——身上是同款斗篷，他的额头上斜斜地挂着一个能盖住半张脸的狐狸面具，只是款式、大小和童谣的都不一样。

童谣低下头看着拉扯斗篷系带的手："我只是不懂夏季赛开幕式选手登场为什么非要设计得和食死徒半夜屠村一样……"

陆思诚万般无奈地抬起头看了她一眼，抽过她手里的面具在手上看了看，然后给童谣直接罩在脸上。

童谣闷闷的声音从面具后传来："'中二'气息浓郁。"

陆思诚抿抿唇："闭嘴。"

童谣踮起脚，抬起手摸摸陆思诚脸上的面具——精致的面具遮盖住男人的半张脸，高挺的鼻尖在面具边缘的衬托下简直就要逆天："你在韩国打职业时真的没去整容吗？我捏捏这鼻子，真高，羡慕……你这个面具比较好看，为什么我的是罩住整张脸的？"

在男人脸上乱摸的手被一把捉住，他嘴角微微勾起，另外一只手伸过来，稍稍掀起童谣的面具露出她的下巴，低下头正想说什么，这时听见身后有工作人员嚷道："准备一下啊！开始了！"

随后便听见天空中"砰"的一声，有礼花炸裂的声音，五颜六色的光在夜空之中绚烂绽放！

"各位观众朋友、现场粉丝，欢迎来到2016年《英雄王座》职业联赛中国大陆赛区夏季赛总决赛比赛现场，我是今日的解说A！今夜，我们将在西子湖畔见证夏季赛总决赛及第一支代表赛区征战全球总决赛队伍的诞生！"

伴随着解说的声音，两支队伍连带替补一起十六人，披着斗篷，戴着造型不同的面具，走上比赛台，两支队伍一字排开，正中间是今年夏季赛总决赛的冠军奖杯。

经过玻璃隔音房，台下观众的欢呼声突然变得那样立体，如雷震动，挥舞的荧光棒与应援牌下那一双双期望的目光……

"ZGDX pang！"

"ZGDX Chessman！"

"ZGDX K！"

当解说叫到一个队员的名字时，他们摘下自己的面具，上前，鞠躬——

"ZGDX smiling！"

被叫到这个名字的时候，心脏在胸腔之中突然停止跳动，童谣抬起因为紧张微微汗湿的手，颤抖着取下脸上的面具，强装着淡定，偏偏脸上却不自觉地露出一个笑容——当心脏在胸腔之中再次强而有力地鼓动，她摘下面具，上前一步，在一双双充满了期待的目光之中，接受掌声与祝福。

童谣的大脑是放空的，看着那些人为她欢呼鼓舞、为她呐喊助威，她总觉得，这大概是她一生中最美好的时刻之一了吧？死了都要带进棺材里，好好珍惜的那种。

每个人都面带着微笑，头顶绽放的烟火光芒倒映在他们面前的冠军奖杯之上，仿佛为奖杯渲染上了五彩的光芒——千万粉丝的欢呼声中，他们的眼中只有这一个奖杯。

这是属于ZGDX战队与YQCB战队两支队伍的夜晚。

决战之夜。

第三十八章

开幕式结束之后,并不是马上开始比赛。按照往年的规矩,比赛开始前还有一个官方提前录制好的双方战队互相放话的尬怼环节。本质上来说,这个环节其实是为了添加气氛与趣味性,但是各大赛区经常也有说话太放飞自我,导致输了比赛后因此被黑到退役的选手。

此时,当选手们各就各位,坐进隔音房间时,在他们身后会场的大屏幕上就开始播放起了赛前放话视频。隔音房的门没关,选手也没戴耳机,就回过身傻乎乎地笑着跟观众一起看VCR。

SUP组——

凉生:"说什么?哈哈。小组赛赢了啊,总决赛应该也没问题吧?这赛季我们不容易,春季赛保级,夏季赛冠军,小说人生,很完美。"

(镜头切换)

小胖:"胖爷的下路拴条狗都能赢,更何况我们这拴的不是中华田园犬,是犬神。"

在观众的哄笑声中,童谣清楚地听见观众席有人笑着喊小胖"膨胀"。

陆思诚拊掌轻笑:"可以,以后你的应援牌上就会出现'拴条狗都能赢'的字样。"

小胖得意地嘿嘿笑,来不及回话,就听见陆思诚又"哎呀"一声:"前提是有粉丝给你做应援牌,遛狗的,你有粉丝吗?"

小胖一阵无语。

AD组——

Chessman:"在韩国遥遥相望就算了,还要送上门来到HPL给我怼,不怼没道理,会让他输得心服口服。"

(镜头切换)

教皇(韩语原音字幕):"一直以来,都被人不停地反复提问,世界第一AD究竟是你还是Chessman,这样的问题太让人困扰和厌倦了,总该给大家一个看清楚的机会才对。我就是因为这个来到中国,在他的地盘打败他才有趣。如果可以的话,希望在举起奖杯的时候能配上他悔恨的眼泪一起享用。"

(镜头切换)

Chessman(笑):"他是这么说的吗?谁是世界第一AD这种问题有什么好值得困扰的,问我八百遍也还是一个答案——我。"

场上尖叫声、鼓掌声此起彼伏。ZGDX战队粉丝开始高呼"Chessman",等了一会儿,YQCB战队的粉丝也坐不住了,跟着高

第三十八章

呼"教皇",荧光应援牌一块块高高举起,热烈的气氛一时无两,几乎驱除了夏夜的炎热!

小胖:"以上,来自一对'闺密'的发言。"

童谣一脸困惑:"世界第一AD难道不是我大王?"

陆思诚抿唇斜睨她一眼,那凉飕飕的目光扫得她只能乖乖闭上嘴。

中单组——

艾佳:"啊,说点什么好呢?这女人太嚣张了,会给她点厉害瞧瞧的,让她明白电子竞技还是男子汉的世界。"

(镜头切换)

童谣笑得很开心:"他敢这样说?哈哈哈哈哈,迫不及待想要看到他的厉害,艾佳确实是一个很优秀的'猥琐发育等打团'选手,希望他别怂塔下,刚正面吧!"

这里就有点火药味了,在观众席响起的叹息声中,童谣脸上很淡定:"大概是录视频的小黑屋很能激发这位选手的兽性,录完一出小黑屋,他就被今阳拧着耳朵来跟我负荆请罪了。"

陆思诚:"道歉也不妨碍你打爆他。"

童谣点点头:"对,让他知道什么叫男子汉说出去的话,泼出去的水。"

打野组——

老K:"我的野区是我的,他的野区也是我的。"

（镜头切换）

XBANG（一脸困惑地望镜头）："他是这么说的吗？"

XBANG（变成紧张的样子）："不可以！不给！"

XBANG那张一脸困惑地望着镜头向导播提问的脸实在太可爱，连带着选手席现场所有人都笑成了一片，包括老K都是一边笑得浑身打颤，一边挥舞双臂和隔壁隔音间的打野大吼："不给也要给！"

上单组——

容容："我跟他单挑，让他别带家属。"

（镜头切换）

老猫："我带什么家属啦？"

（镜头切换）

容容："谁都知道ZGDX战队的上路是双人路，听说偶尔打野不来这个上单还会发脾气搞冷战，很幼稚。"

（镜头切换）

老猫伸手扒了下脑袋上的红发："找打是吧？从哪儿听说的老K不来我就会发脾气搞冷战？这么造谣我要给他寄律师函的！"

小胖："睁眼说瞎话本领一流。"

老猫愤愤不平："我也觉得。"

小胖："我说你。"

老K："哈哈哈哈！"

赛前互怼视频结束，现场气氛不错，观众们还沉浸在选手的

第三十八章

互怼之中,这个时候,BGM前奏响起,大屏幕上又放了夏季赛开始之前就录好的HPL赛区夏季赛宣传录像。

HPL十二支队伍,每一个队伍、每一个队员都有镜头。开始是烈阳高照,象征着HPL从S2到S3于国际赛场上表现不俗,而后天空由晴转阴,狂风暴雨骤降,空中飞舞着被扭曲的易拉罐,墙上是各种涂鸦,垃圾桶边蹲着一动不动的老鼠,选手们从废墟中走出,步伐越来越快,后面的几支队伍开始在狂风暴雨中奔跑,红箭战队、HW战队、CK战队,最后是ZGDX战队——ZGDX战队五人在暴雨中奔跑,镜头拉近,一个个切近队员的脸。最后,当五人跑到巷子尾,镜头再给陆思诚一个特写,他一脚踏在残破巷尾地上的一摊积水里,水花四溅!

伴随着"咚"的一声音乐特效巨响,最终飞溅的水花变成了破碎的玻璃,阴郁的暴雨天气仿佛被踏碎,雨过天晴,阳光初现。

这个在夏季赛曾经播放过无数次片段的赛区宣传视频,终于在今日让大家从头到尾看见了完整的一遍——从象征着HPL在国际赛场上表现一年不如一年的暴雨,从象征着观众的愤怒的扭曲易拉罐到垃圾桶旁瑟瑟发抖的老鼠,每一个画面隐喻着的赛区现状都能让观众揪心,直到画面播放到陆思诚一脚踏碎阴郁,现场的人们一下子全部站了起来,欢呼鼓掌,高呼"HPL"的名号!

解说A:"欢迎来到2016年HPL夏季赛总决赛现场,现在比赛正式开始进入BAN&PICK环节!"

现场热血沸腾的气氛当中,解说一声令下,万众期待的比赛终于到来——比赛场地与常规赛并不相同,特殊的BAN&PICK环节背景音乐,以及比赛台地板上会伴随着音乐的节奏扭曲蔓延成抽象形象的战队队标,颇有赶超寻常体育赛事的高档规模,令在场的观众叹为观止!

解说A:"现在选手们已经各就各位,在位置上戴上了各自的隔音耳机,比赛隔音间也已经关上了门……这是HPL总决赛首次使用比赛隔音间,大家不用担心里面通风不好,你们的小哥哥和小姐姐并不会在里面被憋死。"

解说B:"好的,让我们看看,YQCB战队上来首BAN妖姬,这一点倒是没毛病——要说以前smiling不拿妖姬,要么是因为拿不到,要么是因为ZGDX战队还藏着掖着,但是总决赛你总不能还藏着了,所以BAN了安全。"

解说A:"ZGDX战队这边则是禁掉了Chessman和教皇双双的成名英雄灵魂射手卡莉,仿佛在说——老哥,这局灵魂射手卡莉不拿了,我们一起留着去世界赛打别人。"

现场观众爆笑。

解说B:"然后,YQCB战队这边又BAN魔术大师!哈哈哈哈,你smiling的所有大招今天都没地方使了,我知道你是善用刺客型英雄的选手,我就不让你拿,气不气!"

解说A:"说好的正面刚呢!"

在解说的侃侃而谈之中,选手的BAN&PICK过程也是鸡飞狗跳的。

童谣:"BAN完我妖姬又BAN我魔术大师,我多久没拿魔术大师了,他们还惦记着!小哥哥,你们的保密工作到底行不行啊?

第三十八章

陆思诚你不会在后台被你'闺密'反套路了一波，一不小心说漏嘴了吧？不然他们怎么知道我今天想拿魔术大师？"

陆思诚："能打到夏季赛总决赛的能是什么傻子队伍？你魔术大师用得好，这么久不拿，明显就是憋了个大招，而且李君赫上次已经被我套路了一次，你以为他还会上当受骗吗？"

陆思诚："打从一脚迈进比赛场地，他就躲瘟疫似的躲着我，恨不得给自己的嘴上个拉链。"

陆思诚一边说，一边顺手把扇女给BAN了。

童谣："你还挺委屈他不理你？"

陆思诚："是挺委屈的，我这么好的人却防我如防贼，心凉。"

明神手中的文件夹"啪啪"两下就给喋喋不休的双C位各来了一下："都夏季赛总决赛了，你们能不能稍微严肃点？现在是缅怀你们逝去的友情的时候吗？小胖再把他们的皇帝BAN了，大不了就是贡献五个BAN位给中单，反正我们今天上的又不是英雄勹陆岳。"

小胖"哦"了声，把皇帝BAN了。

对方反手回敬BAN个吸血公爵。

最后的结果就是明神说得对，这一BAN就是正好五个中单，这对熟悉ZGDX战队的解说和观众来说已经是一件不那么值得惊讶的事了。

禁用环节结束，进入选择英雄环节。中单已经没多少好的英雄可以选择了，所以老猫在一楼给童谣一抢暗黑球女，对方的教皇和凉生就拿了冰原和吹笛神，老K把对方可能会选择的中单冰之精灵拿来给老猫打上单,这时候,艾佳就基本剩下一个时间猎人可以拿了。

双方的BAN&PICK进行得很快,就连解说都不禁感慨,双方的准备都做得很足,在BAN&PICK上基本都是毫不犹豫地拿了该拿的英雄,大有高手过招、干净利落的姿态在。

此环节以常规比赛一半的时间顺利结束——

ZGDX战队PICK:冰之精灵、蜘蛛、暗黑球女、傀儡师、鲶鱼。

YQCB战队PICK:海盗杰克、酒徒、时间猎人、冰原射手、吹笛神。

至此,2016年HPL夏季赛总决赛,ZGDX战队对阵YQCB战队,BO5第一局,就此开始。

第三十九章

比赛开始,在众目睽睽之下,小胖操控着那身材和他相似的胖鲶鱼一摇一摆地往线上走,走过自家野区,经过河道,晃啊晃,然后往人家YQCB战队的野区草丛里一蹲,小胖开始怪笑。

陆思诚:"浪吧,被浪掉一血你就不用回来了。"

小胖不理他,当游戏系统提示"全军出击",双方泉水开始往外出兵线时,YQCB战队下路组合开始打野怪大小石头怪,准备吃掉这组野怪再上线,小胖仗着自己挺"肉",等到小石头人丝血时,从草里蹦跶出来舔了口小石头怪——

抢,当然是没抢到的。

教皇那边稳稳收下大小石头怪经验,直接转身开始狂点小胖,小胖转身抱头鼠窜,交出凌波,慌乱之中直往前闪了几毫米撞墙,ZGDX战队队伍频道中顿时响起一片喊声——

童谣:"哎哟!"

老K:"哎哟!"

老猫:"哎哟!"

陆思诚:"白银操作。"

此时小胖血量只剩三分之一,嗑掉身上的药水,又急着转身给教皇挂了个第二个召唤师技能致残,减慢移动速度和攻击,这才勉强保住自己的一条命!

典型的偷鸡不成蚀把米!

童谣:"下路强行开启hard模式。"

老K:"瞎搞。"

老猫:"从小胖走过河道的那一刻,下路就结束了,老K三级来抓上路啊,这局我Carry。"

"你Carry什么Carry?人家都笑话我们队上路双人路了,现在你还眼巴巴地叫着K神来帮你,你怎么都不知道羞呢?"小胖一边碎碎念骂着老猫,一边屁滚尿流地摇晃着圆滚滚的身体滚回陆思诚身边。

此时陆思诚正稳稳补着兵,见挂着血皮的自家辅助往自己身后一怂,顿时眼角跳了跳,点了下地板:"你还回来干什么?不如死在对面,然后泉水挂机。"

小胖嘿嘿笑道:"回来坑你啊。"

交流频道陷入三秒的沉默,众人这才明白过来为什么小胖给陆思诚打了四个赛季的辅助也没能得到他的疼爱——作孽都是一朝一夕之间自己积累的,陆思诚到今天还没有在正式比赛上挂一把机或猛揍这胖子一顿,大概已经耗费了他这辈子的所有容忍度,贡献出了他能拿出的全部爱心。

第三十九章

游戏进行到三分多钟,下路和中单陆续达到三级,按照教皇的个人习惯,他四级前一定要动一次杀心,哪怕是怂着,他也会叫打野来帮忙GANK一起越塔——深知他这个习惯,训练赛里也见证了很多次,所以角色一到三级,陆思诚就开始打信号叫老K来反蹲。此时他们的打野是肯定会来的,因为这时候小胖没有致残也没有凌波,就像是一头暴露在饿狼眼底下的大肥羊,不抓他一波都说不过去。

小胖:"我感觉到对方贪婪的目光,色眯眯地在人家身上扫来扫去。"

陆思诚:"正常,毕竟你刚才企图在人家的地盘上骚来骚去。"

小胖:"我是想诱惑教皇交出凌波来追杀我,知道不?谁知道他居然不上当,憋住了。"

童谣边补兵边笑:"他又不傻,再说这世界上能骗到李君赫的只有陆思诚啊。"

小胖"哼"了声:"狗眼看人低!"

说话间,对方教皇的Q技能Buff已经叠满,瞬间触发"射手的专注"Buff,提高攻击速度,只见他三两步上前就是一阵疯狂的平A,再接W技能"万箭齐发",数根箭射出。召唤师技能还差一点转好的小胖见状不妙,开始后退想怂回塔下。这时候对方的酒徒也终于现身,想要将小胖炸出防御塔外,站在冰原射手的射程范围内。

只是这时候对方的配合稍微出了点问题,辅助将致残交给陆思诚后,进入防御塔范围,扛塔速度稍微慢了一拍,教皇追狠了,自己扛了两下塔,被丝血小胖一口吞进肚子里,同时陆思诚交出自己的治疗抬了把小胖的血线。等教皇被小胖从肚子里再吐出来时，血量已经极其不健康！

老K大叫："我过不来了啊！中路艾佳拦着我呢！童谣呢，来揍他！"

此时，冰原射手越塔不成，只能挂着血皮极限交出治疗，凌波逃跑。

到嘴的鸭子却飞了，小胖气得狂拍键盘："致残早好两秒他就死了！"

"你致残在他也不会上得那么急了，"陆思诚倒是淡定，"他越塔很有一套，这种东西计算得很到位的，死不了就是死不了，除非刚才对方野辅都跟上。这波YQCB战队越塔成不成功，全看打野和辅助的扛塔顺序。"

陆思诚话音刚落，童谣那边已经和老K一起把对方的中单揍回城，堵住了后撤的打野并愉快地收下了他的人头——

一血爆发！

下路紧张的一番越塔活动后，紧接着中路开花！

在观众们热烈的掌声和笑声中，解说A侃侃而谈："这局比赛的开局种种事迹告诉我们，今天的皇历上写着——不要主动搞事，搞事通常都要付出惨痛的代价。"

解说B："那一会儿如果谁率先开大龙……"

解说A："别说了，我害怕。"

对方第一波越塔不成，ZGDX战队将对方下路组合打回家，中路又击杀对方打野，童谣和老K来到下路，同小胖还有陆思诚一

第三十九章

块儿四人一起推掉了对方的下路第一座外塔。与此同时,艾佳转上路,同上单容容一起推掉了ZGDX战队的上路一塔,只是这波ZGDX战队四人速度更快,拿了一血塔六百五十块之后,还顺便收下了第一条元素龙。

此时游戏进行到第九分钟,双方经济差约一千五百块,下路双人组换线到上路,游戏经过方才那一波小小混乱,重新进入对线期。

解说A:"现在有一个人头在手,补刀也领先了十几刀,smiling的日子应该过得很舒服才对。"

解说B:"那不一定,你要看跟谁对线——艾佳这种选手很会在抗压之中寻找机会,跟他对线,但凡你稍微觉得自己有优势,随便动了杀心,那就是要出事的。"

事实证明,解说B真有"毒奶"的潜质在,只见他话音刚落,童谣这边就压了上去,清掉兵,扔球推,被艾佳一个小走位拧掉,此时艾佳稍稍往后拉了下,童谣没怎么想,就觉得自己能杀就上了。进入防御塔范围内,被时间猎人定住,对方上来反手打了一套再一个大招拉回,离开童谣的攻击范围内,童谣健康血线告急,想要后撤,此时复活的打野酒徒跟上,将刚刚离开防御塔攻击范围内的童谣再炸回来,完成击杀!

解说A:"哎呀,这波急了,真的急了!"

解说B:"我说什么来着!艾佳这个选手真的抗压一流,你有多少优势都能被他打回来!现在兵线推过来了,这波smiling要损失一整波兵线,之前的优势将荡然无存!真的是上头了!"

正所谓人生三大错觉——

我是优势。

我能Carry。

这波能杀。

童谣死后,正好一波兵线推过来,童谣只好打了信号让老K来把兵线吃掉,别浪费,而自己眼睁睁地看着艾佳的补刀数字追平甚至反超。

此时游戏进行到第十二分钟,双方经济差被追回到七百左右,可以算是忽略不计——难缠的对手在于他会不停地找机会弥补经济的差距,他们小动作不断,不停地声东击西,不知不觉间,之前丢掉的优势就能被他们逐渐找回。

第一次上头被击杀后,童谣变得比较小心,但是那仅此一次的死亡仿佛成了一个豁口,接下来的五分钟内,YQCB战队的野辅双人组连续来了三次,其中一次再次击杀童谣,另外两次逼得她交出凌波,丝血回城。

回城的时候,童谣看着那一波自己又吃不到的兵线,感觉心在滴血,一只脚都踩在了悬崖边上。

一片沉默之中,小胖安慰她:"稳点,稳点,没事。"

陆思诚平静的声音适时响起:"别着急,没事。"

童谣咬了咬下唇:"不,有事,我出大事了。"

此时童谣的日子很难过,被针对得连兵都吃不到,整整五分钟,基本发育速度为对方中单的一半。而陆思诚虽然补刀小优势,人却被教皇牢牢看住,在下路走不开,小胖的鲶鱼上来帮忙,也只能帮童谣逃命,先手找机会开小规模团战的能力也不如对方的吹笛神。

比赛被强行拖拖拉拉进入中期,此时场面上一改之前ZGDX战队的小优势,反而是YQCB战队掌握了节奏,经济开始反超。

童谣看陆思诚被教皇锁在下路,没办法很快接管比赛,只能叫老K来帮忙找机会。又几次小规模团战后,ZGDX战队也没怎么占到便宜,反而是经济被对方拉开了一些。ZGDX战队只能放弃找对方打架,开始一起拼发育、拼运营。

第二十七分钟,YQCB战队拿下一条水龙。

第三十二分钟,ZGDX战队上单TP中路,配合陆思诚大招暴击切掉YQCB战队双人路,然而YQCB战队的酒徒完美一炸四,配合海盗杰克的桶,将ZGDX战队所有人炸成残血,童谣的暗黑球女推回一个时间猎人,时间猎人索性切进人群收割残血,大招拉回——这一波,YQCB战队绝地反击,在率先失去下路双人的情况下打出二换四。

第三十二分十一秒,YQCB战队开大龙,老K的蜘蛛下龙坑,抢龙失败,再被击杀。

当现场的所有观众以为游戏进入YQCB战队的节奏时,第三十三分零八秒,老猫的冰之精灵复活,传送至大龙下方蓝Buff草丛眼位,一爪子强行进场,配合陆思诚的傀儡师,定住对方残血的海盗杰克完成击杀。同时,小胖赶到,一口吞了残血的老猫跑路,童谣赶到,收割YQCB战队剩下的残血三人组!

众人惊呼:回合制游戏!

第三十八分二十九秒,ZGDX战队三个人抓YQCB战队下路双人组,赶来支援的打野酒徒晚来一步,同时ZGDX战队蜘蛛飞起躲过冰原大招,落地瞬间将酒徒击杀。瞬间击杀敌方三个人后,ZGDX战队拿下远古龙!

ZGDX战队带着远古龙Buff,连推YQCB战队两座外塔,再击杀对方上单海盗杰克,将落后的经济扳平甚至反超。

众人再次惊呼:神仙打架啊!

第四十五分钟,双方再次展开大龙争夺战。此时YQCB战队打残了陆思诚,背水一战先开大龙,没想到被远远站在小胖后面的陆思诚开了大招,击杀"砰砰"吃了四下大招的打野。与此同时,老K的蜘蛛下龙坑,一个惩戒,直接抢龙!

现场观众起立,鼓掌欢呼!

解说A:"今天真的是应了这句话——谁先搞事谁吃亏!"

第四十八分十一秒,ZGDX战队带着一大堆兵线一波推上高地,先杀上单海盗杰克,再杀AD冰原,留下一个出肉的时间猎人中单瑟瑟发抖,终于一波结束比赛!

童谣摘下耳机,脸上不仅没有丝毫笑容,反而还有些苍白。前期拿到小优势,她没能Carry起队伍的节奏,反而自己莫名其妙送了一波,差点连带着把队伍一起送上西天,还好大龙那波老猫冒险果断传送收割开团,扭转局势,否则这局比赛要是输了,她要背大锅。

一个选手,他的心态、操作,还有掌控大局的能力都可以训练,但是选手的风格却很难改变。

第三十九章

她记得刚开始打职业时,陆思诚就说,艾佳这种稳中求胜的选手会是她的克星,如今看来,果不其然。

童谣以为自己已经忘记且克服了的小组赛里那种输掉比赛的恐惧重新席卷而来,下台去休息室的时候有点走神,下台阶时没留神,踩空一个台阶差点摔了,还好此时在她身后从打完比赛取下耳机后注意力就没从她身上挪开过的陆思诚伸手拽了她一把。

童谣抬起头,对视上那双深褐色的眼,停顿了一下,反手一把捉住男人的袖子:"下局换陆岳。"

陆思诚看了她一眼,放开她的手,扭开头:"不换,轮换是用来打战术的。"

"可是这是总决赛,这么重要的比赛你不能——"

"这只是国内联赛,你现在就脆弱地习惯性逃避,等到打国际赛,每局都很重要,你这样还指望陆岳替你全程打完?今天的BO5,你把脑袋别在裤腰带上也要给我打完。"

童谣想跳起来暴打他的头,不要理他了,转头去找小瑞。

人还没找到,就听见陆思诚在她身后,用那种冷漠到可怕的语气道:"我说不换就不换,你求谁都没用。"

陆思诚是男朋友,然而往比赛台上一站,就只剩下冷酷无情的陆队长。

第四十章

童谣回到休息室往那儿一坐,显得有些沉闷。

但是她的队友是细心的,所以她的小情绪很快就被战队的全方位辅助、俗称"保姆"的小胖发现,小胖把手里头的饼干塞给陆思诚,然后转头问童谣:"怎么了这是?"

陆思诚顺手抬起童谣的下巴,把饼干塞进她嘴里,不冷不热道:"输少了,一逆风就瑟瑟发抖,怕背锅,不敢上。"

小胖愣了下,然后换上了"多大事啊,吓我一跳"的无所谓表情:"哦。"

"我不是怕背锅啊……"嘴里咬着饼干不方便说话,童谣瞪了男人一眼,将饼干"咔嚓咔嚓"当作陆思诚的脑袋啃进嘴里,吞咽下去之后又喝了一口工作人员买的抹茶拿铁,甜。然而这也没能拯救她糟糕的心情,脑子反而更像一团糨糊,"我是紧张,没打过总决赛这么重要的比赛,偏偏又遇上艾佳这样的,我拿他真没什么办法……刚才打比赛的时候我琢磨了下,一下子也想不到特别好的对策，所以觉得换陆岳上比较好。"

她一边说，一边抠手里的纸杯边缘，小动作暗示了她心中的烦躁。

陆思诚点点头："说那么多，还不是输少了？"

童谣翻了个白眼瘫回椅子上。

陆岳在旁边笑嘻嘻地伸长了和他哥五五开的大长腿："干啥，主动要求换我上啊？换我上好啊，我能和艾佳正面一起怂到比赛结束也不打照面。"

童谣顺手抄起手边的另外一个空杯子砸他，陆岳躲过了，笑嘻嘻地问："你又不是没输给过YQCB战队，夏季赛也就输给他们这一局了，再加上以前被表情包战队的中单阿太欺负得死去活来，看见他就瑟瑟发抖，后来呢？你都怎么做心理建设的？"

"以前输给YQCB战队那本来就是小组赛，而且打完以后更多的事情扑面而来，我都来不及好好品尝输比赛的滋味。至于阿太，想着大家都是人，就没那么怕了，但是现在和表情包战队的训练赛只要是我上都没赢过，不怕有个屁用，我打不过他怎么办？我也很绝望啊！"童谣抬起头看了眼拖过椅子坐在她对面的陆思诚，后者靠坐在椅子上沉默地看着她，她犹豫了下，"而且现在这是总决赛，刚才我的表现是不好，我怕我一下调整不好拖你们后腿。"

童谣话语一出，休息室内众人面面相觑。

"朋友，电子竞技，对手千千万，你以为你是《英雄王座》职业圈名垂青史的传奇中单faker啊？打遍天下无敌手——我就不说faker都有被单杀的时候了，你打职业一辈子，总会遇见无解被死克的对手，这时候你除了逃避，还应该学着忍住，把Carry的机会交给别的队友。"陆岳指着陆思诚那张棺材脸，"比赛的时候有这种人坐在你身边，难道你从未产生过想躺赢的冲动吗？"

她是没有，她一直想的就是，我是中单，我要Carry，这局不能混，这局也不能躺，拖后腿什么的，绝不允许。

然而还没等她来得及说话，陆思诚冷着脸拍掉陆岳的手，陆岳缩回手，道："别总想着自己Carry才能赢比赛，你不能Carry队伍一辈子！我哥说得对啊，你就是输得不够多，如果见识过花样输比赛，就会意识到是个人都有背锅的时候，轮也轮得到你。队里老猫这家伙天天被叫嚣是队伍短板，你一个新人，你怕什么？"

老猫哼笑了下："是啊，躺赢使我快乐。"

明神冲着陆岳竖起大拇指："回家给你颁发幼儿园毕业证书。"

陆岳白了明神一眼，又转过头："如果总想着自己不能Carry就会输比赛，你就是不信任自己的队友。矮子，真让人心寒，一起打了一个赛季的比赛，你居然不信任我们。"

陆岳的话让童谣"唰"的一下从椅子上站了起来。

陆思诚："坐下。"

童谣又"啪"地坐了回去。

陆思诚："他是个傻子，但是唯独这次说得没问题。"

童谣掀起眼皮扫了陆思诚一眼，然后垂下头。

陆思诚的声音平淡无起伏地在童谣脑袋上方响起："队伍里两个中单，一个中单太不要脸——说你呢陆岳，你也滚过来坐下，比赛时居然时刻想着躺赢，那你打什么职业？回家种地去，本队不需要混子。另外一个中单太要脸，怕Carry不动，怕输，怕拖累队友……"

"啪"的一声，男人将放在桌子上的咖啡杯拿起来，良久，叹了口气，语气突然软了下来："你俩什么时候才能长大？职业比赛有输有赢很正常，又没人怪你们，别整天强行给自己加戏。"

童谣动了下，抬起头。

陆思诚正好伸手过来，捏住她的鼻子——童谣下意识张开嘴，陆思诚将手中的咖啡杯递过来，就着自己的手给她往嘴巴里灌了一口冰咖啡——冰美式那种冰凉苦涩的感觉从舌尖流淌而过，那苦也是真的苦啊，苦得她天灵盖都一个激灵，脑袋之中的浑浑噩噩好像稍微散去了些。

陆思诚："清醒点了吗？"

点头。

陆思诚："还闹着换陆岳吗？"

摇头。

陆思诚："刚才比赛里是坑了，谁骂你了吗？"

摇头。

陆思诚："谁埋怨你了吗？"

摇头。

陆思诚："现在明白为什么和表情包战队的训练赛你永远都打不过阿太，只要是你上就输给他们了吗？"

点头。

陆思诚："S6世界总决赛上遇见，你还想输给他们吗？"

摇头。

陆思诚:"信任自己的队友能Carry接下来的比赛吗?接受不以你为核心Carry点的赢比赛的方式吗?"

点头。

陆思诚:"知道错了吗?"

点头点头。

陆思诚不说话了,嘟囔着"就知道喝甜的有什么用",抢过童谣手里的拿铁,将自己的冰美式塞进她手里,皱着眉打发她把咖啡喝完清醒点。童谣捧着咖啡,双脚一蹬,带着椅子去墙角面壁思过去了,剩下其他的队员凑在一起商量接下来的比赛该怎么打。其间小胖抬起头看了眼墙角的童谣,又看了眼陆思诚:"队长,这么凶是活该要当单身狗的。"

陆思诚:"母胎单身狗有什么资格说我?"

小胖:"担心你失恋,一蹶不振,中单Carry不动就算了,等AD也Carry不动,还打什么比赛?"

陆思诚冷笑一声:"多虑了,有空操心这个,为什么不操心下自己的英雄池?人家隔壁战队辅助的吹笛神开团多厉害你看见了吗?再看看自己的吹笛神,你羞愧不羞愧?"

第二局比赛,肉眼可见ZGDX战队在战术核心上做出了一些改变,初期中单苟住,打野主抓上下。然而说实在的,童谣在场上时,ZGDX战队很少使用这种上下双核的打法,童谣本人也不算很习惯,在和艾佳对峙之中也努力找机会反扑,成功过也失败过,只是面对艾佳这个老油条，失败概率还是大一些，再加上YQCB战队本来就不是什么省油的灯，所以第二局比赛于第四十五分钟遗憾落败。

赛后，解说在解说席上侃侃而谈。

解说B："其实我觉得有点奇怪，这局比赛下来明显感觉到smiling打得有点束手束脚，要是这种打法，为什么不上更适合的律选手？"

解说A想了想，说："ZGDX战队一向都是有两套以上战术的，这套战术只能说是通常使用在律选手身上……我觉得今天ZGDX战队这样坚持不换人的举动，大概是想让smiling好好学习如何面对打法克制自己风格的选手吧。你可以从始至终学不会怎么打逆风，怎么应对被压制，但是你得自己亲身经历过这些，再遇见时才不至于直接乱了阵脚，你打不过，你也要怂得过，就这么简单。"

"等到了全球总决赛上，你会面对更多类型的职业玩家，就我知道的，光韩国和欧洲赛区，能同时兼备smiling和艾佳两种打法类型的高能选手就不止两个。这种时候你ZGDX战队怎么办？上律选手还是上smiling选手？你不可能靠着轮换，永远在中路找到优势去Carry比赛。我认为今天反而可以看出ZGDX战队的管理层和队长很清醒，这是好事。"

解说B"哦"了声："说到底还是为世界赛做准备。"

解说A："是啊，说到底还是为世界赛做准备。smiling输的比赛还是太少啦！有些大道理，光靠嘴巴说、心理做建设是没用的，非要自己经历过了才知道到底是怎么回事。"

第四十章

解说B笑道:"拿夏季赛总决赛来训练队员心理素质,这有点过分了。"

解说A拍拍他的肩膀,哈哈笑着:"为了一个月后的全球总决赛,一切都值得。"

有时候,赛场解说也能带得一手好节奏,他们的一句话有时可以搞得舆论把某个选手或者某个战队骂得狗血淋头,有时也可以用另一番话很好地安抚观众粉丝的情绪。

至少此刻,两名解说说完后,很多看完比赛就去ZGDX战队官方微博下质问"如果不以smiling为核心打法为什么不换律上"的粉丝悄悄删掉了质问,稍微静下心来。

比赛来到第三局。

相比第一局的不安,第二局输掉比赛之后的童谣反而觉得冷静了许多。她利用十分钟休息时间冷静地总结了下上一局的问题,并没有把所有的错都揽在自己的身上,而是学着用大局观去回忆,发现比赛是输在一些小细节和小失误上面,避免就可以了。

童谣深呼吸一口气,戴上耳机,比赛终于进入第三局BAN&PICK环节。

正如之前答应过队友的,比赛里,她会找机会努力Carry,不行的话就怂住,保证中路不崩、不被通关。后者她当然不习惯,但是会努力去做到,这大概就是面对强队时的必要生存之道——能伸亦能屈。

第四十一章

BAN&PICK进行中,对方还是BAN了童谣的魔术大师和妖姬,童谣很想摔鼠标,这时候她听见明神在他们身后问:"童谣要不要拿个飞行员或者月亮女神?月亮女神可以的,虽然不怎么版本,但是很刺客。"

陆思诚闻言,深褐色的瞳眸之中有诧异的光一闪而过。

他回头看了眼明神,想了想后,点点头:"月亮女神可以,前期谁都打不过,只能打发育,让某人死了一颗想单杀的心,后期发育起来回归刺客身份,又可以乱杀了,非常合适。"

童谣抖着腿不说话。

陆思诚又转过头瞥了她一眼,向她确认:"月亮女神行不行?我记得你还教陆岳玩过的。"

童谣还是继续抖腿不说话。

小胖笑嘻嘻道:"她现在很气,在想一会儿怎么单杀艾佳,可惜比赛的时候规定不许打字,否则你可以进游戏以后打字骂他。"

老猫:"刚才的休息时间就应该让你去隔壁休息室,教训一下艾佳。"

陆思诚瞥了一眼童谣:"就她这小鸡崽身材,打不过的,要被反秀。"

童谣终于不抖腿了,抬起头看了还有心情调侃她的陆思诚一眼:"我打不过你就不能帮我?"

陆思诚"哦"了声,一脸淡定道:"总要留个人去警察局捞你,你父母去我怕你被打断腿,我可以以你未婚夫的身份去救你。"

童谣动了动唇还想说什么,这时明神无奈的声音在语音频道响起,打断了她:"算我求求你们,能不能正常一点?这局赢了,一巴掌把隔壁战队推到悬崖边挂着,输了的话,就是你们自己去挂着——反正悬崖就那么一个,总有五个人要挂在那儿,是隔壁战队去还是你们自己去?"

小胖:"他们去。"

明神:"知道就好,所以现在都给我闭嘴,回归BAN&PICK环节,少讨论那些地痞流氓脏套路了——月亮女神他们想不到我们会拿,抢不了,可以晚点拿,先拿个灵魂射手卡莉和亡灵之灯组吧,这局灵魂射手卡莉没BAN,别被教皇拿去了。"

在一楼和二楼先拿英雄的老猫和老K双双"哦"了声,帮忙锁了灵魂射手卡莉和亡灵之灯的下路组合,对方拿出伊泽和吹笛神时,老猫和老K正嘀嘀咕咕商量着把两个选好的英雄换上"猩红之月"系列皮肤。

灵魂射手卡莉和亡灵之灯这个系列的皮肤……应该如何形

容?就是无论从英雄功能、皮肤外貌还是英雄相性来说,都是天作之合。

小胖:"你们两个……啧啧,换你们打下路好不好?"

老猫:"你和诚哥下路貌合和心合至少要做到一个吧?"

老K:"心合是不可能心合了。"

老猫:"只能掏出天作之合皮肤貌合一波恐吓对方。"

陆思诚:"无聊。"

童谣一只手握鼠标,另一只手弯曲敲击桌面,碎碎念般嘟囔道:"咦,月亮女神好像也有猩红之月系列?等我看看——啊,真的有,带我一个,带我一个!"

一边说着,一边迅速换上了猩红之月系列皮肤。

明神:"总决赛你们在这儿给我讨论英雄皮肤,是不是不够紧张?谁再说废话,我拔了他的舌头。"

明神的话总是很有警示作用,在大家都不正经的时候他总是最正经的那一个,除了因为他资历深,是老大哥,还因为明神确实总是在关键时刻很靠谱,如刚才他能够提出让童谣拿月亮女神这一点就很让人肃然起敬。在这之前,大概没人好好考虑过面对一个风格克制童谣的中单选手,她要怎么去打优势,大家只是暂时想到,你打不过,你怂得住就行了,什么都别想,就怂,等队伍其他核心点Carry。

虽然知道童谣肯定不习惯这么打,但是没有办法,大家很早就开始私底下和教练组考虑这个问题,就连陆思诚暂时也没想到怎么解决,反正他确定的是,至少今天打完第一局,看童谣遭受挫折时他们还没想到正确的解决方式，只能说些让童谣怂好，相信同伴之类的鸡汤话，而这时，明神临危不乱，突然就想到了解决办法。

就这么短短加起来几十分钟的时间，他想到了暂时能拯救这种情况的英雄——月亮女神。

月亮女神这英雄，前期必须怂住发育，等发育好了，抢先到六级就可以打出第一套爆发，眼下思考起来似乎是非常适合童谣这样的选手——不是不让你打，只是这英雄前期就限制了你的发挥，所以你必须老实安心发育。六级之后，对线期也进入后期，你再放飞自我，不仅线上不一定会落入劣势，中后期一样可以Carry起来，甚至接管比赛。

拿了月亮女神，童谣至少从心理上就不会惦记着前期怂住是因为她的打法被克制了、她打不过、她在躺赢这些乱七八糟的，从而放松了很多。

总而言之，月亮女神真的是一手很好也很出人意料的选择。

当BAN&PICK进入到最后，ZGDX战队最后一选拿出月亮女神时，至少娱乐的效果是有了——选手戴着耳机听不见，但是现场的指挥和看平台赛事直播的观众却能清楚地听见，现场观众看着那月亮女神被锁定时，现场陷入骚动，起哄声四起！

解说A："月亮女神！ZGDX战队拿出了月亮女神打三只手！"

解说B："这波没想到，这是真的没想到——你们smiling的英雄池真不是粉丝乱吹的，当初一手暗黑球女引领新潮流，天然自带BAN位的魔术大师和妖姬，现在又拿出一个月亮女神！"

第四十一章

解说A哈哈大笑:"这是好事,相信观众也希望能够在总决赛上看见一些不同的东西出现。"

解说B:"就是不知道这个月亮女神是不是也能像当初的暗黑球女一样惊艳到我们——哎,仔细想想这个英雄是挺适合现在这种情况下的smiling的,前期玩不过艾佳就怂呗,反正英雄自己也吃发育,后期不用怂了,等发育完了就可以出来乱打。这么一想,这手月亮女神是真的拿得好哇!"

解说A:"要不怎么说比赛从BAN&PICK环节就已经开始甚至结束了呢,相比首发队员,其实教练和数据分析师存在的意义也很重要。"

话音刚落,ZGDX战队粉丝的座席上开始有人"明神""明神"地激动乱叫。

解说A笑着说:"知道是你们明神在BAN&PICK了,这不是在夸他吗?知道了知道了,明神,做得好!"

比赛场地顿时响起一阵哄笑。

哄笑声中,BAN&PICK环节结束,双方教练上前握手,两个教练早就熟得不能再熟,上前握手拍肩嘻嘻哈哈,众目睽睽之下手拉手哥俩好地下去了。

与此同时,大屏幕上进入载入游戏画面,稍后比赛即将正式开始。

进入游戏,耳机里传来队友往草丛打信号的声音,童谣总觉得自己突然变得平静得可怕,现在她用着月亮女神,先前因为输掉一个小分总隐约有些忧虑的感觉反而没有了,她也不再有哪怕一丝丝的侥幸心理去惦记着要偷艾佳的人头或者抓他的失误打前期线上优势。

月亮女神这个英雄拿出来,她就确定了自己的使命:平安活着,好好发育,直到六级。

脑子里的杂念被摒弃,对线期她很稳,换血都变得小心翼翼,轻易不动杀心,主动叫老K配合自己把所有视野做成了保护眼位模式,滴水不漏的模式开启。

这番稳重反而叫艾佳很不习惯,当童谣悠然补刀时,YQCB战队这边,艾佳正碎碎念嘀咕:"她怎么不上了?换了血就跑,咋回事?这不像她!队友们,出事啦,对方的电竞花木兰被他们队的那个中路防御塔陆岳鬼上身啦!"

YQCB战队辅助兼队长凉生:"你别叫,你别叫,哎哟,吵得我头疼,人家拿个月亮女神不打发育还跟你贴脸干啊?"

艾佳继续怪叫:"别啊,她这样突然变聪明了,我就打不过她了啊!"

凉生想说你以前光靠人家上头抓空子也不能算是打得过她吧?然而还没来得及开口,就听见自家AD李君赫鼠标点了下地板,打了个信号叫打野后撤,用中文言简意赅道:"这局,不越。"

凉生立刻心花怒放道:"听见没?这个搞事boy这局都强行抹杀自己的天性,不准备越塔了,相比之下,smiling选个月亮女神老老实实打发育完全不值得惊讶。你别嚷嚷了,这局打运营,学学人家HCK,韩国人一般不打架,一打架就是神仙打架,很沉稳,很有内涵。"

第四十一章

李君赫："我，韩国人，有内涵。"

凉生："你没有，除了你。"

YQCB战队语音频道里很热闹，废话很多，而另外一边，ZGDX战队因为扬言要拔他们舌头的人走了，所以也很热闹，同样废话很多——

童谣："Q一下，哎，Q完我就走了，他很气！"

陆思诚抽空切屏幕到中路看了一眼，随即失笑道："又没占到什么便宜，那么高兴做什么？"

童谣："我乐观。"

小胖："就佩服你们女人心海底针，一下一下的，一个小时前还抱着咖啡在休息室面壁思过，可怜兮兮的，现在就加入乐观家族了——啊，猩红之月的亡灵之灯真的挺好看的，这局赢了回去，诚哥给我充钱买一个。"

童谣："你自己不会买？"

小胖："都是诚哥身边的人，你都有玛莎拉蒂了，连个皮肤都不给我？过分了啊！我陪他睡了两年怎么就不值一个皮肤了？"

陆思诚："你们好好说话，要什么流氓？"

小胖："明神不在了，他一走，不知道为什么，那种不想当人的欲望就变得特别强烈。"

老K这时插嘴道："这波李君赫有点稳啊，看着不像是要越塔——比赛里不能打字真的好气，不然我打字问问他这波还越不越塔了，不越塔我去上路帮老猫抓去了。"

此时游戏进行到第四分三十秒左右，陆思诚看了下自己的经验条，又看了下对方的动向，两边AD补刀数一样，一刀不漏，马上就要四级了，然而李君赫此时还是控线控得开心，并没有要推线压深越塔的意思。众所周知，李君赫有四级之前必越塔一次的个人怪癖，看来这次为了HPL夏季赛，他活生生地扼杀了自己的个人怪癖，上一次见他这么克制，还是在S5世界总决赛的决赛上。

"K神，你来都来了还走什么？去什么上路啊？老猫会自己照顾好自己的，哪怕现在对方打野应该在上路……"陆思诚淡淡道，"这波李君赫应该不会越塔了，看来他很想带着他的小辅助拿个HPL的联赛冠军。"

陆思诚停顿了下，继续无情地说："很可惜，有我在，并不会让他拿到。"

话音刚落，就听见小胖在感慨"别人家的AD"时，双方双双到四级，陆思诚第一时间清了兵压上去，还在感慨"别人家的AD"的小胖同时毫不留情地出钩，钩了那个所谓"别人家的AD"，触发二段Q，再上前，反手一E再接套致残！

李君赫的伊泽灵活后撤，同时陆思诚被凉生的吹笛神减速并套上致残，吹笛神掩护伊泽后撤。只是此时，草丛里又跳出来老K的酒徒，直接E加凌波堵住他们的去路，顺利让陆思诚拔矛接普攻，击杀李君赫，拿下一血！

现场观众欢呼鼓掌，同时ZGDX战队的语音频道也响起一片赞叹——

老K："Nice！"

老猫："Nice！"

第四十一章

小胖:"神钩,看到了没有?今天的召唤师峡谷没有风!钩子吹不歪!"

童谣:"可以可以,这局我躺好了,你Carry。"

陆思诚拿下对方AD一血,确立下路优势,这绝对是一个足够振奋人心的好消息。

接下来的比赛ZGDX战队势如破竹,顺风顺水。

因为YQCB战队忌惮下路陆思诚发育起来,艾佳不得不开始游走,留下童谣一人在中路疯狂发育。等YQCB战队反应过来时,那个月亮女神已经成为一个没办法处理的Carry点,每次团战稳稳切入后排带走C位,再点亡灵之灯的灯笼离开,进出自如,来去如风。

上单老猫拿着远古恐龙也是"肉"得不行,控制好能量变大之后堵在前面就像是一座小山。

相比之下,成功转移对方注意力的陆思诚反而是中规中矩,团战的时候扔小胖出去开个团或者等小胖丢了灯笼给童谣,把他扔远些,好让童谣杀完人也能回来。他反而像是团战里最主要的功能所在。

比赛第三十五分钟,ZGDX战队顺利推掉YQCB战队的大水晶。

当ZGDX战队像是比赛前说好的那样,以2:1的战绩一手将隔壁兄弟战队推至赛点局的悬崖边时,童谣也以一手月亮女神7击杀0死亡10助攻的数据成为本局当之无愧的MVP。

童谣:"童英俊还是你们的童英俊。"

陆思诚摘掉耳机站起来,低头看了眼身边那个小脸微微泛红、难以掩饰高昂情绪的小姑娘，笑了笑："下一局YQCB战队的BAN位会是魔术大师、妖姬、月亮女神。"

"没事没事，这种类型的刺客又不是只有月亮女神，还有九尾狐狸呢，反正我都会，"童谣摆摆手，"BAN不完的。"

比赛台的灯光之下，陆思诚没说话，只是抬起手，分外宠溺地拍了拍身边手舞足蹈仿佛又活过来的人的头，目光闪烁，似乎是想说什么，却只是沉默着悄悄翘起嘴角。

他看着她推开隔音玻璃房的门，用肩膀顶开更大的一条缝泥鳅似的挤出去，然后反手自然而然地牵住他的人手，就像是无数次曾经习惯的那样，两个人在身后粉丝的欢呼与鼓舞声中，肩并肩地向台下的休息室走去。

第四十二章

回到休息室,童谣抓起手机,收到了一条来自艾佳的咬牙切齿的微信——

YQCB 阿毛它爹:"和你的月亮女神好好道别,以后赛场上你再也看不见她了。"

童谣捧着手机笑得手抖,发了几个嘚嘚瑟瑟的表情过去,并且憋着一肚子坏水地闭上了嘴,没有提醒艾佳,你知道这世界上还有个英雄,名叫九尾狐狸吗?

这件事最终在十二分钟后的BAN&PICK上,童谣用一手锁定告诉了YQCB战队以及包括解说在内的全体观众。

解说A:"九尾狐狸,哈哈哈哈,我的天!现在smiling掏出什么英雄我都不感到奇怪了。"

解说B:"这个英雄我觉得好像是北美赛区的选手和韩国运营商队的中单选手比较爱用——我们可以看到,这个英雄在我们HPL夏季赛的BAN选率上低得令人发指。"

解说A:"没办法,魔术大师、妖姬、月亮女神都没有了,在月亮女神上一局打出效果的情况下,那九尾狐狸确实是一个替代月亮女神的不错选择。"

解说B:"我们可以看到,此时YQCB战队的队员脸色并不好看——怎么还有!我们都BAN了你三个英雄了!你还给我掏新的出来!我打的一定是假的决赛!"

现场观众一阵哄笑。

老猫拿出大树,老K锁定蜘蛛,陆思诚拿出大嘴,小胖则掏出尘封已久的牛首酋长。

YQCB战队那边艾佳还是用的时间猎人,上单用机械爵士,打野用钻地,AD继续用伊泽,辅助则拿到了他最擅长的亡灵之灯。

这一局,每个人心知肚明,YQCB战队已经被逼至悬崖边。赢一局,尚且还有挣扎的机会,输了,他们将结束夏季赛赛程,眼睁睁看着春季赛冠军、夏季赛季军的CK战队以全年总积分第一名额保送S6,而一个夏季赛亚军对于春季赛仅仅是保级的他们竞争S6门票毫无意义,他们只能乖乖去打保级赛,在六支队伍中脱颖而出,争取那最后一张门票。

YQCB战队的情况显然更加水深火热,但是在赛场上,显然没有所谓"隔壁战队好兄弟"的情谊可讲。

这一局比赛大家打得小心翼翼,前面二十分钟,别说是爆发人头或者打架激烈,双方队员始终"相敬如宾",几乎都没有过中间河道的意思。YQCB战队的粉丝非常着急,不管是在贴吧还是在直播平台上,到处都是干着急的言论——

第四十二章

"跟ZGDX战队拖什么发育!"

"九尾狐狸又要发育起来了……醉了,忘记上一局怎么输的了?还不抓中!"

"话说回来,smiling补刀真的稳,到现在为止,一刀不漏,在这种决赛局还这么稳,她真的可以啊!"

"九尾狐狸不上,时间猎人自己不知道找机会?艾佳的人生词典里是不是没有'主动'这两个字啊?"

而这些外界言论,赛场上的选手们自然不知道。第二十五分钟时,元素龙对峙之中,好不容易由小胖的牛首酋长顶起对方三个人,童谣接R率先开团,爆发龙区小规模团战,一阵激烈打拼,双方互相甩了无数技能,然后同时撤退,居然一个人头也没爆发。

在解说都无语得不知道该说什么的尴尬之中,ZGDX战队语音频道里却是一片和谐。童谣乐颠颠地一边补着刀,一边乐观地调侃:"我要是现在坐在下面看比赛,这会儿该去第三趟厕所了。"

陆思诚转过头看了她一眼,想了想,说:"肾虚啊?"

童谣皱起鼻子,小胖直接笑了:"年轻人要懂得节制啊。"

陆思诚"嗯"了声,一本正经道:"反正我这几天什么都没干,她干了什么你去问她啊。"

童谣脸颊燥热,恼火地叫了声陆思诚的全名:"后台一堆人听着!你给我闭嘴啊!后台大哥,这段可不能上赛时语录,我不想收死老鼠,也不想收死蟑螂,电竞圈还有很多未成年粉丝的!"

老K:"哈哈哈哈哈!"

老猫:"笑个屁啊,打不过机械爵士了,你倒是上来帮我一下!

'肉'不起来，团战时谁给你遮风挡雨！"

第三十分钟，双方中路开团，大树率先捆绑到对方中单，没等他放出大招逃命便集火秒掉，夸张的第三十分钟才爆发一血之后，YQCB战队无奈后撤，ZGDX战队也不再追击，趁机转路，拿下第一条元素土龙。

此时人头比为1:0，经济上ZGDX战队暂时领先八百块，一个在这种时间点几乎可以忽略不计的超级微弱优势。

第三十五分钟，YQCB战队不愿意再继续跟ZGDX战队拖延，开启四一分带战术，四人抱团推中，抓死童谣，机械爵士自己到下路推掉ZGDX战队下路二塔。

第三十六分钟，机械爵士TP中路，YQCB战队五人抱团开大龙，老K在龙坑上晃悠了一下，在大龙血量见底时，小胖凌波过墙顶五个人，老K同时下龙坑交出惩戒，抢龙成功！ZGDX战队反扑时间到！

观众们一脸淡定，表示也不知道到底是HPL太菜还是比赛太精彩，这你一波我一波的，回合制游戏又开始了。

第四十分钟，推塔。

第四十五分钟，推塔，推塔，杀人，推塔。

第五十分钟，推塔，推塔，推光外塔，摸两下高地塔，死人了啊？死人了就撤退，稳住啊！要稳住！

第六十分钟——

童谣："当当当当！为您报时，现在比赛已经来到第六十分钟，

第四十二章

恭喜本局比赛成为传说中充满尿点的膀胱局,让我们来采访一下伤残患者陆思诚队长。队长,您手疼吗?"

陆思诚:"还行,但是如果坚持到这时候这局比赛输了又要继续再打一局,我可能会发脾气。"

说着,他终于在草丛蹲到了对方打野,跳出草丛趁着对方被吓一跳猝不及防时一套带走!

童谣:"翻译一下,队长说,这局不赢,所有人都得死。"

陆思诚:"别啰唆,对方打野死了,来开大龙。"

第六十二分钟十一秒,Chessman蹲草丛阴到了YQCB战队的打野XBANG,一套技能带走,在YQCB战队无打野缺一人的情况下,ZGDX战队主动开龙,并顺利拿下,推掉对方上下两路高地塔外加下路高地水晶。

第六十五分钟,ZGDX战队试图继续推进上路高地水晶,却被一波兵线推出趁机绝地反击的YQCB战队率先开到AD,遭遇一波团灭。

第六十五分钟三十秒,YQCB战队杀上ZGDX战队高地,推掉上中下三路高地,破中路高地水晶,拆基地门牙塔。

第六十六分钟三十秒,ZGDX战队的AD和中单先后复活,YQCB战队深知自己这波绝地反扑的机会不大,索性不多逗留,直接撤退。

此时ZGDX战队只剩下暴露在视野之中的基地大水晶,损失任何一人都有为他们带来输掉比赛的可能,ZGDX战队再次被逼至绝路,只能背水一战。

第七十分钟,再次收割完一波兵线,童谣扔了鼠标,飞快活动了下手腕又重新握住鼠标:"我不行了,哪怕是决胜局,哪怕想到S6的门票,哪怕想到能借机出国旅游,我也好困。"

小胖"哎呀"了声:"讲真,我也好困,我职业生涯里打超过六十五分钟的局一只手都能数出来。现在大家谁赢比赛靠的绝对不是技术,是意志。"

老猫:"别别别,别松懈,坚持一下,十分钟打完,想想要是输了还得再打一局,我内心也是有点崩溃——来清完这波兵,压一波,是死是活搞一发。胖子,来,先唱首歌压压惊,一二二走着!"

小胖:"来啊,快活啊,反正有大把时光。"

老猫:"来啊,爱情啊,反正有大把愚妄。"

老K:"来啊,流浪啊,反正有大把方向。"

陆思诚:"来啊,造作啊,反正有大把风光。"

童谣表示自己从来不知道ZGDX战队的战歌原来是这样的歌,也从来没有想过有一天自己居然是在队友们风情万种的歌声中开大冲进对方人群开团的。

陆思诚:"AD,AD,先秒……对方AD有治疗怎么没人说啊?"

小胖:"再不开艾佳的金身就要好了,中单金身比治疗更可怕……你看,教皇残血,打野残血,诚哥收割啊!"

童谣扔了鼠标:"我死了。"

小胖也扔开鼠标:"我也死了,完了完了,这波要黑,同志们收拾收拾,准备下一局。"

在小胖的碎碎念之中,陆思诚这边成功点掉了对方的AD和打野，此时对方还剩下辅助、中单还有上单，三个人状态都不是很好，中单时间猎人因为怂在后面，血量稍多，上单的复活甲已经用过一次。

陆思诚："老猫、老K，你们往后拉一下，往后拉一下，拖延一下时间……不一定能一波。"

说完陆思诚就死了，只剩下老K和老猫在和敌人苦苦作战。只是这时候比较糟糕的是，对方的一大波兵线推过来了，上野二人组没办法，只能往后拉。

童谣看着被拔掉的门牙塔，只剩下一个裸大水晶的基地和自己还有四十几秒的复活时间，心急如焚："我提议把战歌改一下，行吗？放赛时语录也不会显得那么丢脸……我觉得这波黑了跟你们唱的破歌有很大关系，谁起的头啊？锅背稳！"

童谣说话的时候其实众人已经准备好了下一局，老猫和老K在对方有中单的情况下节节败退，好在老猫够"肉"，加上兵线牵扯，也扛住了不少伤害，直到几十秒后，一路被对方中上辅三人组外加一大堆超级兵逼回自己的高地。

此时距离童谣复活还剩十五秒。

解说嚷嚷着"要一波了吗""要一波了吧"，ZGDX战队的兵线从高地推了出来，艾佳和容容上前，收割兵线。

此时距离童谣复活还有十秒。

艾佳和容容清理完兵线，继续向着大水晶挺进，其间老K不管不顾，一头扎进对方三人组里控住艾佳，艾佳反手杀掉老K，自己只剩下五分之一的血量。

此时距离童谣复活还剩五秒。

解说A:"看来是要一波了。"

解说B:"YQCB战队开始推水晶了,但是不对啊,smiling要复活了啊!"

当YQCB战队将ZGDX战队的基地大水晶推掉一半时,童谣复活,冲出基地,EQ先秒艾佳,WR挂灼烧再杀容容,留下凉生最后一顿猛捶。前方大屏幕上,童谣的九尾狐狸头像后显示出三杀字样,YQCB战队团灭!

全场观众起立,沸腾,解说从自己的座位上站了起来!

老猫和童谣清理兵线,此时基地还剩不到一百点血量。

新的兵线推出,陆思诚复活!

将兵线清理到不至于被推掉大水晶,剩下的一点兵线交给老猫,童谣跟陆思诚伴随着兵线,头也不回地向着YQCB战队的基地冲去。

解说A:"反一波!反一波!"

解说B:"能不能一波?能不能?smiling和Chessman已经肩并肩到达对方高地——啊,电竞神雕侠侣!黄蓉郭靖!貂蝉吕布!"

解说A:"他们开始拆门牙塔,拆塔速度很快!教皇复活了,没用,这波诚哥治疗好了!教皇死了!五十血翻盘!三年前的经典再现!就在今天!就在今晚!就在此时!"

从复活,冲出泉水,拿到三杀,同陆思诚肩并肩冲向对方高地,到拆掉YQCB战队门牙塔开始点水晶,杀教皇,继续点水晶,从始至终童谣一个字都没说。她只感觉到自己的心跳很快,肾上腺素爆炸,眼前什么都没有,只有敌方那一块红色的大水晶,她甚至觉得自己大概也忘记了呼吸。

这个时候,不知道为什么,脑海之中突然想起她刚打职业接受采访时的片段。那时记者问她:"童谣,作为HPL第一女职业选手,你为什么选择'smiling'这个ID啊?"

记得当时她的回答是这样的——

"因为我最喜欢的职业选手是WEIXIAO啊,也就是大王,当之无愧的世界第一AD,那个说出'不要给我钱,我要打职业'的人,很值得所有电竞人尊敬。我知道S2那年没能拿到世界冠军是他职业生涯中的最大遗憾,再后来,大王也没能重归S系总决赛,就这样退役了,所以我希望能有一天,带着'微笑'的名字,重返世界舞台。"

终有一日,以"微笑"之名,重返世界舞台!

手,在机械地敲动着鼠标,眼巴巴地看着那血条一点点地减少,耳边队友在说什么她一点都听不到。只是当屏幕上水晶血条见底,出现水晶炸裂的动画时,她的脑子也跟着"嗡"的一声,一片空白。

她用余光看见小胖一把推开键盘跳起来,飞奔至老猫身边将他一把举了起来,老K笑容满面地摘掉耳机,张开双臂加入了上辅二人组的热情拥抱。

她的耳机被谁摘了下来,谁将她从椅子上拉了起来,拥抱,亲吻——滚烫的吻落在她的面颊,她被谁抱在怀里,然后和她亲爱的队友们抱成一团。

隔音玻璃房的门被人推开，明神、陆岳、小瑞还有教练都冲了进来，每个人的脸上都是放肆的笑容。与此同时，倾泻而入的是玻璃房之外，体育馆的人在疯狂地呐喊着ZGDX战队的名字，那呼喊的声音仿佛撕裂了沉寂的夜空。

解说B："夏季赛总决赛冠军！ZGDX战队！全场观众起立，让我们以最热烈的掌声——"

解说A："恭喜ZGDX战队！第一支确认代表HPL出征今年全球总决赛的队伍诞生了！"

解说B："请代表HPL十二支队伍，将这么多年来的遗憾弥补，将属于我们的荣耀夺回！HPL，绝不再向世界低头！"

被队友们簇拥着来到那个放在比赛台正中央的奖杯跟前，天上飘下很多彩絮，落在她的头上和肩上，双手触碰到那微微冰凉的银色奖杯时，童谣这才从恍惚中回过神来。

她举起奖杯，然后感觉到双脚腾空，她被人从身后一把抱起，就跟《狮子王》里猴子举起新出生的辛巴一模一样的姿势。

舞台上的光很刺眼，她微微眯起眼，抬起头看去，除了黑压压的人群，还有奖杯折射的光芒。她低下头，对视上一双含着笑意的深褐色瞳眸，笑容终于在脸上绽放开来。

她将奖杯扔给小胖，双手捧着男人的笑颜，当他将她微微放下时，她低下头颤抖地亲吻他的唇瓣，温热的液体涌出滚烫灼红的眼角。

她做到了。

2016年8月26日，ZGDX战队以3:1的战绩战胜YQCB战队，夺

第四十二章

得HPL赛区夏季赛总决赛冠军,并因此成为第一支确认代表HPL赛区出征S6全球总决赛的一号种子队伍。

比赛台上,满脸笑容合力举起奖杯的少年们如此耀眼,他们曾遭遇过质疑,背负过沉重的责任,彷徨中也曾流泪迟疑,最终却挺直腰杆,屹立在那些始终期望的目光之中,闪闪发光。

这是一个结束,却也是一个新的开始。

就在不远的远方,就在那里,他们誓要亲手把那顶质疑与嘲笑的帽子从HPL赛区的头上摘掉,丢弃,碾碎!

梦想中的世界之巅啊!

向着那样的地方,请继续扬帆起航!

《你微笑时很美4》完